OVERLORD

2

黑暗戰士

OVERLORD [2] The dark warrior

丸山くがね 插畫◎so-bin
Kugane Maruyama | illustration by so-bin

目錄 Contents

Prologue

納薩力克地下大墳墓最高統治者的辦公室相當奢華。

擺設在室內的每樣家具全都點綴精雕細琢的裝飾，充滿品味與稀有價值。地上鋪滿柔軟蓬鬆的深紅色地毯，走路時不會發出絲毫聲響。在房間深處的牆上，交叉架設圖案各不相同的旗幟。

一張氣派十足的黑檀木辦公桌擺放在房間裡，房間主人正坐在全黑皮椅上。

身穿彷彿可以吸收光線的漆黑長袍，如果用一句話來形容那個人，就是「死之魔王」。顯露在外的頭部，是沒有任何皮肉的骷髏頭，在空洞眼窩閃爍的紅色光芒之中，混雜一點黑光。

他正是過去名為飛鼠，現在改名為安茲．烏爾．恭這個公會名稱的男人。

安茲盤起僅有骨頭的雙手。戴在手指的九個戒指在「永續光」魔法光芒的反射下，閃閃發亮。

「哎呀哎呀……今後該怎麼辦呢？」

人稱「Dive Massively Multiplayer Online Role Playing Game」能讓玩家實際進入虛擬世界遊玩的體感型線上遊戲「ＹＧＧＤＲＡＳＩＬ」，在開放服務的最後一天，因為不明原因讓安茲以遊戲角色的外型——骷髏的模樣——穿越到未知的異世界，如今已經過了八天。

在這段期間裡，觀察居處納薩力克地下大墳墓的狀況和僕人的模樣，得知這裡和遊戲的世界大同小異後，安茲判斷應該要採取下一個行動。

「一切全憑安茲大人的旨意。」

一名在房內默默待命的美女，聽到安茲的沉吟之後回應。

她是身穿純白禮服，無懈可擊的絕世美女，面露淺淺微笑有如女神。與禮服顏色相反的烏黑秀髮充滿光澤，長及腰際。不過她並非人類。

有著散發金色光芒的虹膜與直立的橢圓瞳孔，在腦袋左右的太陽穴向前長出兩根有如山羊的捲曲犄角。不僅如此，她的腰際還可看到黑色的天使翅膀遮住腳邊。

「是嗎，雅兒貝德？妳這麼忠心我很高興。」

她正是納薩力克地下大墳墓的守護者總管「雅兒貝德」。負責管理總計共七名樓層守護者的ＮＰＣ。

過去安茲和公會成員們一起打造這座納薩力克地下大墳墓，依照當時的設定她應該是以僕人身分在此處工作的ＮＰＣ，如今卻擁有自我意識，對安茲誓死效忠。

這個狀況令人高興，不過相反的，對原本只是上班族的安茲來說，也是沉重的負擔。

不管是面於眾多部下時，身為主人該以怎樣的言行舉止來對待，或是身為統治者，該如何圓融經營整個組織的職責。

最大的問題在於自己身處在未知的異世界，而且相當缺乏情報。

「……那麼，接下來的報告呢？」

「在這裡，安茲大人。」

收下對方遞過來的文件，立刻瀏覽由鋼筆書寫的圓字。

那是第六樓層守護者亞烏菈．貝拉．菲歐拉呈上來的報告書。

裡面明確記載，直至目前還沒有遇到和安茲相同的YGGDRASIL玩家，也沒有發現任何蹤跡。關於納薩力克地下大墳墓附近的大森林調查，已經順利調查到森林另一邊的山脈，以及位於山麓的湖泊。

安茲點點頭——對於沒有遇到最值得提防的其他玩家，令他感到安心。

「知道了。傳令下去，要亞烏菈他們繼續執行命令。」

「遵——」

這時傳來幾道輕輕的敲門聲。雅兒貝德探詢安茲的臉色，接著鞠躬之後走向門邊。確認來訪者是誰的雅兒貝德開口稟告：

「夏提雅要求晉見。」

「夏提雅？不要緊，讓她進來。」

得到安茲的許可後，一名身穿裙子大大蓬起的黑色舞會禮服，年約十四歲的少女優雅地步入室內。

有著一身彷彿白蠟的肌膚和端正的五官，可謂名符其實的絕世美女。銀色長髮隨著步伐搖曳，和外表年齡不符的豐滿胸部也隨之波濤洶湧。

她正是第一樓層至第三樓層的樓層守護者「真祖」夏提雅．布拉德弗倫。

「安茲大人，安好呀。」

「妳也是，夏提雅。話說今天過來我的房間有什麼事嗎？」

「當然是為了欣賞安茲大人的俊俏容顏呀。」

安茲的骷髏頭雖然沒有表情，但是空洞眼窩中的紅光連續閃爍幾次。

原本想命令她別再說些無謂的奉承話，但是安茲把話吞了回去。可以看見雅兒貝德斜眼注視通紅雙眼因為興奮變得混濁的夏提雅，笑容逐漸出現變化。

微笑還是不變，美貌也沒有半點失色，但是那已經不能說是笑容。

是有如惡鬼的容顏。

不過安茲鬆了一口氣。因為雅兒貝德瞪視的對象是夏提雅，而非安茲。

「那麼妳已經心滿意足了吧。可以退下了，夏提雅。現在我和安茲大人正在商討納薩力克地下大墳墓的未來，可以別來打擾我們兩人處理重要事務嗎？」

「……進入正題之前先打招呼不是基本禮儀嗎……年華已逝的大嬸真討厭呀。難道是因為已經過了保存期限才會這麼急躁？」

「……妳不覺得添加一堆防腐劑而沒有保存期限的食物，和毒藥沒什麼兩樣嗎？比起那種食物，過了保存期限的食物還比較安全吧？」

「…………我勸妳別太小看食物中毒呀。有些病菌甚至可能引發感染呀。」

「…………重點是有什麼地方可以吃吧？看起來像是滿滿一大盤食物樣品，但是實際上……對吧？」

「…………食物樣品？宰了妳喔。」

「…………誰又是過了保存期限啊，哼。」

兩名表情難以形容的美女在安茲面前針鋒相對，那是連一億年的戀情也會冷卻的表情。忍住湧上腦袋的衝動，安茲在悽慘壯烈的戰鬥開始之前開口：

「兩個人都別再鬧了。」

瞬間兩個人同時聽命，立刻向安茲露出好像花朵盛開的滿面笑容。之前兇神惡煞的可怕表情已不復見，變回兩名純情可愛的少女。

（女人真是可怕……不，一定只有這兩個人比較特別……）

即使是變成不死者之後，只要稍微出現較強烈的感情波動就會立刻遭到壓抑的安茲，都覺得她們的變臉速度快得可怕。
兩人會如此水火不容，全都是因為她們是情敵。
雅兒貝德和夏提雅同時愛上安茲，被兩名絕世美女看中，應該沒有男人會不高興吧。
不過安茲無法坦然接受這件事。
主要是因為具有戀屍癖這個性癖的夏提雅，帶著甜膩的語氣在安茲耳邊低聲讚美「這麼完美的骨骼形狀，堪稱造物者的傑作。」所致。
對夏提雅來說，這句話或許是愛的呢喃——也可能是讚美，不過人生第一次被人讚美外表卻是骨頭這件事，讓安茲感到相當震撼。那已經是幾天前的懷念回憶。
安茲將這件雞毛蒜皮小事逐出腦海發問：
「我再問一次。夏提雅，妳有什麼事嗎？」
「是的。因為屬下遵照旨意，接下來打算前去與塞巴斯會合呀。今後可能會有段時間無法回到納薩力克，所以才會過來請安。」
安茲想起下達給夏提雅的命令，點了點頭：
「知道了，夏提雅。小心完成任務，平安歸來吧。」
「是！」
一道凜然肅穆的聲音響起。

「可以退下了，夏提雅。還有離開時向娜貝拉爾還是安特瑪說一聲，傳喚迪米烏哥斯過來。告訴他我要和他商量下個對策。」

「遵命，安茲大人。」

第一章 兩個冒險者

Chapter 1 | Two venturers

1

位於鄰國巴哈斯帝國和斯連教國的重要邊境，里．耶斯提傑王國的都市耶．蘭提爾由三層城牆重重保護，因此就如同它的外觀一樣取名為要塞都市，在各個城牆內的城鎮都有不同的特色。

最外圈的城牆是用來當成王國的駐軍基地，因此設有完善的軍事設備。

最內圈的區域是都市的中樞行政區。該區也設有儲備兵糧的倉庫，屬於重兵層層保護的區域。

至於位於兩個區域之間的中間區域，則是市民的生活區。聽到都市這個名字，腦中浮現的景象正是這個區域。

位於該區的幾個廣場裡，最大的一個名為中央廣場，許多人都在這裡擺設攤位，擺放各類蔬菜、調理食品等各式各樣的商品。

在熙來攘往的熱鬧人群中，老闆對街上行人發出充滿氣勢的叫賣聲努力拉客，上了年紀的婦人和商人討價還價尋覓新鮮食材，受到烤肉香氣吸引的青年購買肉汁滿溢的烤肉串。

在這個擁有白天特殊活力的廣場裡，喧囂的熱鬧氣氛將會一直延續到日落時分吧。不過就在鄰近的五層樓建築物中走出一道人影時，熱鬧的氣氛頓時劃下句點。

廣場上的所有目光被一對搭檔吸引，全體呆立原地。

這對搭檔之一是個女性，年齡大約介於十五歲到二十歲，眼尾細長的眼睛散發有如黑曜石的耀眼光芒，充滿光澤的茂密黑髮綁成馬尾，細緻的雪白肌膚在陽光照射下，彷彿珍珠閃閃發亮。

最吸引目光的地方莫過於高雅的氣質，還有任何人都會多看一眼，充滿異國風情的美貌。身上那襲深棕色長袍雖然平凡無奇，穿在她身上卻變得像是豪華禮服。

至於和她走一起的搭檔性別不明。應該說沒有露出可以判斷性別的地方。

廣場上有人喃喃說聲：「黑暗戰士。」

沒錯，那個人身穿點綴金紫花紋，絢爛華麗的全身鎧甲。從全罩頭盔的細微縫隙，無法窺見裡面的五官。紅色披風底下看得到揹在背上的兩把巨劍，與桀驁不遜的風格相得益彰。

兩人環顧四周，全身鎧甲的人物率先邁出步伐。

見狀的人們目送逐漸遠去的兩人背影議論紛紛。那是類似目睹珍奇事物的情緒，沒有一絲對武裝感到警戒與恐懼的情感。

因為兩人走出的建築物，是名為「冒險者工會」狩獵怪物的專家才會造訪的仲介所，有武裝人士出入並不稀奇。實際上在兩人離開之後，也有數名武裝人士進出。而且眼尖的人還會發現兩人的脖子上掛著有個小銅牌的項鍊。

正因為如此，兩人會受到矚目，只是因為女生的美麗容貌和過於氣派的鎧甲所致。

雙人搭檔默默走在不算寬闊的路上。

路上車輪軌跡裡的積水反射陽光。由泥巴與沙土混合的道路不像石板路那樣結實，非常難以行走。一不小心或許就會跌倒，但是兩人的平衡感極佳，行走的速度幾乎和走在石板路上時一模一樣。

步伐輕盈走在路上的女子確認周遭沒人，對著並肩而行的全身鎧甲人物開口：

「安茲大——」

「——不，我的名字叫飛飛。至於妳也不是納薩力克地下大墳墓的戰鬥女僕娜貝拉爾．伽瑪，而是飛飛的冒險搭檔娜貝。」

全身鎧甲的人物——安茲——隨即打斷女子娜貝拉爾的發言回應。

「啊！真是抱歉，飛飛大人。」

「也別叫我大人。我們只是普通冒險者，也是同伴。叫我大人很奇怪吧。」

「可、可是！怎麼可以對至高無上的您如此無禮！」

安茲以手勢制止聲音不由得有些高亢的娜貝拉爾，要她放低音量，以有些放棄與無奈的語氣回應：

「我說過好幾次了，在這裡的我是黑暗戰士飛飛……不，只是飛飛，是妳的搭檔。所以別叫我大人。這是命令。」

沉默了一會兒，娜貝拉爾才不甘不願地回答：

「遵命，飛飛大——先生。」

「算了，這樣也行吧，其實不加稱謂也無所謂。若是稱呼同伴還要加上稱謂，該怎麼說，別人可能會認為我們之間有些隔閡。」

「那樣……未免太不敬了……」

安茲對支支吾吾的娜貝拉爾聳肩：

「我們的真實身分不能曝光。關於這點妳應該很清楚吧？」

「您說得沒錯。」

「……語氣……嗯，算了。總之……我要說的是一言一行都要小心謹慎。」

「……遵命，飛飛大——先生。不過由我陪伴真的可以嗎？雅兒貝德大人那樣美麗又溫柔的人不是更適合嗎？」

「雅兒貝德嗎……」

安茲的話中隱藏複雜的情緒：
「在我外出的這段期間，她必須管理納薩力克。」
「……恕我冒昧，如果要管理納薩力克，也可以交給科塞特斯大人。守護者大人們也是這麼說……考量到您的安全，最佳守護者雅兒貝德大人才是最適合的人選吧？」
娜貝拉爾的疑問讓安茲露出苦笑。
當安茲表示自己要前往耶‧蘭提爾時，守護者當中反對意見最強烈的人就是雅兒貝德。而且是在知道自己無法隨行的那一刻起。
之前安茲在穿越之後不想帶著隨從而擅自外出，讓雅兒貝德有些自責，因此無法強力反駁她的意見。但是這次和之前的擅自行動不同，是經過深思熟慮的結果，所以無法退讓。
對方是會乖乖聽從「命令」的守護者，即使違背自己的心意也會遵從命令，然而安茲不認為那是好事。因為將自己的意思強行加諸到公會同伴創造出來的守護者身上，還是會覺得有些愧疚。
試著說服的安茲和堅決反對的雅兒貝德。兩人的意見沒有交集，原本以為永遠無法取得共識，但是在迪米烏哥斯不知在雅兒貝德耳邊說了什麼之後，雅兒貝德突然不再反對。最後甚至帶著完全認同的溫和笑容目送安茲。
至今還是不知道迪米烏哥斯說了什麼，只是讓雅兒貝德出現那樣劇烈的轉變，安茲感到有些不安。

「……我沒有帶著她，是因為沒有人可以讓我如此信任。正是因為有她，我才能安心離開納薩力克。」

「果然是那樣！也就是說，雅兒貝德大人是飛飛大——先生最親近的人吧？」

雖然不至於說出「嗯，就是那樣。」還是點頭回應娜貝拉爾的問題。

「我很清楚這麼做有危險。」

安茲舉起戴著金屬手套的右手，移動無名指：

「不過這裡必須由我親自出馬。光是在納薩力克裡指揮，有可能會因為這個未知世界有所失算吧。有必要到外面世界試著實際接觸……的確，或許有些方法可以利用，但是在這種充滿未知的情況下，會有很多不安。」

安茲從頭盔縫隙望著嚴肅回答「原來如此。」露出恍然大悟表情的娜貝拉爾，接著以有些不安的聲音詢問：

「我有個問題想問妳……妳覺得人類是低等生物嗎？」

「正是如此。人類是毫無價值的廢物。」

打從心底如此認為的娜貝拉爾毫不遲疑地回答，讓安茲輕聲說了一句「啊，果然妳也是這麼認為。」但是聲音太小，沒有傳進娜貝拉爾的耳裡。接著繼續發牢騷：「她的性格就是那樣，所以我才不想讓她隨便來到人類的城鎮。果然還是應該先搞清楚部下的個性。」

沒有帶雅兒貝德過來的理由之一。就是因為她斬釘截鐵認為人類是低等生物。要是把有這種想法的人帶到眾人聚集的都市，稍不留神可能出現腥風血雨的殺戮戰場，這可不是鬧著玩的。而且雅兒貝德沒有偽裝系的技能，無法隱藏犄角和翅膀也是理由之一。

還有一項絕對無法說出口的最大理由。

那就是區區一介上班族的安茲，如果沒有親眼看過，只是根據別人提供的情報，根本沒有自信可以看清組織的未來好好經營。正因為如此，才會把運作組織的重責大任交給有才能的雅兒貝德。如果部下優秀，那麼讓部下全權負責才是明智之舉。無能的上司多管閒事，只會導致悲慘的結果吧。

而且雅兒貝德受到對安茲的「忠心」與「愛情」兩道枷鎖牢牢拘束。所以安茲才能放心地將納薩力克地下大墳墓交給她。

（愛情嗎……）

只要看到雅兒貝德，還有聽到她對安茲表達愛意時，安茲就會想起自己改寫雅兒貝德的設定這個錯誤。沒錯，安茲在遊戲結束前的瞬間，將雅兒貝德的「角色設定」改為深愛著飛鼠——也就是安茲。當然了，當時完全不曉得自己會來到這個未知的異世界，所以那只不過是想在最後開個小玩笑。

可是回頭想想——即使雅兒貝德不在意——翠玉錄這個朋友要是知道安茲現在做的蠢事，不知道會作何感想。

若是自己又是如何？自己創造的NPC遭到同伴竄改……

不僅如此，還打著如意算盤，認為雅兒貝德一定不會背叛自己而加以利用，真是討厭這樣的自己。

安茲甩頭拋開負面思緒。身體變成不死者之後，只要出現強烈的情感波動就會遭到壓抑。不過這種程度的情感，還是可以像人類那時候一樣清楚感受。要是完全變成不死者的精神，或許連這種罪惡感也感覺不到吧。

心不在焉想著這些事，頭戴全罩頭盔的安茲把臉轉向娜貝拉爾：

「……娜貝，我不會叫妳拋棄那種想法，但是至少得要克制。這裡是人類的城鎮，而且還不知道在人類之中有什麼樣的高手，所以盡量不要有那種會引來敵人的想法。」

對深深鞠躬表示忠心與服從的娜貝拉爾伸出手，抬起她的臉後，再次叮嚀：

「還有一點，雖然不知道我們想戰鬥或是想動手時，是否會出現人類感到威脅的……殺氣，不過好像會散發類似的東西。所以沒有我的允許絕對不可輕舉妄動，知道嗎？」

「遵命，飛飛大——先生。」

「很好……那麼，事先打聽到的旅館應該是在附近。」

安茲環顧四周。

附近有好幾家商店開門做生意，可以看到三三兩兩的客人進出。稍微往旁邊望了一下，有幾個穿著工作圍裙的工人在搬東西。不過人數不多。

他們在這個商店林立的區域，根據掛在商店前方畫有圖案的招牌尋找旅館。那是因為安茲和娜貝拉爾都不認識這個國家的文字。

不久終於發現目標「圖案」的安茲不由自主加快腳步，娜貝拉爾也快步跟上。

拍落沾在裝甲靴（Sabatons）上的泥土，爬上兩階樓梯，安茲雙手推開雙開門走進店內。

採光窗戶幾乎都關上，因此室內有些昏暗，習慣室外光線的人們會有瞬間伸手不見五指的感覺吧。但是對具有夜視能力的安茲來說，這樣的光線已經相當足夠。

室內相當寬敞，一樓是餐飲區，裡面有個櫃臺，櫃臺後面有個兩層櫃，上面擺放著幾十瓶酒。櫃臺旁邊的門裡應該是廚房吧。

在餐飲區角落，有個中間轉彎向上的樓梯。根據工會櫃臺小姐的說法，二三樓是客房。

可以看到稀稀疏疏的客人散落在幾張圓桌。幾乎全是男人，感覺現場氣氛充滿暴力。

所有目光都聚集到安茲身上，那些眼神像是在品頭論足。唯一沒有留意安茲他們的是坐在角落的女人，她只是目不轉睛注視自己桌上的瓶子。

這樣的旅館景象讓安茲在全罩頭盔下皺起不存在的眉毛。

雖然已有心理準備，但是比想像中還要污穢。

在ＹＧＧＤＲＡＳＩＬ這個遊戲裡，也有骯髒和噁心的場所。就連安茲統治的納薩力克地下大墳墓中也有。例如恐怖公之廳和蠱毒巨洞等。

但是這裡的污穢與那些地方不同。

地板上到處都是莫名食物碎屑，還有不知名的液體；牆壁上的奇怪污漬；掉在角落已經發霉的神祕塊狀物……

安茲在心裡嘆了一口氣，看向店內。

那裡站著一名圍著骯髒圍巾的男人，捲起袖子露出兩隻粗壯的手臂，上面可以看到幾道不知是被野獸抓過，還是被刀劍砍過的傷痕。

長相介於剽悍和野獸之間，臉上也可以看到傷痕，頭頂完全剃光沒有半根頭髮。

與其說是老闆還比較像保鏢的男人一手拿著抹布，肆無忌憚地打量安茲。

「投宿是吧。要住幾晚？」

有如破鐘的混濁聲音傳來。

「我們想住一晚。」

老闆粗魯地回答：

「……銅牌啊。通鋪一天五個銅板。食物有燕麥粥和青菜，想吃肉的話加一個銅板。不過可能會用幾天前的麵包代替燕麥粥。」

「可以的話，我想要一間雙人房。」

有些嗤之以鼻的聲音響起：

「……在這個城鎮中，冒險者專用的旅館有三間，在這三間裡我的店是最差的……你知道為什麼工會的人要介紹這裡給你嗎？」

「不知道，願聞其詳。」

面對回問的安茲，老闆的眉毛揚起，呈現嚇人的角度：

「稍微動一下腦筋！那個氣派的頭盔裡面是空的嗎！」

即使聽到老闆帶點不耐煩的中氣十足聲音，安茲從容不迫的態度依然沒變。能夠無動於衷地當成小孩子在發脾氣，或許是經歷過前幾天的戰鬥的緣故吧。

從那場戰鬥，以及之後就俘虜口中逼問出來的情報，讓安茲稍微了解自己的強大。正因為如此，才能面對怒吼依然老神在在。

看見安茲的反應，老闆顯得有點驚訝：

「……還滿有膽識的嘛……來這裡投宿的客人大多是持有銅牌還是鐵牌的冒險者。如果實力相當，即使素昧平生只要有一面之緣就可以組隊冒險。所以想要尋找實力相當的人組隊，我們這裡最適合不過……」

老闆的眼睛閃過光芒：

「你想睡房間也可以，但是如果沒有交集，可沒辦法找到組隊的同伴喔。要是無法組成實力均衡的隊伍，和魔物戰鬥等於死路一條。所以欠缺同伴的菜鳥，大多會在人多的地方推銷自己。最後再問一次，你想要通鋪還是雙人房？」

「雙人房。餐點就免了。」

「嘖，不懂別人的親切的傢伙……還是說你自負不凡，想告訴大家你這副全身鎧甲不是裝飾品？算了，一天七個銅板。當然是先付帳。」

旅館的主人俐落地伸手。

在品頭論足的目光中，安茲帶著後面的娜貝拉爾邁開步伐——突然有隻腳伸出來，像是要阻擋安茲前進。

安茲停下腳步，只是移動目光打量伸出腳的男子。

男子面帶討人厭的輕浮笑容。同桌的人也都露出相同的笑容，或是目不轉睛盯著安茲和娜貝拉爾。

不管是老闆或其他客人，全都默不吭聲，沒有人出面制止。

雖然大家都是乍看之下似乎沒什麼興趣，或是等著看好戲的眼神，不過其中也隱藏著不放過一舉一動的銳利眼神。

（哎呀哎呀。）

安茲受不了地輕嘆一口氣，將前方的腳輕輕踢開。

像是在等待這個動作，男子站了起來。因為對方沒穿鎧甲，可以清楚看見衣服底下隆起的肌肉相當結實。脖子戴著一條和安茲類似的項鍊，不過那是鐵牌，隨著對方的動作搖晃。

「喂喂，很痛耶。」

男子發出銳利的聲音恐嚇，慢慢靠近安茲。大概是站起來時隨手戴上金屬手套，一握拳就發出喀嘰的金屬摩擦聲。

身高不相上下的兩人怒目相向，就互毆的距離來看有點太近。安茲先點燃戰火：

「這樣啊。我戴著全罩頭盔視野較差，沒看到前面有腳，也可能是腳太短所以沒看到……這是我的理由，可以原諒我嗎？」

「……混蛋。」

安茲的冷嘲熱諷讓男子露出危險的眼神。不過當他把眼神轉向安茲身後的娜貝拉爾，憤怒的眼光瞬間緊盯不放：

「你這傢伙真討厭……不過我大人有大量，只要你肯把那個女人借我一晚就原諒你。」

「呵，呵呵呵。」

安茲不由得發出冷笑，輕輕舉手制止想要上前的娜貝拉爾。

「……笑什麼？」

「沒什麼，只是覺得你竟然會說出這句和小嘍囉相得益彰的經典台詞，才會忍不住發笑。別計較了。」

「啥？」

憤怒的男子滿臉通紅。

「啊，動手前我可以先問一下嗎？你比葛傑夫・史托羅諾夫強嗎？」

「啥啊？你在說什麼？」

「這樣啊，看你的反應就很清楚了。這麼看來，似乎連玩耍的力道都不用——飛吧。」

安茲迅速伸手抓住男子的胸口，接著舉起男子的身體。

別說躲避，連抵抗都辦不到的男子被舉起之後發出「嗚喔！」的驚呼，同時在周圍看熱鬧的男子們也為之騷動。能夠單手舉起一個成年男子，他的臂力到底有多驚人？現場沒有連這點想像力都沒有的人。

店內響起一陣喧鬧和驚嘆，像是要粉碎這種驚訝的氣氛，安茲將雙腳不停擺動的男子輕輕丟出去。

輕輕這個說法是對安茲來說。

被扔出去的男子以驚人的氣勢飛到天花板附近，畫出拋物線重重摔落桌上。

身體碰撞的聲音、桌上東西破碎的聲音、木板裂開的聲音，還有男子的痛苦哀號混雜一起，響徹室內。像是被呻吟聲嚇到，店內突然變得鴉雀無聲。不過——

「呀啊——————！」

——慢了一拍，坐在桌邊的女子發出奇怪的慘叫。那是天上飛來橫禍時的靈魂哀號。不，如果天上突然掉下一個男人，會發出這種慘叫也是理所當然吧。然而有個和驚嚇截然不同的莫名情緒，混雜在驚呼聲中。

「……那麼，你們接下來有什麼打算？可以一起上省得麻煩喔？浪費時間在這種事上也很蠢。」

安茲對男子同桌的人們如此挑釁，男子的同伴們立刻聽懂這句簡短話語的含意，紛紛急忙低下頭來：

「啊？呃呃！我們的同伴得罪你了！真的非常抱歉！」

「……嗯，原諒你們。反正沒有對我造成困擾。不過可要賠給老闆桌子的錢喔。」

「那是當然。我們會照價賠償。」

正當安茲覺得這件事應該就此告一段落，打算離開時，突然被一道聲音叫住；

「喂喂喂！」

轉頭一看，剛才發出奇怪慘叫聲的女子毫不客氣地走向安茲。

年紀應該是二十幾歲或更年輕，紅色頭髮亂糟糟地剪成容易活動的長度，就算說得再怎麼好聽，也不算是整齊。說得貼切一點就是像個鳥巢。

五官看起來不差，眼神銳利，似乎沒有化妝，有著久經日曬的小麥色健康肌膚，手臂肌肉盤結，手上滿是握劍的繭。腦中浮現的第一印象並非「女性」而是「戰士」。

胸口掛著串有小鐵牌的項鍊，隨著腳步劇烈擺動。

「看你幹了什麼好事！」

「什麼事？」

「啥啊？你連自己幹了什麼好事都不知道嗎！」

女子指向壞掉的桌子：

「都是你把那個男人丟過來，我的藥水，我重要的藥水才會破掉！你是腦袋有什麼問題才把那個龐然大物丟過來！」

「所以呢？」

女子的眼神變得犀利，聲音也更加低沉：

「還要問嗎！你這傢伙！當然要負責賠償啊，那可是我買的藥水。」

「只不過是瓶藥水……」

「……我可是連飯都不吃，不斷節省再節省才拚命存夠錢，今天、今天才剛買那瓶藥水，現在卻被你打破了！即使是危險的冒險只要有了那瓶藥水就能保命，如此堅信的我，希望全部被你粉碎了，竟然還是這種態度？真是令人火大。」

女子又向安茲靠近一步。

眼前是頭瞪大通紅雙眼的激動蠻牛。

安茲忍住嘆氣，沒有確認投擲地點就隨手亂丟，確實是自己的疏失。不過安茲也有他的理由，無法輕易答應賠償：

「……那麼你向那個男人求償如何？要不是他拚命伸出短腿，就不會發生這個悲劇了。我說得沒錯吧？」

安茲透過頭盔縫隙瞪向男人的同伴們。

「啊，是啊……」

「不過……」

「算了，誰賠給我都沒關係，只要賠我藥水或是錢就好……不過那個可是價值一枚金幣又十枚銀幣喔。」

男子們全都低下頭來，看來是沒錢可賠。於是女子的目光再次轉向安茲：

「果然不出所料，老是喝酒怎麼可能有錢。看你穿的鎧甲這麼氣派，應該不至於沒有治療藥水吧。」

安茲恍然大悟，原來女子會向安茲求償是這個緣故。這個請求實在有些棘手。

安茲稍微想了一下，作好心理準備之後發問：

「有是有……不過那是回復用的藥水沒錯吧？」

「沒錯。我可是一點一滴——」

「——好了，妳別再說了。我拿藥水賠給妳，就此一筆勾消吧。」

安茲拿出低階治療藥遞給女子。女子以詫異的表情望著藥水，然後不甘不願收下。

「……這樣就沒問題了吧？」

「……嗯，姑且沒問題了。」

女子的語氣聽起來欲言又止，但是安茲甩開心中疑問。剛才就一直擔心娜貝拉爾會不會捅出什麼大簍子，這才是重點。

即使有安茲的叮嚀，娜貝拉爾還是露出銳利的眼神。好像有些人感覺到她的眼神，臉上顯得有些不安。

「走了。」

安茲以制止的語氣簡短告知娜貝拉爾，來到旅館老闆面前。接著隨手伸進懷裡取出皮囊，拿出一枚銀幣放在老闆粗糙的手上。

老闆默默將銀幣放進褲子的口袋裡，抽出的手中握著幾枚銅幣。

「嗯，那麼找你六個銅幣。」

將銅幣放到安茲戴著金屬手套的手上，隨即把小鑰匙放到櫃臺上：

「上樓梯之後右轉第一間，可以把行李放到床頭的寶箱裡。不用我提醒你也應該知道，不要隨便接近別人的房間。如果遭人誤會可就麻煩了。不過要是想讓人認識你，這倒是個不錯的辦法。你看起來無論什麼狀況都能處理，只不過別給我添麻煩。」

老闆瞄了躺在地上呻吟的男人一眼。

「知道了。還有幫我們準備一下冒險所需的最低限度裝備。我們帶的東西掉了，工會那邊告訴我，只要拜託一下，你們就會替客人準備。」

老闆看著安茲和娜貝拉爾的服裝，然後眼睛直盯安茲身上的皮囊：

「嗯，我知道了。我會在晚餐之前準備妥當。你們也要準備錢。」

「知道了。娜貝走了。」

安茲帶著娜貝拉爾爬上老舊的樓梯，發出嘰嘰的聲響往自己的房間走去。

●

安茲的身影消失在二樓之後，被安茲丟飛出去的男子同伴急忙向男子施展治療魔法。眾人的舉動像是點燃導火線，讓原本鴉雀無聲的屋內變得喧囂。

「……看樣子不至於表裡不一。」

「就是說啊。那種臂力遠遠超出水準，到底是怎麼鍛鍊出來的？」

「除了兩柄巨劍之外，身上沒有其他武器代表他很有自信吧。」

「怎麼又出現這種馬上就超越我們的傢伙。」

議論紛紛的對話中充滿感嘆、驚訝、恐懼。

大家打從一開始就心知肚明，安茲並非泛泛之輩。

根據之一就是那身氣派的行頭。全身鎧甲並非廉價品，只有不斷冒險——經驗豐富的人才有辦法購買。如果只以報酬來看，晉升到銀牌階段才能累積到那麼多資產。不過其中還是有些人是從前人那裡繼承，或是在戰場、遺跡當中撿到。正因為如此，才會想確認他的實力如何。

在這裡的所有人姑且算是同伴，同時也是競爭對手。每個人都想知道新人的能力，所以才會不斷重複之前的一連串過程。

其實在場每個人都曾經經歷這條路。不過捫心自問不曾有人能夠如此輕易通過。

也就是說，戴著銅牌項鍊的雙人組……

不管是身為同伴還是競爭對手，都具備獲得肯定的超強實力，這點無論看在誰的眼裡都是非常顯而易見。

今後該如何對待那兩人。已經無法和那個美女搭訕了。如果只有兩人可以讓他們進入我們的隊伍喔。你是不是說錯了應該說邀請他們加入吧。那個頭盔底下到底長得怎麼樣。今晚我到那傢伙的隔壁房間偷聽。他可是提到那個在周邊國家當中最強戰士葛傑夫・史托羅諾夫的名字喔？莫非他是戰士長的徒弟。這倒是很有可能。這個重責大任就由我這個順風耳的盜賊來負責。在眾人興高采烈談論神祕二人組的嘈雜聲中，旅館老闆走到一名冒險者身邊：

那個人是剛才從安茲手上拿到藥水的女子。

「喂，布莉塔。」

「嗯？什麼事？」

女子——布莉塔稍微移開一直注視紅色藥水的目光，以興趣缺缺的表情看向老闆。

「那是什麼藥水？」

「誰知道？」

「……喂，妳也不知道？不是知道那瓶藥水的價值才立刻接受他的賠償嗎？」

「怎麼可能。話說回來，我沒看過這種藥水。大叔也是沒看過才會過來一探究竟吧？」

普莉塔猜對了。

「這瓶藥水抵得了帳嗎？妳的藥水被打破是事實吧？這搞不好比妳買的還要便宜。」

「或許如此，這的確就像是賭博，不過這次我很有自信可以賭贏。這可是穿著氣派鎧甲的傢伙，聽到我的藥水價值之後給的喔。」

「原來如此……」

「……從沒看過這種顏色的回復系藥水，很有可能是非常稀有的珍品。要是當時一個遲疑，讓對方說出還是付錢賠償的話，豈不是入虎穴而空手而歸嗎？總之明天我拿去鑑定一下，應該就能知道這瓶藥水的價值。」

「喔，那麼鑑定費我來付吧。不僅如此，還順便幫妳介紹一個好地方。」

「大叔你？」

布莉塔皺起眉頭。旅館老闆雖然人不壞，但是絕對不是濫好人，其中一定有所蹊蹺。

「啊，別露出那種表情嘛，我只是希望妳能把這瓶藥水的效果也告訴我。」

「你是這麼打算啊。」

「這樣很划算吧？而且以我的門路，可以介紹最強的藥師給妳。就是那個莉吉·巴雷亞雷喔。」

布莉塔立刻露出吃驚的表情。

耶·蘭提爾這個地方因為聚集許多傭兵和冒險者，專門販賣武器、道具給這些人的交易相當熱絡，其中治療藥水的交易也很興盛，所以耶·蘭提爾的藥師比普通都市來得多。

在如此的競爭下，莉吉・巴雷亞雷以最強藥師的稱號名聞天下，在都市的所有藥師裡，她可以調製最為複雜的藥水。既然拿出最強藥師耶・蘭提爾的名號，布莉塔已經沒有拒絕這個選項。

2

木門隨著啪噠的聲音關閉。

房間除了一張小桌子和備有寶箱的兩張簡單木床之外，沒什麼其他家具。百葉窗打開，可以直接接觸外面的空氣和陽光。

環顧室內的安茲感到有些失望。雖然知道不能要求這種偏僻地方的旅館有納薩力克的設備和清潔的環境，還是覺得這裡有些令人退避三舍。

「竟然讓飛飛大人住這種地方。」

「別這麼說，娜貝。我們的目的是在這個都市取得冒險者的地位，提升知名度到眾所皆知的地步。在此之前，體驗一下符合身分的生活也不壞。」

沒有將內心的不滿表現出來，安茲安撫娜貝拉爾之後關起百葉窗。光是透過百葉窗的縫隙灑進的陽光，無法完全照亮整個房間。安茲和娜貝拉爾都有夜視技能，所以沒有任何妨礙，但是對一般人來說，這間房間暗到看不太見東西。

「不過，冒險者……這個工作沒有想像中那麼充滿夢想。」

冒險者。

之前安茲還對這個名詞，抱持些許夢想。

追尋未知事物，在世界各地冒險的人。安茲曾經想像這是個將ＹＧＧＤＲＡＳＩＬ的正確遊戲方式具體化的職業，不過在工會聽到櫃臺小姐的說明，才知道冒險者是種更加現實而且無趣的工作。

如果用一句話解釋冒險者，就是「對付魔物的傭兵」。

雖然有些部分符合安茲追求的冒險者，可以前往兩百年前遭到魔神毀滅的國家殘骸——遺跡進行探索，到祕境追尋未知事物，不過基本上還是魔物獵人。

每種魔物都擁有不同的特殊能力，所以需要技能比士兵更多樣化——有辦法對付的人。光是就這點來思考，也許類似那種遊戲當中經常出現，受到眾人依靠的勇者，不過事實上並非如此。

這也是因為身為統治的一方，討厭有自己無法控制的武裝集團存在。因此即使將經濟層面排除在外，冒險者的地位也不高。

還有不以國家規模吸收冒險者的理由，和那種與其聘僱高薪的正職員工，還不如在當地尋找派遣員工比較划算的企業想法一樣。因此就如同那種即使不聘僱派遣員工依然能夠運作的企業，對於只依靠本國兵力即可掃蕩魔物的國家來說，冒險者的地位又更低了。

根據櫃臺小姐的抱怨，斯連教國並沒有冒險者，巴哈斯帝國的冒險者則是在現任皇帝即位之後，處境變得更加惡劣。

安茲將些許的失望逐出心中。好不容易從事嚮往的工作，卻發現事實並非充滿夢想，這是屢見不鮮的事。

安茲的手輕輕一揮，漆黑的全身鎧甲和背上的兩把巨劍彷彿融化一般消失無蹤，包裹在魔法道具之下的骷髏就此現身。

淺黑色的護目鏡上，紅色的鎖定視窗忽隱忽現。點綴紫水晶的銀色頭盔冒出幾根荊刺，有如玫瑰的藤蔓。

身穿散發絲綢光澤的黑色長袖上衣與寬鬆長褲。綁住長褲的腰帶是條黑色帶子。

拆下樸實的鐵手套，除了左右無名指外的骨頭手指全都戴著戒指。

表面粗糙的紅棕色皮製半筒靴上，點綴著金絲刺繡。

脖子上的項鍊吊著一個繪有獅頭圖案的銀色牌子，外面則是披著紅色披風。

ＹＧＧＤＲＡＳＩＬ的道具一般是以將電腦數據水晶放入外裝(Visual)的方式形成，因此外表很難統一。不過有很多玩家討厭東西混合的裝扮，所以在某次改版之後，只要滿足特定條件，就能在不改變裝備能力的情況下統一外裝。

剛才安茲身上那套將全身包得密不通風的漆黑鎧甲，能夠利用「高階道具創造」製造裝備也是特定條件之一。

現在安茲身上的裝備有必中眼鏡、精神防壁之冠、黑寡婦蜘蛛服（Black Widow Spider Clothes）、黑帶、金屬護手、涅墨亞之獅（Nemean Lion）、加速之靴（Haste Boots）等。

——YGGDRASIL的道具交易，通常都是以電腦數據水晶進行。但是為了製作更強大的道具，也有人會販賣二手道具。這時候會出現一個問題，那就是他人製作的道具——如果名字是傳播禁止用語，或是侮辱特定人物，有時會遭到遊戲官方要求修改——基本上都是隨製作者的喜好命名。

販賣時如果道具有稀奇古怪的名字，當然會不受歡迎。雖然更名的付費道具不貴，但是很少人會為了更名特地購買。

因此替道具命名時，每個玩家都會絞盡腦汁。不管是取自神話或是以英文命名。

當然也有例外。

因為幫戒指取名字很麻煩，所以戒指1、戒指2、戒指3這種命名方式還算好的。安茲甚至看過有人取拇指戒、食指戒、中指戒這種名字。

安茲的朋友武人建御雷，會根據狀況使用兩把大太刀，他將其中一把武器的第八代取名為「建御雷八式」。

至於這件紅色披風的命名方式也是如此。

因為是抄襲美國漫畫裡的黑暗英雄，所以取名為魔界寄生披風。

這些都是聖遺物級的裝備。以安茲的主要裝備來看，算是差兩級的道具，不過考慮到攜帶太強的道具可能會有些問題，所以只帶這種等級的道具。

安茲轉動肩膀感受脫掉鎧甲的解放感，這時娜貝拉爾開口詢問：

「話說回來，要怎麼處置那個討厭的女人？」

「啊啊，妳是說那個藥水被打破的女人嗎？沒必要和她太過計較。若是我的重要物品被人打破，也會氣到失去理智……」

想起變成這個身體後的精神變化，安茲停頓了一下後繼續說道：

「……大概吧。她會責備不小心的我，也是理所當然的事。」

「可是那是因為愚蠢的人類敢找無上至尊的麻煩才導致這種結果，應該受到責備的是那個男人吧。」

「或許是那樣，但是把那個男人丟出去的人是我，這次就寬宏大量原諒她吧。而且我們在這個城鎮該做的事，是要成為這個世界的一員，提升飛飛和娜貝的知名度。如果被人知道我們連區區一瓶藥水都賠不起，豈不是有損我們的名聲。」

雖然看起來依然無法釋懷，娜貝拉爾還是深深點頭表示了解。

「而且對方是前輩，身為後輩多少也得給她一點面子。」

安茲把玩脖子上的項鍊，只有避開涅墨亞之獅不去觸碰。

（……如果只是金屬牌，或許有偽造的可能……不過這件事還是由工會去傷腦筋吧。）

掛在脖子上的小銅牌，就是所謂的識別牌（Dog Tag）。這個識別牌可以用來判斷冒險者的能力。

銅（Copper）、鐵（Iron）、銀（Silver）、白金（Platina）、祕銀（Mithril）、山銅（Aurichalcum）、精鋼（Adamantite）。

越後面的金屬代表評價越高，不僅可以選擇更高難度的工作，可以獲得的報酬也較高。

這也是為了讓冒險者不會白白送命的系統。

剛登記成為冒險者的安茲是最初級的銅牌，那個女人則是鐵牌。對前輩表現出最基本的敬意，是順利融入社會的訣竅。

「不過如果是安茲大人，屬下覺得不適合精鋼那種軟金屬，還是青生生魂、緋緋色金等七彩金屬來得相襯。全都是些沒眼光的傢伙。」

娜貝拉爾隨口說出即使是在ＹＧＧＤＲＡＳＩＬ裡也是最高階的金屬名稱，安茲以銳利地的眼神看著她，開口提醒：

「娜貝拉爾，為了保險起見，在這個城鎮裡要叫我飛飛。」

「遵命！飛飛大人！」

「妳要我重複剛才的告誡嗎？叫我飛飛。」

「非、非常抱歉！飛飛大──先生。」

「……飛飛大先生聽起來有點蠢喔？算了，只叫飛飛很勉強的話，至少叫我飛飛先生。知道了嗎？」

「遵命，飛飛先生。」

娜貝拉爾再次深深低頭鞠躬，安茲伸出手指撐著額頭。

（無法理解我為什麼要她稱呼飛飛先生的理由。有點沒用的傢伙呢……算了，現在沒有其他人，姑且原諒她吧。）

「我先說一下今後的行動方針吧。」

「是！」

娜貝拉爾立刻單膝跪地低頭。那是等待主人命令的隨從態度。

傷腦筋的安茲不知該如何是好，進房之後已經把門關上應該沒什麼問題，但是如果被人看到這個光景，肯定會議論紛紛吧。

（可是……她為什麼無法理解我要她稱呼飛飛呢？在過來旅館之前明明解釋過了……）

安茲帶著半放棄的態度開始說明：

「我們要在這個都市偽裝著名的冒險者。理由之一是為了收集這個世界的冒險者，也就是強者的情報，重點放在和我同是YGGDRASIL玩家的情報上。只要能夠取得更高階的識別牌，便能接下名符其實的工作，得到的情報也會更有可信度、更有幫助吧。因此眼前的第一要務是要成為成功的冒險者。」

娜貝拉爾表示理解後，安茲對她說明待辦事項。

「不過目前有個問題。」

安茲取出小皮囊鬆開束口，將裡面的東西倒在手上。出現在手上的是硬幣，而且數量很少，裡面看不到任何金色光輝。

「首先，我們沒錢。」

在剛才的爭執中，安茲用藥水賠償有幾個理由，其中之一就是沒有自信可以用金錢解決問題。在那種場合若是開口說沒錢，那也未免太糗了。

安茲向面露詫異之色的娜貝拉爾解釋：

「不，我們當然有錢，但是我手上的貨幣幾乎都是YGGDRASIL的金幣。因此我想把使用金幣當成最後手段。」

「這是為什麼呢？不是已經確認YGGDRASIL的貨幣也具有金錢價值嗎？」

「的確，我在之前的卡恩村得知，一個YGGDRASIL的金幣……啊，交易通用金幣簡稱通用金幣，具有兩個通用金幣的價值。但是如果在這個都市使用ＹＧＧＤＲＡＳＩＬ的金幣，不知道金幣會流到什麼人的手上。搞不好會被不特定的少數人知道，這裡如果有ＹＧＧＤＲＡＳＩＬ的玩家，反倒是種宣傳。在尚未了解這個世界的當下，必須避免這種事情發生。」

「玩家……和安茲大人同等級的人物，也是過去曾經攻擊納薩力克的惡徒呢。」

雖然對安茲大人這個稱呼皺起眉頭，但是和剛才的理由相同，安茲也不再多說什麼。

「沒錯，他們是絕不能掉以輕心的人物。」

他──安茲．烏爾．恭的等級是ＹＧＧＤＲＡＳＩＬ當中最高的一百級，但是對玩家來說，最高等級並不稀奇。應該說大部分的玩家都是一百級。

在這些玩家當中，安茲認為自己的實力屬於中上。這是因為安茲在遊戲中一直練符合不死者魔法吟唱者的職業，忽略提升強度所致。不過考慮到自己裝備的各種神器級道具，還擁有許多付費道具，或許可以到達中上等級，然而還是不能輕忽人外有人，天外有天。

所以絕對要避免被玩家發現。要是不小心進入戰鬥，安茲有很多打不贏的對手。

還有玩家原本是人類，會幫助人類的玩家也很多吧。要是這種玩家和雅兒貝德這些把人類看成低等生物的人對峙時，納薩力克地下大墳墓──安茲．烏爾．恭的所有人很可能把人類當成敵人。因此才會覺得帶雅兒貝德出來是件危險的事。

（不過沒想到連娜貝拉爾也是這種想法。）

安茲不是人類的敵人，但是為了自己的目的，可以毫不遲疑地殺死人類。即使如此，還是想要避免與玩家正面衝突。

「就這點來說，真的很可惜。」

「什麼事很可惜呢？」

「輕易失去尼根這個男人那件事。他可能是擁有最多情報的人，但是我只簡單問了一些問題就草草了事。」

在卡恩村抓到的陽光聖典成員，現在約有十人左右還活著。其他人在詢問情報的過程當中死亡，成為安茲以特殊技能召喚的不死者媒介。

想起從俘虜口中嚴刑拷問得到的情報，安茲忍不住自嘲：

「如果是一般玩家……很可能會支持斯連教國。」

斯連教國是個宗教國家，信奉六百年前降臨的六大神。

若是借用陽光聖典的說法，斯連教國是個為了讓身為人類的弱者能夠戰勝其他強大種族，得以壯大繁榮而奮鬥的國家。如果是保有人性的玩家，一定會贊同斯連教國的教義吧。

和人類是萬物之靈的世界不同，在這個世界上，人類的立場是最低等種族之一。

雖然在平地上建造如此了不起的都市，然而在平地上生活這點，只不過是突顯人類的脆弱而已。

雖說如此，平地也是危險的地形。首先是無處可躲，再者是容易被敵人發現。會選擇這種地形當作居住場所，是因為沒有夜視能力，也沒有腳力和耐力的脆弱民族，若不選擇平地這種無處可躲的危險場所，就無法打造自己的生活圈。

比人類的肌肉更發達、文明更優越的種族比比皆是，但是那些種族沒有統治這片大地。因為在五百年前，他們與企圖統治這片大地的八欲王對抗，讓人類得以在戰爭當中倖存。若非如此，人類恐怕早已遭到淘汰。

如果身在這樣的世界，當然會想幫助人類吧。正因為如此，現在的安茲才會不想接近斯連教國，對玩家保持戒備。

「總之關於錢的事，我打算賣掉偽裝騎士的斯連教國士兵的配劍……但是在那之前得先找到工作。」

「遵命。那麼明天還要過去工會囉。」

「沒錯，雖然想要盡可能參觀這個城鎮學習知識，不過等到賺點錢之後再做吧。」

「了解。身為戰鬥女僕之一，我將鞠躬盡瘁，全力支援。」

「這樣啊。那就拜託妳了，娜貝拉爾。」

對深深鞠躬的娜貝拉爾感到心滿意足，安茲發動魔法，換上幻影與鎧甲。

「我去探勘周邊環境，妳就留在這裡待命吧。」

「請讓我一起去！」

「不了，我只是去附近看看。可能的話想參觀一下聽說很大的墓地……還有留妳下來是為了避免有人入侵。絕對不能掉以輕心，要謹慎提防。目前應該沒有露出任何破綻，但是這裡說是敵營也不為過，所以千萬不能鬆懈戒備。」

「遵命。」

「還有定時聯絡就麻煩妳了。」

安茲走出房間，娜貝拉爾大大吐出一口氣。

接著按住眼角上下按摩，剛才的犀利雙眼無力垂下，一臉完全放鬆的表情。就連馬尾也像是失去活力軟趴趴地下垂。

不過還是記得至尊主人的命令。

娜貝拉爾雖然聚精會神地繃緊神經想要探查室外狀況，但是身為魔法吟唱者的她，很難達到盜賊的那種功力，因此利用自己擅長的技能彌補缺陷。

「兔耳（Rabbit's Ear）。」

隨著魔法的發動，娜貝拉爾的頭上冒出可愛的兔耳。抖動的兔耳感應四周的聲音。

這是三種被ＹＧＧＤＲＡＳＩＬ玩家稱為兔子魔法之一，其他還有可提升幸運值的「兔腳（Rabbit's Foot）」，能夠稍微降低怪物敵對值的「兔尾巴（Rabbit's Tail）」。同時發動這三項技能的女性角色服裝也會改變，因此十分受到歡迎。不過目前不需要發動其他兩項技能的娜貝拉爾沒有同時發動。

娜貝拉爾學的魔法大多屬於戰鬥類，這是少數的例外。

聽清楚周圍的聲音，確認安全無虞之後，發動「訊息」魔法。像是正在引頸期盼，娜貝拉爾的腦中立刻傳來女性的悅耳聲音。

『娜貝拉爾・伽瑪，有什麼事嗎？』

「是的，定時報告。」

娜貝拉爾的說話對象正是納薩力克地下大墳墓的守護者總管，雅兒貝德。

將現況一絲不漏完整報告的娜貝拉爾，最後提到對方衷心期盼的消息：

「安茲大人提起雅兒貝德大人，表示『除了她以外，沒有人可以讓我如此信任』。」

『咕呼——！』

莫名其妙的興奮叫聲在娜貝拉爾的腦中響起。

『很好——很好——娜貝拉爾真是乖孩子！就照這個樣子替我宣傳吧！這可是納薩力克守護者總管的命令喔！』

娜貝拉爾頭上冒出問號，心想「這是值得命令的事嗎？」不過冷靜思考這可是攸關到誰能服侍至尊的爭奪戰。那麼一來會有這種命令也是理所當然。

就在娜貝拉爾釋懷時，雅兒貝德的興奮聲音再次響起：

『趁著夏提雅有事外出之際，我就慢慢和安茲大人拉近距離！雖然是難以攻克的要塞，只要採取波狀攻擊，建立橋頭堡之後總有一天可以攻陷！當光榮的那天來臨，夏提雅會流下悔恨的淚水吧！』

雅兒貝德的雀躍叫聲讓娜貝拉爾稍微皺起眉頭。聽到這麼激動的聲音，就連娜貝拉爾也不禁有點不耐煩。

帶著彷彿忍不住會小跳步的開朗聲音，雅兒貝德滔滔不絕地說些下次要這樣，還有那樣才行之後，突然發出冷靜的聲音：

『不過妳們為什麼要幫助我？不選擇夏提雅而是選我的理由是什麼？難道是有什麼想要的東西？』

「這個問題很簡單。因為如果問我夏提雅大人和雅兒貝德大人，誰比較適合坐在安茲大人的身邊，我絕對會回答是雅兒貝德大人。」

『咕呼——————！太棒了。沒想到妳是可以看透納薩力克未來大局的人，太佩服了。』

「而且由莉姊姊不擅長應付夏提雅大人。」

『喔，由莉．阿爾法啊。原來如此，是這麼回事。那麼其他人也是我的同伴嗎？』

不只副隊長由莉・阿爾法，娜貝拉爾的腦中陸續浮現其他同伴的臉龐：

「這就有些難說。露普絲雷其娜是雅兒貝德大人派，不過索琉香是夏提雅大人派吧。至於安特瑪和希姿還不清楚，應該還沒有表態。」

『有辦法拉攏索琉香嗎？』

「大概很難吧。因為她的興趣和夏提雅大人很接近。」

『喔，原來如此……還真是低級的興趣。』

娜貝拉爾也同意雅兒貝德的說法，對索琉香・愛（同事）普史龍的興趣感到不解，忍不住偏頭。

雖然除了一個人之外，所有人類都是低等生物，即使如此也不至於有欺負人類的興趣。但是只要人類膽敢阻撓便殺無赦，即使麻煩也不放過。話雖如此，還不至於特地殺人。

『沒辦法了。那麼趕緊行動，拉攏其他女孩加入我的陣營吧。首先是安特瑪和希姿。』

「這麼做應該沒問題。索琉香和安特瑪都喜歡把人當成食物，若是把安特瑪拉攏到雅兒貝德大人這邊，索琉香或許可能因此成為同伴。」

『說得沒錯……知道了。那麼換個話題……親愛的安茲大人還有做了哪些事，可以仔細跟我說一下嗎？』

「是的，遵命。」

和雅兒貝德的定時聯絡十分熱絡——當雅兒貝德得知安茲和娜貝拉爾睡在同個房間時，不禁發出奇怪的叫聲大吵大鬧——甚至演變成需要發動四次同樣魔法的情況，讓回來的安茲感到有些受不了，不過這些都是後話。

3

感覺空氣好像染上顏色，布莉塔像狗一樣用鼻子聞了幾下。

空氣含有些許綠色氣味似乎不是錯覺。會有這種味道，是因為不知名的藥物和攪爛的植物所致。這個味道告訴布莉塔目的地到了。

布莉塔繼續前進，來到味道比剛才更濃的區域。左顧右盼之後走到最大的房子前方。

這間房子的結構和周圍那些前面是店鋪，後面是工坊的建築物不同，感覺是以工坊、工坊、工坊的方式建築而成。

從吊在門上的木牌和屋外招牌的文字，可以確認這裡就是目的地。

推開入口的大門，吊在門上的鐘發出驚人的巨大聲響。

進門之後來到像是招待客人的客廳，客廳中央放著兩張面對面的長椅，牆邊還有擺放書籍的書櫃，至於角落則是擺著觀葉植物。
布莉塔一踏進客廳，聲音立刻響起：
「歡迎光臨！」
是男人的聲音，不過這個聲音說是男人未免太過年輕。
環視四周，發現身穿沾滿植物汁液的破爛工作服，彷彿散發嗆人味道的少年站在眼前。
金色長髮幾乎遮住半張臉，難以判斷大約幾歲，但是從他的身高和聲音來判斷，應該正處於成長期吧。
雖然是個少年，布莉塔還是可以猜出他的名字。除了祖母很有名，他的天生異能也讓他成了耶．蘭提爾中屈指可數的名人之一。
「……恩弗雷亞．巴雷亞雷先生？」
「是的，就是我。」
少年——恩弗雷亞先是點頭之後才問道：
「請問妳今天到此有何貴幹？」
「啊，是的。還請稍待一下。」
布莉塔從懷裡取出旅館老闆交給她的摺疊紙條，遞給靠過來的少年。
恩弗雷亞收下之後立刻打開仔細閱讀。

「原來……是這麼回事。那麼可以讓我看看那瓶藥水嗎？」

恩弗雷亞接過布莉塔遞來的藥水，拿到被頭髮遮住的眼睛高度。

氣氛為之一變。

恩弗雷亞撥開頭髮，出現在眼前的五官十分端正，感覺將來一定會迷倒不少女生。不過稚氣未脫的臉上，有銳利的雙眼。從他剛才的語氣，根本無法想像會有那麼銳利的眼神，帶著強烈興奮色彩的眼睛不斷閃爍。恩弗雷亞搖晃了藥水數次之後，點了一個頭：

「對不起，在這裡不太方便說話，可以換個地方嗎？」

同意要求的布莉塔在恩弗雷亞的引導下，來到一間亂七八糟的房間。不過會這麼認為，是她的專業知識不夠吧。

桌上擺放著圓底燒瓶、試管、蒸餾器、研缽、漏斗、燒杯、酒精燈、天秤、詭異的罈子等物品。牆上的架子擺滿數不清的藥草和礦石。

房間裡瀰漫著獨特的刺鼻臭味，讓人覺得似乎對身體有害。

待在房間裡的人瞪著突然闖進來的兩人。

那是個年紀很大的老婆婆，滿臉皺紋，雙手也是皺巴巴的，齊肩的頭髮已經全白。身上的工作服沾著比恩弗雷亞更多的綠色污漬，發出濃濃的青草味。

進入房間的恩弗雷亞開口呼叫老婆婆：

「奶奶！」

「怎麼了怎麼了，別那麼大聲我也聽得到。我的耳朵還很靈光。」

恩弗雷亞的祖母只有一個，正是號稱這個都市最強藥師的莉吉．巴雷亞雷。

「快看看這個。」

接過恩弗雷亞遞給她的藥水瓶，注視藥水瓶的莉吉發出令布莉塔不寒而慄的銳利眼神，感覺就像身經百戰的強者。

這並非錯覺。藥師在製藥過程必須使用魔法，名氣越高的藥師，能夠使用的魔法位階就越高。所以耶．蘭提爾最強藥師莉吉的個人戰鬥能力凌駕在布莉塔之上。

「這個藥水……是妳拿來的嗎……傳說中的藥水？不，該不會是……神之血？喂，這到底是什麼藥水？」

「咦？」

布莉塔睜大雙眼目瞪口呆，心想這句話是我要問的。

「不可能……會有這種藥水。妳是從哪裡得到的？遺跡嗎？」

「咦？呃，不，那是……」

「真是吞吞吐吐的小姑娘。只要直接回答我的問題就好，妳是在哪裡得到的！該不是偷來的吧？嗯？」

布莉塔嚇到肩膀一震。明明沒做壞事，感覺卻像遭到責罵。

「……奶奶，不要嚇她啦。」

「……你說什麼，恩弗雷亞。我根本沒有嚇她……對不對？」

不，妳有。想這麼說又說不出口的布莉塔嚥下口水，開門見山地將獲得藥水的來龍去脈全盤托出：

「啊，呃，那個是別人賠給我的。」

「……啥？」莉吉的眼神變得更加嚴肅。「這麼貴重的……」

「等一下，奶奶。布莉塔小姐請問一下，是誰給妳的？為什麼給妳？」

得到恩弗雷亞相助的布莉塔簡單說明，那瓶藥水是從穿著全身鎧甲的神祕人物手中得到。聞言的莉吉把滿是皺紋的臉擠得更皺：

「……妳知道藥水有三種類型嗎？」

如此發問的莉吉不等待布莉塔的回答，繼續說道：

「只以藥草製成的藥水。這種藥水缺乏速效性，說起來只有強化人類原本能力的藥效。雖然效果差強人意但是很便宜。第二種是以魔法和藥草製成的藥水。這種藥水的效果會來得比剛才的那種藥水更快，不過還是需要時間。戰鬥之後若是有時間，冒險者大都是飲用這類的治療藥水。最後是只使用魔法製成的藥水。這種藥水的製作方式是將魔法注入鍊金術溶液製成，藥效會立即顯現，具有和魔法相同的效用，不過相對的比較昂貴。那麼妳帶來的藥水又是哪一種呢？因為完全看不到任何藥草沉澱，應該是只以魔法製成的藥水。不過——」

莉吉拿出一瓶裝有藍色液體的藥水瓶，伸到布莉塔眼前：

「這是基本的治療藥。顏色不同吧？治療藥在製作時一定會變藍色，但是妳的那瓶卻是紅色。也就是說這瓶治療藥的製作過程，與一般的治療藥完全不同。簡單來說，妳的這瓶藥水相當稀有，根據情況或許會改變現今的製藥技術……也許妳一時之間還無法領悟。」

如此說道的莉吉發動魔法：

「道具鑑定（Appraisal Magic Items）。」

「賦予魔法探測（Detect Enchant）。」

對藥水發動兩項魔法的莉吉，臉上浮現驚愕與憤怒的表情。

「咕咕……呼呼哈哈！」

……有如發瘋的笑聲突然在狹小的室內響起。莉吉慢慢抬頭，露出瘋狂的恐怖笑容。布莉塔被莉吉的激烈轉變嚇到，不只說不出話來，甚至連一根手指也動彈不得。

「咕咕咕！果然如此嗎！仔細看看這瓶藥水吧，恩弗雷亞！藥水的集大成型態就在這裡，就在這裡喔！我們——藥師、鍊金術師等製藥相關人士，累積了這麼長久的研究歷史，依然無法達到的理想境界！」

興奮過度的莉吉雙頰泛紅，氣息紊亂地喘個不停。像是絕對不願放手，緊握藥水瓶拿到恩弗雷亞的面前：

「藥水會劣化。對不對！」

「是啊，那是理所當然的。」

和莉吉的興奮態度大異其趣，恩弗雷亞的語氣非常冷靜，不過布莉塔發現他的表情還是帶點興奮之色。

只是不知道他們為什麼那樣興奮，但卻強烈感受到自己被捲入驚天動地的風波之中。因為自己帶來的這瓶藥水，讓這個都市的最強藥師露出如此興奮的表情。

「純以魔法製成的藥水是使用鍊金術溶液煉製。而溶液是以礦物為基底，然後使用鍊金術製成，因此品質會隨著時間劣化也是理所當然！所以必須施以『保存(Preservation)』魔法。」就在此時，莉吉停頓了一拍後才說出結論。「在此之前是那樣沒錯。」

對莉吉這番話感到稍微有點理解的布莉塔，睜大雙眼吃驚地望向紅色溶液。

「這瓶！這瓶藥水！這瓶藥水！沒有施加保存魔法卻沒有劣化，也就是說這是完美的藥水！至今為止無人做到！根據傳說，真正的治癒藥水是神之血，這是自古以來的傳說喔。」莉吉搖動手中的藥水，鮮紅的液體劇烈震盪起來。「當然，那只是傳說。在藥師之間甚至還開玩笑說神之血是藍色的。」

隔了一拍，莉吉望著那瓶被興奮發抖的手緊握的藥水：

「恐怕這就是代表真正神之血的藥水！」

氣喘吁吁的莉吉、不斷替她拍背的恩弗雷亞、吃驚到啞口無言的布莉塔。三人營造出來的寧靜被莉吉打破：

「……妳是來打聽這瓶藥水的功效吧，這瓶藥水相當於第二位階的治療魔法。如果不算稀有性等附加價值，大概價值八枚金幣。題外話，如果把附加價值算進去，金額可能已經高到讓某些人即使殺了妳也要把它搶走喔。」

布莉塔不禁全身發抖。

光是功效的價值，對鐵牌冒險者的布莉塔來說就已經相當高。問題在於藥水的附加價值，甚至連眼前的莉吉，發出的銳利眼神，感覺都像是在尋找時機準備出手搶奪。

即使如此，內心還是感到疑惑。為什麼那名全身鎧甲的男子會輕易將這瓶藥水賠給自己？鎧甲底下的真面目到底是何方神聖？

正當心中湧現無數疑問時，莉吉開口詢問：

「妳想不想把它賣給我啊？我會給妳一個好價錢。那麼，三十二枚金幣如何啊？」

布莉塔的眼睛睜得比剛才更大。

對方提出的金額對布莉塔來說可說是驚人的天價。要是不鋪張浪費，這個金額足以讓三人家庭生活三年吧。
布莉塔不禁感到猶豫。她知道這瓶藥水具有不得了的價值，那麼在這裡以三十二枚金幣賣出去是正確決定嗎？能夠再次得到這種藥水的可能性微乎其微。
可是拒絕的話，自己能夠活著回去嗎？
看見布莉塔遲疑的模樣，不得已的莉吉搖搖頭，告訴她另一個替代方案——

4

隔天早上，自稱飛飛的安茲再次推開工會大門。
一進門便看見屋裡的櫃臺，那裡有三名工會的櫃臺小姐滿面笑容地接待冒險者。有身穿全身鎧甲的戰士；攜帶弓箭看來身手矯捷的輕裝鎧甲者；身穿神官裝，配戴類似神之聖印的人物；身穿長袍，手持法杖的魔力系魔法吟唱者。
左邊有一扇大門，右邊則是告示板。上面貼著幾張昨天沒看到的羊皮紙。那裡有幾個冒險者，正在羊皮紙前面交頭接耳。
對於那副光景和張貼出來的羊皮紙感到十分厭惡的安茲走向櫃臺。

眾多視線紛紛集中在安茲掛在脖子上的銅牌，還可以感覺那些眼神正在他的全身上下不斷打量。和昨天在旅館時的氣氛一樣。

安茲也側目觀察那些冒險者。掛在脖子上的項鍊都是金牌和銀牌，沒有任何銅牌。帶著些許格格不入的感覺，安茲走到櫃臺前。

好像有一組冒險者剛離開，一名櫃臺小姐的前面是空的。走到那裡之後問道：

「不好意思，我想要找工作。」

「那麼請從張貼在那邊的羊皮紙之中選一張，拿到這裡來。」

點頭表示了解的安茲有種失去的汗腺再度恢復功能的感覺。來到張貼羊皮紙的告示板前，安茲大致瀏覽一遍，然後用力點頭。

嗯，看不懂文字。

這個世界的法則之一就是說話時有翻譯，但是文字沒有翻譯。

上次來到冒險者工會時都是櫃臺小姐幫忙處理，因此以為這次也一樣，真是太天真了。忍不住想要嘆氣還有在地上翻滾，接著精神回復平靜。感謝變成這副身體後的變化，安茲拚命動腦。

這裡的識字率似乎不高，不過要是被人發現不識字就太糗了，或許還會被人瞧不起。

安茲持有的文字解讀道具全都交給塞巴斯，在ＹＧＧＤＲＡＳＩＬ的時代對那類魔法不屑一顧，完全沒學。因為有卷軸，所以都以卷軸代替那種沒什麼用的魔法。

明知看不懂這個世界的文字，卻沒有準備因應措施的自己實在太愚蠢了。

不過覆水難收，現在後悔也於事無補。

娜貝拉爾也看不懂文字，這下沒輒了。

雖然腦中浮現負面想法，但是身為納薩力克統治者的自己不可以做出丟臉的行為。

下定決心的安茲撕下一張羊皮紙，快步走向櫃臺：

「我想要這個工作。」

櫃臺小姐看到用力遞到眼前的羊皮紙，露出困惑的神色，然後帶著苦笑開口：

「非常抱歉，這個工作是祕銀牌等級的人才能接……」

「我知道，所以才會拿來。」

安茲帶著平靜與確定的語氣，讓櫃臺小姐的眼中浮現詫異之色。

「呃，那個……」

「我想接這個工作。」

「咦？啊，可是，就算您如此要求，在規定上……」

「無聊規定。我就是不滿在升級試驗之前，必須不斷重複輕而易舉的窩囊工作。」

「若是工作失敗，很多人會因此失去性命。」

櫃臺小姐的堅定聲音當中，也包含眾多冒險者努力累積而成的工會評價這種多數人的無聲意見。

「哼。」

安茲嗤之以鼻的聲音，讓周圍冒險者和櫃臺小姐的表情露出敵意。這個新人根本是在取笑我們嚴守至今的規則。安茲覺得他們會出現這種態度也是理所當然。

身為不死者的安茲雖然完全不痛不癢，但是鈴木悟這個上班族殘留的情感，讓安茲在心裡拚命向周圍的人低頭道歉。

鈴木悟最討厭那種「沒有任何替代方案就全面否定別人意見的傢伙」、「毫無常識的爛客人」。現在的安茲正是後者，讓人很想痛毆他一頓。

但是安茲也不能輕易退讓。雖然想過要退讓，但是必須改變狀況到一個程度才行，所以安茲使出殺手鐗：

「後面那個人是我的同伴娜貝。她是第三位階的魔法師。」

一陣鼓譟震動空氣，眾人以吃驚的眼神看向娜貝拉爾。在這個世界中，第三位階已經到達魔法吟唱者的集大成領域。

真的假的？周遭眾人的目光移向安茲身上那套氣派的全身鎧甲，懷疑這番話的真偽。

冒險者的裝備與能力高低成正比，能力越高穿得越好。與女子同行的安茲身上那套氣派的鎧甲，具有無比的說服力。

留意到周遭的眼神出現變化，安茲在內心喝采，趁勢使出下一招：

「至於我，當然也是與娜貝實力相當的戰士。我可以斷定，這種程度的工作對我們來說簡直輕而易舉。」

和剛才相比，櫃臺小姐和周遭冒險者的驚訝程度較小，感覺得到眾人看待安茲的眼神有了變化。

「我們並非為了做那些只能獲得幾枚銅幣的簡單工作才成為冒險者的。我想挑戰更高等級的工作。如果要見識我們的實力，就讓你們瞧瞧吧。所以可以讓我們接這個工作嗎？」

之前的敵意迅速減弱，現場出現「的確沒錯」以及「原來如此」的氣氛。因為重視冒險者實力的粗人理解安茲的話。

然而櫃臺小姐不同：

「……非常抱歉，因為規定的關係，無法讓您承接這個工作。」

櫃臺小姐低頭道歉的模樣，讓安茲在心中擺出勝利姿勢。

「那就沒辦法了……我似乎太強人所難了，抱歉。」安茲也輕輕低頭道歉。「那麼妳幫我選個最困難的銅牌等級工作吧。除了張貼在告示板上的工作，還有其他的嗎？」

「啊，有的。我知道了。」

櫃臺小姐起身，正當安茲對自己的完全勝利喜極而泣時，耳裡傳來其他男子的聲音：

「那麼要不要幫我們工作呢？」

「啥？」

忍不住發出低沉的恐嚇聲音。安茲以打圓場的態度看過去，只見那是四人組的冒險者，掛在脖子上的銀牌閃閃發亮。

安茲在內心發牢騷——我可是好不容易才誘導成功——同時轉身面對那些人：

「你們說的工作……是有價值的工作……嗎？」

「嗯——我覺得是有價值的工作。」

看似隊長的男子開口回答。那是一名身穿繩鎧（Banded Armour）——由許多條金屬細繩交織，套在皮甲或是鎖鍊衣外面的鎧甲——頗有戰士風格的男子。

應該加入這名男子的團隊，和他們一起工作嗎？當然可以聽過他們的說明再決定，但是那樣一來，不知道櫃臺小姐是否還會替自己挑選工作。只是接下他們的工作，或許有機會和他們建立關係，獲得想要的情報。

遲疑了數秒。

安茲緩緩點頭：

「我追求的正是有價值的工作，就讓我們一起努力吧。不過還是先問一下到底是怎麼樣的工作吧？」

聽到他的回應，男子們請櫃臺小姐準備一間房間。

那是類似會議室的房間，中央有張木製桌子，椅子沿著桌子周圍擺放，男子們陸續坐到房間內側的椅子上。

「那麼，請坐吧。」

依照指示坐到室內的椅子上，娜貝拉爾也默默在旁邊坐下。

男子們的年齡相當年輕，看起來不到二十歲，不過沒有半點稚氣，有著不符合年紀的穩重感。看似隨意，不過他們的位置與距離隨時可以拿起武器。

因為是無意識間的表現，或許是在無數的出生入死當中養成的習慣吧。

「那麼在談論工作之前，先簡單自我介紹一下吧。」

剛才那名看似戰士的男子代表發言。

男子的外表是在王國當中最普遍的金髮碧眼，雖然沒有其他特徵，不過五官端正。

「你好，我是『漆黑之劍』的隊長彼得．莫克。那個是隊伍耳目的游擊兵，陸克路特．波爾布。」

身穿皮鎧的金髮男子輕輕點頭示意。棕色眼瞳細得有點喜感。

身型偏瘦，手腳特別細長，感覺有如蜘蛛。不過瘦長的身體是消除一切贅肉的結果。

「接下來是魔法吟唱者，隊伍的軍師。尼納——是個『術師（Spell Caster）』。」

「請多關照。」

他是這群人裡最年輕的吧。輕輕點頭的他雖已成年，但是臉上的笑容太過年輕，有著深棕色頭髮與藍色眼睛。

和其他成員的黝黑肌膚相比，他的膚色稍白，長相也是隊伍當中最俊美的。並非男子氣概的那種美，而是接近中性美。和其他男子相比，他的聲音也比較高。

不過臉上的笑容就像戴在臉上的面具，和裝出來的笑容有所不同。

服裝方面，其他同伴都穿鎧甲，只有他是一身皮衣。不過可以從桌子底下看到他的腰帶掛著各種奇特的東西。其中有奇形怪狀的瓶子和稀奇古怪的木製品等。

從術師這個稱呼來看，即使是魔法吟唱者，也是和安茲一樣屬於魔力系類型吧。

「……不過彼得，可以不要再介紹我的丟臉綽號嗎？」

「咦？那個很棒吧。」

「你有綽號嗎？」

不知道這是怎麼回事的安茲開口發問，陸克路特於是解釋：

「他可是天生異能，人稱天才的知名魔法吟唱者喔。」

「喔——」

安茲發出感嘆的聲音。天生異能是逼死三個陽光聖典的人才得到的情報，如今活生生的實例就在眼前，令安茲感到歡喜。

不過娜貝拉爾只是不屑地哼了一聲，幸好沒被對方聽到，讓安茲鬆了一口氣。這種在談判時無能部下做出奇怪舉動的上司心情，讓他稍微有點生氣，不過要是在這裡起爭執會有些不妙，所以安茲立刻恢復冷靜。

「沒什麼大不了的，只是擁有的天生異能剛好屬於那種系統。」

「喔喔。」

更加感到興趣的安茲，向前挺出身子，注意傾聽。

天生異能和武技相同，都是這個世界的特有能力，不存在於ＹＧＧＤＲＡＳＩＬ。大約兩百人中會有一人擁有天生的特殊能力，雖然天生異能者並不稀奇，但是這些特殊能力千差萬別，有強有弱，類型相當多采多姿。

例如能以70％的機率猜中明日天氣的能力；對召喚魔物進行強化的能力；讓稻類穀物的收穫日期提早幾天的能力；能使用過去存在於世界的龍之魔法的能力等等，種類繁多。

不過這些都是與生俱來的能力，無法選擇或改變。因此常會遇到無法善用的情況。出生時擁有能夠增加魔法破壞力的能力，但是身體與才能達不到魔法吟唱者的地步，那麼天生異能也是無用武之地。

可以善用天生異能的情況，算是幸運的少數。除了特別強大的天生異能者外，能夠決定人生一切的天生異能幾乎不存在。

像葛傑夫．史托羅諾夫這樣的戰士並非擁有天生異能，也可以證明這個說法。

不過擁有可用於戰鬥的天生異能時，那些天生異能者比較傾向選擇冒險者這個職業。因此在冒險者中，經常可以看到天生異能者。眼前的這個人在天生異能者之中，可以說是剛好能夠善用的幸運之星吧。

「記得是靠著魔法適性這個天生異能，讓需要八年才能學會的時間縮短成四年？我並非魔法吟唱者，所以不是很清楚有多厲害。」

同樣屬於魔法職業的安茲，產生好奇心與收集迷共通的收集欲望。能夠得到納薩力克地下大墳墓沒有的能力，也有助於壯大組織。如果有辦法奪得那個能力，即使可能會樹敵也值得冒險。

具有這種縮短學習能力的，應該是超位魔法之一「向星星許願（Wish upon a star）」吧。

沒發現到在頭盔底下如此思考的安茲露出虎視眈眈的眼神，兩人繼續交談：

「……能夠擁有這種能力出生真是幸運，因為可以讓我踏出逐夢的第一步。要是沒有這個能力，我可能只是個普遍平民，庸庸碌碌度過一生吧。」

低語的聲音帶著黯淡與沉重。企圖一掃陰霾的彼得以截然不同的語氣開口：

「不管怎麼說，在這個都市中你都是知名的天生異能者。」
「不過還有人比我更出名就是了。」
「蒼薔薇的隊長嗎？」
「那個人也很有名，不過我說的人是在這個城鎮裡。」
「是巴雷亞雷吧！」
還沒有介紹的最後一人大聲說出這個名字。對這個名字感到興趣的安茲問道：
「……那個人擁有什麼樣的天生異能呢？」
四個人同時浮現驚訝表情，看來這應該是理所當然要知道的事。
因為自己的好奇心，還有一心只想著如何取得壯大納薩力克的能力，對自己的疏忽感到後悔，還是告訴自己這種程度的失誤有辦法挽回。
不過在安茲開口解釋之前，對方逕自做出結論：
「原來如此，身穿如此氣派的鎧甲，又帶著即使聲名遠播也不足為奇的美女，但是我們卻完全不認識，那是因為你們不是本地人吧？」
這個如同雪中送炭的反問讓安茲點點頭：
「沒錯，正是如此。其實我們昨天才抵達這裡。」
「喔，那麼你們不知道囉？他可是這個都市的名人，但是沒有出名到連較遠的都市也知道吧？」

「是的，我沒有聽過。方便的話可以告訴我嗎？」

「他的名字是恩弗雷亞・巴雷亞雷，是知名藥師的孫子。他擁有的天生異能是可以使用任何魔法道具的能力。不但可以使用原本無法使用的不同系統卷軸，就連限制是人類以外種族才能使用的道具也可以。必須具有王族血統才能使用的道具，想必也毫無問題吧。」

「……喔。」

安茲盡可能不讓對方感受到隱藏在聲音裡的警戒，如此感嘆。

他的天生異能能發揮到什麼程度呢？安茲・烏爾・恭之杖——這類除了特殊條件，只有公會長才能使用的道具和世界級道具也都能使用嗎？或者是有它的限制？

是個值得戒備的人物，不過利用價值也很高。

娜貝拉爾也有相同的感覺吧。她的嘴巴靠近頭盔底下耳朵的位置，帶著充滿警戒的語氣說道：

「我認為那個人很危險。」

「……我知道。過來這個都市果然是對的。」

「飛飛先生，你怎麼了嗎？」

「喔，沒事，別在意。話說回來，可以替我們介紹最後的朋友嗎？」

「好的。他是森林祭司——達因．伍德汪達。會使用治療魔法和操控自然的魔法，精通藥草知識。如果身體有什麼問題可以馬上告訴他，他帶有一些對腹痛很有用的藥。」

「請多關照！」

嘴邊長滿豪邁鬍鬚，體格魁梧給人野蠻人感覺的男子開口打招呼。不過看起來比安茲的外表年輕。

他的身上散發非常淡的青草味道，來源是掛在腰上的布袋。

「那麼接下來輪到我們自我介紹了。她是娜貝，我叫飛飛。請多指教。」

「請多指教。」

「好的，也要請你們多多指教。那麼飛飛先生，你們直呼我們的名字就可以了。好，這麼快就言歸正傳有點不好意思，不過接下來就來討論工作吧。那個嘛，其實想請你們做的事情不算什麼工作。」

「那麼……」

聽到安茲發出詫異的聲音，彼得伸手制止，希望安茲等一下再問。

「這個工作是狩獵在這個城鎮周圍出沒的魔物。」

「驅除魔物嗎……？」

那麼已經足以稱為工作了。還是說有什麼冒險者的理由才會說不算工作呢？安茲想要發問，但是如果這是常識，問了可能會被認為知識不足也很不妙，所以他試著說個無關痛癢的問題：

「要驅除什麼樣的魔物呢？」

「啊，不是驅除魔物。狩獵魔物之後根據魔物的強弱，城鎮會透過工會發給適當的獎金，這種行為不知道在飛飛先生的國家稱為什麼？」

原來如此。

安茲了解了。彼得口中這項不算工作的工作，如果以YGGDRASIL的遊戲知識來說，就是類似打怪撿寶的行為。

「這是為了餬口，不得不做的工作。」

森林祭司——達因聲音低沉地插嘴。接著陸克路特也湊上一腳：

「對我們來說只是餬口，不過可以讓周遭人們減少危險、商人安全進出、國家確實課稅，是種沒人會有損失的做法喔。」

「現在有工會的國家幾乎都會做，但是五年前還沒有這種事，非常令人驚訝吧。」

隊伍的所有人都感同身受地點頭同意尼納的發言。他們自顧自地談論著各種話題，讓安茲完全插不上嘴。如果對這個國家一無所知就太奇怪了，因此安茲決定閉嘴當個傾聽者。

「都是拜黃金公主的英明所賜。」

「雖然沒有成真，不過當初好像不惜讓冒險者免稅，也要執行這個政策喔。」
「喔——竟然這麼重視冒險者。」
「就是說啊。有些不對國家盡忠的武裝集團，有時候甚至會被視為敵人。即使是帝國都沒有那種雅量。」
「那位公主真的相當英明，提出非常多德政……幾乎全都遭到否決就是了。」
「好想娶那種美女喔——」
「那就努力成為貴族吧？」
「啊——不可能不可能，絕對無法接受那種拘束的生活。」
「我倒是覺得貴族不錯。因為國家規定貴族可以壓榨居民，隨心所欲恣意妄為。」
尼納的微笑底下隱藏強烈的嘲諷。安茲在頭盔裡皺起沒有的眉毛，但是娜貝拉爾無動於衷，一副若無其事的模樣。陸克路特刻意以輕薄的語氣說道：
「哇啊——嘴巴還是一樣惡毒。你果然很討厭貴族——」
「我知道有部分貴族很正人君子，但是姊姊被那隻豬搶走，我無法不討厭貴族。」
「……越來越離題了！這些話好像不該在並肩作戰的飛飛先生和娜貝小姐面前說吧。」
像是要配合拉回話題的達因，彼得裝模作樣地咳了一下說道：
「就是這樣，我們會在周遭進行探索。因為靠近開發區域，或許沒有太強的魔物……飛飛先生或許會有點不滿吧？」

彼得拿出羊皮紙攤在桌上，那似乎是附近的地形圖。上面簡略標記村莊、森林、河川等訊息。

「基本上是往南探索這一帶。」

從羊皮紙的中央，一直指到南方的森林附近。

「主要是狩獵斯連教國邊境森林的魔物。會使用飛行道具攻擊後衛的魔物，頂多只有哥布林吧。」

「不過就算解決那麼弱的魔物，報酬也不高。」

安茲對於一行人的游刃有餘態度，感到有些疑惑。

就安茲所知，YGGDRASIL的哥布林有各種名稱，等級也從一級到五十級，實力差距很大，絕對不能把所有哥布林一概而論。一不小心很可能會吃大虧。

他們的輕鬆態度是堅信不會出現高等哥布林，還是這個世界的哥布林只有那點實力呢？

「……不會出現很強的哥布林嗎？」

「的確有很強的哥布林，但是不會出現在我們前往的森林。這也是因為強大的哥布林是部族統治者，對方不可能出動整個部族。」

「哥布林也知道人類的勢力範圍，所以非常理解如果大舉進攻將會一發不可收拾。尤其是強大哥布林那種聰明的高等位階種族。」

「而且娜貝小姐能夠使用第三位階的魔法，即使遇到高等哥布林也不成問題吧？」

「原來如此。不過我還是先提醒一下，也是有會使用第三位階魔法的哥布林喔。我想當成參考，可以請教一下我們可能遇到哪些魔物嗎？」

漆黑之劍的成員們同時轉向尼納。了解大家的意思，尼納露出老師的表情開始解說：

「我們比較可能遇到哥布林和他們飼養的狼。至於其他的野生魔物，在這附近沒有強敵出沒的紀錄。在草原上可能遇到的最危險魔物，大概是食人魔吧。」

「我們不會進入森林嗎？」

「是的，因為森林很危險。跳躍水蛭(Jumping Leeches)和巨大昆蟲(Giant Beetle)這類魔物還可應付，但是會從樹上噴蜘蛛絲的絞刑蜘蛛(Hanging Spider)和從地面張大嘴巴襲來的森林長蟲(Forest Worm)等魔物就有點棘手。」

原來如此。

安茲恍然大悟地點頭。原來是要狩獵那些從森林來到草原的魔物。

「就是這麼回事，飛飛先生。如何？願不願意助我們一臂之力呢？」

「……嗯，那就請多關照了……不過在此之前，可以先確認一下報酬嗎？」

「啊，也對，報酬很重要。原則上是飛飛先生的隊伍和我們的隊伍一起合作，所以兩隊平分報酬。」

「以隊伍的人數來看，這個分配倒是挺慷慨的。」

「不過魔物出現時，要請飛飛先生你們負責一半。我們所能使用的魔法只到第二位階。將這兩點計算進去，這樣的分配應該很合理。」

安茲假裝思考了一會兒才點頭同意：

「這樣的分配沒有問題，讓我們一起並肩作戰吧。既然要一起工作，就讓大家看一下我的真面目吧。」

安茲語畢脫下頭盔，四人看見眼前的面貌，感覺有些吃驚。

「……和娜貝小姐相同的黑髮黑眼，應該不是出身附近的人吧。聽說在南方，像飛飛先生這種人倒是很普遍……你們是來自那邊嗎？」

「是的。我們來自很遠的地方。」

年紀意外地大，已經是大叔了。真沒禮貌，和第三位階的魔法師旗鼓相當的戰士，差不多也就是這個年紀。娜貝小姐很優秀呢。除了彼得以外，三人的低語全被安茲的敏銳聽覺聽在耳裡。

大叔這個稱呼令安茲有些不舒服，但是看在他們這種年輕人的眼裡，會認為是大叔也是無可厚非。如果十六歲就算是成人，那麼安茲已經是名符其實的大叔。

「你們看過我的長相，之後我會繼續隱藏。要是被別人知道我們是異邦人，或許會被牽扯進什麼麻煩裡。」
如此說道的安茲再次戴上頭盔。
然後在頭盔下浮現得意的笑容。因為安茲為了以防萬一，事先施加了幻術。雖然是只要觸碰就會露餡的低階類型。
「既然要合作狩獵，我覺得應該在這裡釐清彼此的疑問比較好，你們有什麼問題要問我們嗎？」
「我！」
聽到安茲的問題，立刻有一隻手用力舉起。轉頭一看，舉手的人是陸克路特。
確認過除了自己以外沒人發問後，陸克路特發出響亮的聲音詢問娜貝拉爾：
「請問你們是什麼關係！」
現場顯得一片寂靜。
安茲不知道對方這個問題的意圖，彼得一行人倒是很敏銳地察覺陸克路特的目的。
「……我們是同伴。」
安茲回答之後，陸克路特下一個問題引起現場的騷動。
「我愛上妳了！一見鍾情！請跟我交往！」
大家全都看向陸克路特。知道對方的這句話並非想利用開玩笑加深彼此的關係，安茲把目光移到娜貝拉爾身上。成為目光焦點的娜貝拉爾先是深呼吸之後開口：

「閉嘴，低等生物（蛞蝓）。搞清楚自己的身分再開口，不然我會把你的舌頭拔下來喔？」

現場籠罩更勝剛才的寂靜。

「啊，不……」

安茲想要緩和氣氛，但是陸克路特再次搶先說道：

「謝謝妳這麼斬釘截鐵的拒絕！那麼我們先從朋友開始吧！」

「去死吧，低等生物（蛆蟲）。我怎麼可能和你當朋友。想要我用湯匙挖出你的眼睛嗎？」

目光從吵鬧的兩人身上移開，彼得和安茲互相鞠躬道歉。

「……我的同伴給你們造成困擾了。」

「不，我才要向你們道歉。」

「那麼就當作彼此都沒有問題，可以吧？」

彼得環視眾人開口，不去看笑嘻嘻的陸克路特和一臉冷酷的娜貝拉爾。

「那麼飛飛先生，如果你們準備好了，那就出發吧。我們早已準備妥當。」

聽到準備這件事，安茲突然想到。

已經向旅館老闆購買最低限度的必要物品，雖然安茲和娜貝拉爾不需要占空間的飲料與食物，不過什麼都不吃會被起疑，所以還是準備一些吧。

「好的。糧食補給完畢之後，立刻就可以出發。」

「只要準備糧食嗎？如果沒有要到特定的商店購買，要不要到櫃臺買些乾糧？他們會立刻幫忙準備。」

「這樣嗎？那樣也好，可以立刻完成準備。」

「那就走吧。」

大家起身走出房間。

回到工會之後，冒險者的人數變得比剛才更多，在羊皮紙張貼處的附近，可以看到幾組隊伍。但是幾乎所有冒險者的注意力都集中在一名少年身上。

金髮少年正在櫃臺和櫃臺小姐交談，另外兩名櫃臺小姐也從旁邊仔細傾聽少年說話。如果安茲來的時候算生意興隆，現在倒是一百八十度完全相反。

這時櫃臺小姐的臉——不，是嘴巴呈現O字形。那是吃驚的表情。至於對方視線的前方正是安茲。

（這是怎麼回事？）

正當安茲感到疑問時，櫃臺小姐起身靠過來開口：

「這裡有指名您的工作。」

這句話讓周圍氣氛出現劇變，安茲感受到好幾雙充滿好奇的眼神毫不客氣地盯著自己。

漆黑之劍一行人似乎也嚇了一跳。

如此詭異的氣氛變化，讓娜貝拉爾稍微有了動作。那是為了在緊要關頭時得以方便出招的戰鬥準備。

安茲不禁感到焦慮。

不妙，娜貝拉爾的舉動太不妙了。站在娜貝拉爾的角度，或許是認為周遭的變化屬於異常狀況，所以採取保護安茲的舉動。可是在這個場合實在太過突兀。應該說以常識判斷，一般不會做出這種舉動。

雖然是以保護安茲為第一要務，但是也太過欠缺思考。

（這個笨蛋。雅兒貝德也是一樣，到底在想什麼啊。不對……她們一定完全沒動腦吧。因為輕視人類，才會有這種把人類當成煩人蟲子踩扁也無所謂的感覺。）

成員幾乎都是異形類種族的公會「安茲．烏爾．恭」創造的NPC，會有那種態度也是無可厚非，不過還是要看時間和場合。

傷腦筋的安茲想問過去的同伴「為什麼都是這種NPC？」不管什麼角色設定都無所謂，至少讓他們擁有基本的待人處事能力，可以辨別時間、地點、場合，懂得察言觀色吧。

這種狀況根本沒有時間加以斥責。如果被人發現娜貝拉爾進入備戰狀態，不知會引起什麼軒然大波。

安茲立刻以手刀敲往娜貝拉爾的頭。當然並非使出全力，但是金屬手臂的一擊似乎造成劇痛，感到吃驚與困惑的娜貝拉爾淚眼望著安茲。不理她的安茲對櫃臺小姐問道：

「是哪位的委託工作？」

開口詢問的安茲立刻吐嘈自己。不用說就是眼前的少年吧。

「是的。是恩弗雷亞・巴雷亞雷先生。」

剛才聽過這麼名字——正當他如此心想時，少年靠了過來：

「你好。是我委託的工作。」

少年輕輕點頭問候，安茲也跟著點頭回禮。

「其實這個委託——」

少年的話還沒說完，安茲便舉手打斷對方：

「非常抱歉，我已經和別人簽下其他工作的契約，無法立刻接下你的工作。」

現場氣氛為之鼓譟，尤其漆黑之劍一行人更是激動：

「飛飛先生！這可是指名的委託喔。」

彼得的反應讓安茲浮現疑問，「指名委託」值得如此驚訝嗎？不過——

「或許是這樣，不過還是應該先進行之前接受的委託工作吧？」

安茲的判斷似乎沒錯，周圍的冒險者也有人點頭認同。這時有個出自好意的意見：

「不過……我們的工作算不上是委託，如果沒有碰到魔物，連報酬都無法支付……」

彼得的語氣有些曖昧，支支吾吾告訴安茲。

由自身與祖母都名聲響亮的少年委託的工作，和到處流浪的狩獵魔物工作相比，兩者的價值簡直天差地別。因此彼得才會表現出退讓的態度吧。

如此判斷的安茲以溫和的聲音說道：

「……那麼這樣吧，彼得先生。巴雷亞雷先生還沒告訴我合約內容、報酬、日期，等我聽完之後再決定吧。」

「我當然沒問題。雖然希望盡早上工，不過這個工作也不急於一兩天。」

「那麼談論時也讓漆黑之劍的朋友一起旁聽吧。如果談成……不，應該說沒談成的話，請讓我優先選擇之前承接的工作。」

「咦？飛飛先生，讓我們也一同出席好嗎？」

「是的。我希望你們站在當事者的立場，幫忙提供意見。」

得到漆黑之劍眾人的同意，安茲一行人再次回到剛才的房間。

感覺十分忙錄。

安茲再次露出苦笑，坐到剛才的位子。娜貝拉爾還是一樣坐在身邊，少年隔了一個位子坐下。漆黑之劍一行人和安茲都坐在之前的座位。

在這一群人裡，最先開口的當然是少年：

「剛才櫃臺小姐已經提過，不過還是讓我自我介紹一下。我叫恩弗雷亞・巴雷亞雷，在這個城鎮從事藥師的工作。關於委託的內容，之後我預定前往附近的森林，大家都知道森林相當危險，所以希望你能當我的保鏢，可能的話也幫忙採集藥草。」

「保鏢啊。原來如此。」

安茲氣定神閒地點點頭，覺得這件工作有些棘手。

安茲知道自己屬於強者，與娜貝拉爾聯手的話，要殲滅來襲的魔物可說是易如反掌。不過對於保鏢任務卻沒什麼自信。因為身為魔法吟唱者的安茲和娜貝拉爾，都沒有那種化身護盾保護他人的特殊魔法和技能。

「報酬比照規定的金額──」

「──請稍等一下。保鏢任務這份工作剛好很適合你們。那個，彼得先生，你要不要反過來接受我的雇用呢？」

「咦？」

「若是保鏢和採集的工作，那麼有游擊兵陸克路特先生和森林祭司達因先生加入，豈不是更有效率嗎？」

「喔！飛飛先生真是有眼光。森林祭司在森林裡能夠發揮優秀的能力，比起游擊兵的陸克路特更加傑出吧。」

達因的低沉語氣帶著自負，至於陸克路特顯得有些不滿。

「達因，你還真敢說。」

「以森林祭司的能力來說這是不爭的事實！而且你可別忘了我也略懂藥學！」

「哼——彼得，我完全沒問題。就讓你見識一下我和那位森林祭司先生，誰的採集能力比較厲害吧。」

「這表示各位答應囉。路上如果遇到魔物就加以獵殺，向城鎮要求額外報酬。至於巴雷亞雷先生的報酬以人數平分如何？彼得先生。」

「如果飛飛先生覺得這樣沒問題，我們沒有異議。」

「巴雷亞雷先生，讓你久等了。方便的話可以讓在場所有人接下剛才的委託嗎？」

「這樣啊，我也沒有問題。那就麻煩大家了。啊，還有請叫我巴雷亞雷即可。」

安茲一行人開始對委託人自我介紹。途中娜貝拉爾雖然對陸克路施展毒舌，不過還是順利完成自我介紹。

「那麼關於今後的計畫，首先前往卡恩村，在那裡設置停留據點之後前往森林，這是我之前的一貫做法。採藥的天數根據採到的藥草而定，不過最長三天，過去平均是兩天。」

「要怎麼過去呢？」

「是的，有一輛一匹馬的馬車。不過上面擺滿瓶子，準備收納採取的藥草，所以沒有多餘的空間可以讓各位搭乘。」

「可以在卡恩村補給糧食嗎？」

「水的話沒有問題，但是糧食或許有困難。因為卡恩村不是很大。」

漆黑之劍的成員開始討論準備事宜，並且詢問巴雷亞雷各種問題。看到這個景象的安茲也開口：

「我可以問幾個問題嗎？」

見到少年笑著點頭回應，安茲說出第一個問題：

「為什麼找我？我最近才搭乘馬車來到這個都市，因此在這個城鎮沒有熟識的朋友，也沒什麼知名度。既然如此，你怎麼會找上我？而且你剛才提到之前的一貫做法，那就表示過去是雇用其他冒險者吧？那些冒險者呢？」

頭盔底下的安茲眼神十分銳利。

不知道少年為何指名自己。如果底細已經曝光，就要變更以往的偽裝和接近方式。

非常仔細打量——因為少年的頭髮幾乎遮住半張臉，無法確認眼神——依然看不穿少年的真正意圖。

難道是自己想太多了——正當安茲感到疑惑時，恩弗雷亞回答：

「啊啊，之前雇用的冒險者好像已經離開耶．蘭提爾，去了其他城鎮。所以我才會尋找新的冒險者。還有，其實……我從來店的客人那裡聽到關於旅館的事。」

「旅館的事？」

「是的，聽說那裡有個人輕鬆地把高一階的冒險者丟出去。」

「原來如此……」

那是想要利用展示實力提升知名度。所以少年果然上鉤了嗎？正當安茲感到釋懷時，少年以開玩笑的語氣指著安茲胸口的牌子說道：

「而且銅牌的冒險者比較便宜吧？或許能夠相處更久一點。」

「哈哈，確實如此。」

雇用初出茅廬的新人，安茲也十分理解那種心情。安茲覺得自己逐漸放下戒心，但是還有一個擔心的地方。如果真是那樣——

當安茲思考之際，其他人陸續問了幾個問題，恩弗雷亞都一一回答。覺得眾人已經沒有疑問之後，恩弗雷亞說道：

「那麼準備妥當之後就上路吧！」

5

黑夜中，戴著連衣帽的人影有如滑行一般在耶．蘭提爾的巨大墓地前進。

有著連衣帽的漆黑披風，肩膀和腰部附近沒有上下移動的前進方式相當獨特，讓人影遠遠看去有如靈魂。

人影身手矯捷地避開墓地的魔法燈光，不斷往內部前進。

不久人影來到祠堂前面，慢慢脫掉連衣帽。

那是一名年約二十，正值花樣年華的年輕女子。

五官端正，帶著有如貓科動物的可愛。雖然看似可愛，但是臉龐下隱藏著隨時會露出肉食動物本性的危險。

「終於到了。」

女子以說笑的語氣開口，撩起金色短髮，推開祠堂的石門。披風底下傳來喀啦喀啦的金屬摩擦聲，很像鎖鍊衣發出的那種聲音。

進入祠堂，放置屍體的石製台座上沒有任何東西，祈禱死者升天的祭品已經全部撤去。

不知是否連石頭也吸收大量薰香，香甜的味道刺激女子的鼻腔。

女子稍微皺起眉頭，靠近裡面的石座。

「哼哼哼——嘿——」

一邊哼歌，女子一邊往台座下方不顯眼的細小雕刻按下去。

隨著雕刻往下移動，喀嚓一聲傳來東西咬合的聲音。過了一拍之後，喀啦喀啦的聲音響起，石製台座緩緩移動，底下出現通往地下的階梯。

「進去囉——」

女子朝下方發出拉長尾音的悠哉聲音，走下樓梯。中間轉了一個彎，來到寬廣的空洞。

雖然牆壁和地板都是泥土外露，但是經過人工處理，看起來不至於會輕易崩塌。空氣也不算髒，不知道哪裡可以通風，空氣相當新鮮。

不過這裡絕對不是墓地的一部分，而是更加邪惡的地方。

牆上吊著詭異的壁毯，下方有幾根由鮮血鍊成的紅色蠟燭，散發淡淡的光芒，還有燒焦般的血腥味。

搖曳的燭火造成無數陰影，在這個空間裡有幾個可讓人進出的洞穴，裡面飄出低階不死者的特殊屍臭。

女子環視周遭，目光停留在一個地方。

「啊——藏在那裡隱約可見的人，客人已經到囉——」
躲在道路陰暗處窺探四周的男子，肩膀抖了一下。
「你好——我是來見這裡的小卡吉，他在嗎——？」
男子有些不知所措，聽到再次出現的腳步聲後又抖了一下肩膀。
「可以了。你退下吧。」
之後過來的男子對感到不知所措的男子說了這句話，現身廣場。
那是個消瘦的男子。
眼睛凹陷，臉色差到不像活人，非常符合毫無生氣這個說法。頭頂沒有半根頭髮，不僅如此，甚至沒有眉毛、睫毛等體毛，感覺他的身上似乎沒有半根毛。
這副模樣讓人完全看不出他的年紀，但是從皮膚沒什麼皺紋這點判斷，應該不算老。
這名男子身穿類似血色的暗紅色長袍，脖子上戴著由小動物頭骨串成的項鍊。一雙手瘦得只剩皮包骨，留著污黃指甲的手握著黑杖。與其說是人類，說是不死者魔物比較恰當。
「你好——小卡吉。」
女子輕浮的招呼讓男子皺起眉頭。
「可以不要那麼叫我嗎？這樣有損知拉農的威名。」
知拉農。

具有強大實力與知名盟主的邪惡祕密組織，由身經百戰的魔法吟唱者組成。曾經引發好幾場悲劇的他們，被周遭國家視為敵人。

「是嗎——？」

女子這個似乎不打算改變稱呼的回應，讓男子的眉頭皺得更深。

「……然後呢？妳過來這裡到底是為了什麼？妳知道我正在這裡對死之寶珠注入力量吧。如果妳打算過來這裡搗亂，我也有我的應對方式喔。」

男子瞇起雙眼，更加用力握緊手杖。

「討厭啦——小卡吉。我可是替你帶這個過來喔——」

女子露出嬌媚的笑容，手在披風底下摸索。喀啦喀啦的聲音響起，找到東西的女子高興地把手伸出來。

那是一頂頭冠。

無數小寶石點綴在有如蜘蛛絲的纖細金屬線上，像是沾著水滴的蜘蛛網，做工相當精緻。頭冠的中央——應該是戴在額頭的地方——鑲著一顆看似黑水晶的巨大寶石。

「這是！」

男子不禁瞠目結舌。

雖然只是遠遠看，但是絕對不會看錯，那就是之前曾經看過一眼的頭冠。

「巫女公主的象徵，智者頭冠！這不是斯連教國的最大密寶之一嗎！」

「沒錯喔——因為看到可愛女生戴著這頂怪頭冠，覺得太過突兀所以就下手了——結果讓我大吃一驚！對方立刻發瘋了——屁滾尿流囉——」

女子笑個不停。

如果把智者頭冠搶走，原本戴著的人——也就是斯連教國的魔法儀式中心人物巫女公主——會有什麼下場，身為前漆黑聖典的女子不可能不知道。

因為漆黑聖典的工作是在迎接下個巫女公主時，將頭冠摘下之後立刻發瘋的巫女公主送到神的身邊。

「不過這也是沒辦法的事。因為只有這種方法能夠得到——是打造這頂頭冠的人的錯，是那傢伙不對——」

沒有安全的方法可以摘下智者頭冠，唯一的做法就是破壞。

不過這個頭冠藉由封閉配戴者的自我，讓人類本身變成只會使用超高階魔法的道具，應該沒有人會做出加以破壞這種浪費的行為。

結果還是有這樣的狂人。

「哼，不惜背叛漆黑聖典也要搶奪的東西，竟然是這樣的廢物。倒不如去搶六大神遺留的神器還比較好。」

「說是廢物未免太過分了——」

男子嘲笑裝模作樣地鼓起臉頰的女子：

「說是廢物也沒錯吧？能配戴這個道具的女人，機率只有百萬之一。若非是在斯連教國這樣的國家，甚至無法尋找配戴者吧。」

斯連教國是周遭國家當中唯一有製作居民名冊的國家。因此只要利用居民名冊，可以輕易找到這個道具的配戴者——祭品。

如果不是這樣，即使利用知拉農的力量也很難找到。

「話說根本不可能搶得到那個神器吧——因為那可是由超越人類領域的漆黑聖典最強怪物，流著六大神的血，隔代遺傳的畜生所保護——」

「神人嗎……那些傢伙真的那麼強嗎？我只有聽妳說過。」

「那些傢伙已經超越強的領域。那是因為情報遭到封鎖，你才不知道——因為要是知情者被人以精神控制方式拷問，那可就大事不妙。聽說一旦走漏風聲，將會導致與殘存的真龍王展開決戰，教國也會遭到波及甚至因此毀滅，希望你可以假裝沒聽到——」

「……有點難以置信。」

「沒有親眼見識那個力量就會這麼認為吧——……那麼言歸正傳，卡吉特．戴爾．巴丹提爾，同為十二幹部的你，願意助我一臂之力嗎？」

女子終於改變語氣。

「喔，終於露出真面目了呢？昆提亞的分身。別叫我戴爾，我已經不用那個教名。」

「……那麼你也不要叫我昆提亞的分身吧？叫我克萊門汀。」

「……克萊門汀，妳要我幫妳什麼？」

「這個城鎮裡不是有相當傑出的天生異能者嗎？如果是那個傢伙，或許就可以配戴這個道具——」

「……原來如此，傳說中的那傢伙啊。不過若是只要綁架一個人類，妳一個人不就綽綽有餘了嗎？」

「嗯，你說得沒錯——不過動手時想要順便引發混亂啊——」

「原來如此……想要趁亂逃走嗎……」

「如果我願意幫助你進行儀式，你覺得如何？很划算的交易吧——？」

男子——卡吉特瞇細眼睛，露出邪惡至極的笑容：

「太棒了，克萊門汀。如果妳願意幫助我，就可以提前進行死之祭典了。沒問題，我就竭盡所能協助妳吧。」

第二章 旅程

Chapter 2 | Journey

1

從耶・蘭提爾前往東北方的卡恩村時，馬車的路線大致分成兩條。

北上之後沿著森林周圍往東前進的路線。還有先往東前進，然後向北的路線。

這次選擇的行進路線是前者。

沿著森林周圍前進，遇到魔物的機率較高，以保鏢的立場來看是個錯誤的選擇。

即使如此，大家還是選擇這條路線。那是安茲為了達成彼得他們最初委託的狩獵魔物任務。雖然這個決定隱含得不償失的危險，但是有「飛飛和娜貝」這樣的高手同行，才會安心選擇這個路線。還有娜貝拉爾在城外使用「雷擊(Lightning)」證明她能夠使用第三位階魔法，也是選擇這個路線的原因之一。

而且不是進入森林，而是在森林與平原的交界，不至於出現太強的魔物，以大家的實力應該足以應付，還可藉由實戰確認彼此隊伍的實力。根據這幾點判斷，最後才決定選擇這條路線。

離開耶・蘭提爾，太陽已經通過頂點的現在，可以看見在遠方有一大片黑綠色的茂密原始森林。粗壯的巨木林立，繁茂的枝葉生長得異常廣闊，因此陽光無法照射進森林，視野不佳甚至有種被黑暗吞噬的錯覺。樹木之間的縫隙彷彿張開大嘴等待自投羅網的獵物，這種神祕感更是造成不安。

一行人以圍著馬車的隊形前進，駕車者當然是恩弗雷亞，游擊兵陸克路特走在馬車前面，戰士彼得走在馬車左側，馬車右側是森林祭司達因和魔法吟唱師尼納，後方則是安茲和娜貝拉爾。

因為視野遼闊，到此之前大家沒有多大的警戒，但是來到這裡之後，彼得第一次發出稍微有點嚴肅的聲音：

「飛飛先生，從這一帶開始就屬於危險地帶。雖然不會出現無法應付的魔物，為了謹慎起見還是要多加留意。」

「了解。」

點頭的安茲突然想到一件事。

如果是在遊戲中，會遇到什麼樣的魔物是根據地點而定。但是現實裡不可能有這種狀況。只有神知道會出現什麼棘手的敵人。

根據前幾天的卡恩村之戰，還有從陽光聖典的俘虜口中逼問出來的情報，安茲對自己的高強實力充滿信心。然而那是身為魔法吟唱者的實力，現在的安茲穿著魔法創造的鎧甲，幾乎不能吟唱任何魔法。

在這種壓抑長處的狀態下，是否能夠勝任前鋒呢？不僅如此，既然身為保鏢，勝利條件就不是戰勝敵人而是徹底保護恩弗雷亞。如此思考的安茲感到些許不安。

遇到緊要關頭時，打算消除鎧甲使用魔法，但是如此一來就必須殺掉同行的一行人或是竄改他們的記憶，安茲實在不願意這麼做。

（因為太麻煩了。）

安茲轉頭看向娜貝拉爾，承受視線的娜貝拉爾點了個頭。

兩人事先討論過，在緊要關頭時讓娜貝拉爾發動比第三位階還高的高階魔法，最多到第五位階。希望能夠解決問題。如果還是不行，安茲也會脫去鎧甲，稍微認真對付。

看到兩人的眼神交流——安茲依然戴著全罩頭盔——產生奇怪誤會的陸克路特以開玩笑的輕浮語氣對娜貝拉爾說道：

「沒事的，不需要擔心，只要沒有遭到奇襲，也不至於太過棘手。而且只要是我負責把風，即使是奇襲也逃不過我的耳目。吶，小娜貝，我很厲害吧？」

娜貝拉爾無視一臉認真的陸克路特：

「飛飛先生，可以允許我揍扁這個……低等生物（斑蚊）嗎？」

「收到娜貝小姐冷漠的一句話！」

豎起大拇指的陸克路特令眾人露出苦笑，但是大家似乎對刻薄回應的娜貝拉爾沒有什麼特別的感覺。因為大家不認為娜貝拉爾把所有人類都稱為低等生物，而是只針對特定人士才會這麼說。

安茲駁回娜貝拉爾的真心要求，感覺不存在的胃痛了起來。現在正和人類一起旅行，希望她能稍微掩飾一下內心的想法。

似乎誤會安茲的態度，恩弗雷亞在一旁插嘴：

「沒事的。其實從這一帶到卡恩村附近，都是『森林賢王』這隻擁有強大力量的魔獸的勢力範圍。因此除非運氣極差，否則不會遇到魔物。」

「森林賢王嗎？」

安茲回想起在卡恩村打聽到的情報。

森林賢王是一隻會使用魔法的魔獸，擁有驚人的強大力量。因為棲息場所位在森林深處，幾乎沒有什麼目擊情報，不過存在本身倒是打從很久以前就一直受到眾人討論。甚至有人說那是一隻活了數百年，長著蛇尾的銀白色四腳獸。

（真想見識一下。雖然不知真偽，不過如果活了很久，或許擁有驚人的智慧。畢竟還有森林賢王的稱號。如果能夠抓到……應該可以強化納薩力克的實力。）

安茲在腦中模模糊糊想像魔獸的模樣。

（說到森林賢王，在已經消失的動物中也有……長得像猴子……啊，紅毛猩猩。那叫森林人……還是賢者？而且長著蛇的尾巴……有那樣的魔物喔？）

覺得在ＹＧＧＤＲＡＳＩＬ當中也有那種魔物的安茲終於找到答案：

（是鵺！……那個長相應該是猴子的頭，狸的身體，老虎的四肢和蛇的尾巴……雖然不清楚這裡是否有ＹＧＧＤＲＡＳＩＬ的魔物，但是也可能像天使那樣被召喚出來。）

正當安茲想起ＹＧＧＤＲＡＳＩＬ的鵺時，陸克路特再次以輕浮語氣找娜貝拉爾說話：

「嗯，那麼如果完美達成任務，不知道會不會因此提升可愛的小娜貝的好感度呢？」

娜貝拉爾打從心底感到厭惡地嘖舌。

陸克路特做出受到打擊的動作，但是沒人開口安慰她。大家似乎已經把他們當成搞笑雙人組了。

於是眾人一邊閒聊，一邊在彷彿可以曬焦肌膚的炙熱陽光下行進。皮鞋沾著踩爛青草的汁液，發出青草的味道。

看著擦拭汗水的一行人，安茲非常感謝這副不死者的身軀。對於強烈陽光一點都不覺得痛苦，即使穿著笨重的鎧甲也不至於疲憊。

只有陸克路特依然活力十足，隨口對著默默行走的眾人說笑：

「大家可以不用那麼小心謹慎也沒關係，因為我會眼觀四面耳聽八方。小娜貝就很信任我，一副老神在在的樣子。」

「不是因為你。是因為有飛飛先生。」

娜貝拉爾皺起眉頭。感覺接下來可能發生什麼不可收拾的事，安茲把手放在娜貝拉爾的肩上，她的表情瞬間緩和下來。

看著兩人互動的陸克路特丟出疑問：

「我說小娜貝和飛飛先生，你們兩人果然是情侶吧？」

「情、情侶！你在說什麼啊！雅兒貝德大人才是！」

「妳！」安茲不禁大叫出聲。「在說什麼啊！娜貝！」

「啊！」

娜貝拉爾睜大雙眼，伸手摀住自己的嘴巴，至於安茲咳了一聲冷冷說道：

「……陸克路特先生，可以不要沒有根據地亂猜嗎？」

「……啊——失禮了。只是開個玩笑。啊——難道飛飛先生已經有對象了？」

鞠躬的陸克路特沒有反省的模樣，但是安茲也沒有像剛才那麼生氣。關於這次的外出，選擇娜貝拉爾隨行實在是個愚蠢決定。

雖然覺得選錯人，但是安茲也很為難，因為除了她以外實在沒什麼人才。在全部都是異形類角色的安茲・烏爾・恭裡，同伴創造的NPC也幾乎都是異形類，能夠帶到人類都市的人才非常稀少。娜貝拉爾雖然是偽裝的，卻是少數擁有人類外表的人之一……不過忘記把她的性格也考慮進去。

以現狀來看，或許另一名戰鬥女僕露普絲雷其娜・貝塔會比較合適，但是事到如今為時已晚。

娜貝拉爾因為自己的失態而臉色蒼白，為了讓她放心，安茲輕拍幾下她的背。好的上司要能夠原諒下屬的第一次失敗。若是重複犯錯，那時候再好好斥責。而且要是她因此沮喪或退縮，影響到今後的行動，那可就不妙了。

更重要的是她只有提到雅兒貝德的名字。沒必要竄改記憶——應該。

「陸克路特，別再說廢話了，好好警戒。」

「了解。」

「飛飛先生，很抱歉，我的同伴失禮了。隨便揣測他人的事可是禁忌。」

「不會不會。今後如果能夠多加注意，這次就既往不咎吧。」

兩人同時望向陸克路特的背，聽到對方一面唸唸有詞「啊——被小娜貝討厭了。嗚，好感度完全是負的。」無精打采地垂下肩膀。

「那個笨蛋……！之後我會好好說說他。還有剛才的事我會當作沒聽到。」

「這個嘛，嗯。那就麻煩了。那麼既然有陸克路特在警戒，就交給他負責，我也稍微說點自己的事吧。」

「沒問題沒問題。造成你的困擾，就讓他連同這個部分也一起好好工作吧。」

看著彼得的笑容，安茲走到尼納和達因旁邊，和安茲換位子的達因走到後面，和娜貝拉爾並肩而行。

「關於魔法的事，有幾件事想要請教。」

確認尼納點頭之後，安茲開口發問。似乎對安茲的問題感到興趣，恩弗雷亞望了過來。

「受到迷惑（Charm）、支配（Dominate）等魔法控制的人，有可能會把自己知道的情報洩漏出去。在對策方面，是不是有什麼魔法可以讓遭到控制的人在特定狀況下，被詢問數次之後就會死亡呢？」

「沒聽說過有那種魔法耶。」

安茲轉頭，隔著頭盔望向恩弗雷亞。

「我也不知道。可以利用魔法修正強化的方式，讓魔法定時發動，然而還是無法到達那種地步。」

「……這樣啊。」

沒有聽到最想知道的問題答案，讓安茲稍感失望。

這麼一來，該如何利用陽光聖典的倖存者這個惱人問題，只能之後再解決了。

現在倖存者為數不多，就這麼平白損失太過可惜。為了探明死後就會消失這點蘊含什麼魔法醫學的手段，所以解剖幾個活人，實在很浪費。若是這樣就會死，還應該堅持追求情報嗎？因為失去一個人就少了問出三個情報的機會。

不過更可惜的還是尼根，非常後悔第一個讓他死去。只為了幾個簡單的問題就失去掌握最多情報的尼根。

但是那個失敗也讓安茲知道，光是利用在YGGDRASIL學習的知識，並不足以應付這個世界，所以不能說毫無收穫。應該往好的方向想，那個失敗也算是獲益良多。

當安茲心不在焉想著那些事時，尼納繼續說道：

「話雖如此，我所知的魔法也只是一小部分。傾國家之力來培育魔法吟唱者的國家，或許能夠創造那樣的魔法。在斯連教國的話有神官——信仰系魔法吟唱者的教育，帝國也有祕術師、妖術師、魔法師等魔力系魔法吟唱者的學院。其他的例如亞格蘭德評議國，即使有什麼利用龍之智慧的魔法也不足為奇。」

「原來如此。也就是說如果有整個國家的支援，會出現那種魔法也不奇怪囉。」

就之前得到的情報顯示，亞格蘭德評議國是個亞人類組成的國家，似乎是由評議員主導政治。是和倡導人類至上的斯連教國屬於潛在的敵對國家。其中最引人矚目的是身為評議員的五隻龍，聽說具有驚人的強大力量。

安茲對那個國家很感興趣，但是目前的他尚未站穩腳步，沒有把觸角伸到那個國家的餘力。因為光是現行的各種策略，便已經消耗不少納薩力克的戰力。

「那麼可以再請教別的問題嗎？」

安茲一邊向尼納詢問其他問題，一邊感到滿足。

安茲對尼納和彼得問了很多問題，讓漆黑之劍一行人對他們投以「還在聊啊」的眼神。內容包括魔法、武技、冒險者和周邊國家的事，範圍相當廣泛。

雖然是必須小心詢問的問題，不過都是很有幫助的事。安茲確信自己對於這個世界的知識已經一口氣增加不少。

然而還是稍嫌不足。知道一些事之後，就會衍生出其他必須知道的事，特別是魔法更是如此。當魔法成為世界的基礎，世界竟然會變成這個模樣，實在令人吃驚。

受到影響最深的，莫過於這個世界的文明水準。看起來像是中世紀，實際上是近世，有些東西已經到達近代水準。而造就這些技術的推手正是魔法。

知道這件事之後，安茲放棄考察這個世界的技術水準。對於靠著魔法這個與科技完全不同體系發展起來的世界，在科技世界長大的人根本無從考察。甚至有鹽、砂糖、辛香料的生產魔法，還有讓養分回歸耕地，讓農地不用休耕的魔法。

而且不知是真是假，海竟然不是鹹的。這些情報都和安茲原本的知識大相逕庭。

安茲小心謹慎地不斷滿足自己的好奇心，不知道時間經過多久。

「有動靜了。」

陸克路特突然以有些緊張的語氣開口。和找娜貝拉爾說話時的輕浮模樣完全不同，眼前的他是個經驗老道的專業冒險者。

所有人立刻往陸克路特注視的方向拿起武器。

「在哪裡？」

「那裡。就在那裡。」

聽到彼得的詢問，陸克路特伸出手指，指向巨大森林的一角。因為隱藏在樹林裡，視野不佳，看不到任何動靜。即使如此，依然沒人質疑。

「要怎麼做？」

「不能勉強深入，要是沒有離開森林，就不予理會吧！」

「那麼按照計畫，請恩弗雷亞退後才是明智之舉啊！」

正當他們放聲談論時，森林出現動靜，魔物們漸漸現身。

有十五隻身高和小孩子差不多的生物，圍著六隻巨大生物。

前者是名為哥布林的亞人類。

歪七扭八的臉上有著扁平的鼻子，血盆大口裡有兩顆突出的尖牙，皮膚是明亮的茶色，一頭亂七八糟的骯髒黑髮像是被髮蠟固定。

身上的破爛衣服，不知是弄髒還是染色的緣故，呈現燒焦的茶色，外面套上鞣製的粗糙獸皮充當鎧甲。一手拿著木製棍棒（Club），另一隻手拿著小盾（Small Shield）。

是來自人類和猿猴交配，帶著邪惡感覺的魔物。

數量較少的巨大生物，身高約在兩百五十公分到三百公分。

下巴大幅向前突出的模樣，看起來有點痴呆。

肌肉隆起的手臂壯如大樹，加上彎腰駝背，手已經快要碰到地面。手拿砍削樹幹的棍棒，只有腰部纏著沒有鞣製的獸皮。身體很臭，似乎連這麼遠的距離都聞得到。

長著無數肉疣的肌膚呈現燒焦的茶色，豐厚的胸肌和腹肌看起來相當壯碩。從外表判斷力氣很大，有如剃毛後的扭曲大猩猩——是種稱為食人魔的亞人類魔物。

幾乎所有魔物都提著破爛皮袋，感覺是用來長途跋涉。

環視一行人的魔物走向草原，雖然有些距離，還是足以從醜惡的臉上感覺到敵意。

「……數量有點多。看來無法避開戰鬥了。」

「嗯，沒錯。哥布林和食人魔的特性是看到人少時就會攻擊。應該說擁有的智慧只會以人數判斷彼此的戰鬥能力，有點麻煩。」

雖然能夠理解也實際體認，但是和遊戲中完全不同的這個情況讓安茲有些困惑。

不管是身高還是皮膚顏色，眼前的食人魔和哥布林每隻都有不同的特徵，也就是說牠們並非相同個體。感覺起來像是與二十一隻不明魔物為敵。

「現實和遊戲不同嗎？」

彷彿進入沒有攻略資料的未知區域和陌生魔物對峙的感覺，再次回想起在卡恩村戰鬥時的感受，安茲以周圍聽不到的聲音唸唸有詞。

「那麼，飛飛先生。」

「……喔，怎麼了嗎？」

「之前說好一半一半，不過現在怎麼分配呢？」

「不能分成兩隊適當解決來襲的敵人嗎？」

「那麼一來全都跑到其中一邊就麻煩了。娜貝小姐可以使用『火球』之類的範圍魔法一口氣消滅哥布林嗎？」

「我無法使用『火球』。能使用的最強魔法是『雷擊』吧。」

安茲心想那是之前給她的限制。

「『雷擊』是直線貫穿的魔法吧。」

「那麼誘導敵人排成一排，從旁邊一口氣解決如何？」

「那麼必須築起抵擋敵人突擊的防衛線……」

「那就由我負責吧。可以請大家去保護馬車上的恩弗雷亞先生嗎？」

「飛飛先生……」

「如果區區的食人魔就會陷入苦戰，我也只是虛有其表吧。還請大家看我如何輕鬆解決食人魔。」

安茲充滿自信的聲音，讓漆黑之劍一行人面露理解神色，其中也包含交給他似乎沒問題的安心感。

「了解。不過我們也不能眼睜睜看著敵人進攻，會盡可能從旁協助戰鬥。」

「請問需要支援魔法嗎？」

「啊，我們不需要。漆黑之劍的朋友，請你們支援自己的同伴。」

「那就恭敬不如從命。各位，如果在這個狀態開戰，因為距離森林很近，可能會讓敵人逃走喔？」

「既然如此，要用老辦法嗎？先將牠們引出來。」

「就這麼做！敵人的突擊由飛飛先生抵擋，漏網之魚該如何對付呢，彼得？」

「由我發動武技『要塞』牽制食人魔。至於哥布林交給達因來阻止。尼納對我使用防禦魔法，另外或許沒有必要，還是要隨時留意娜貝小姐的安全，同時專心使用攻擊魔法。陸克路特去解決哥布林。萬一有食人魔越過防衛線，也要負責阻擋。這時尼納改以掃蕩哥布林為優先任務。」

大家看著彼此互相點頭，表示理解彼得的指示。戰鬥方針決定得非常順暢，彼此之間默契絕佳。

衷心佩服的安茲輕輕發出感嘆的聲音。

YGGDRASIL時代的記憶再次甦醒。安茲和同伴們在戰場上重複默契絕佳的狩獵。誘導、阻擋、調整攻擊對象。正因為熟知彼此的能力，才能進行那樣的小組作戰。

或許有點偏頗，但是安茲很有自信地認為那種小組合作並非易事。漆黑之劍雖然比不上他們，但是可以從中看到類似的影子。

「飛飛先生需要魔法以外的支援嗎？」

「不，不需要。我們兩人就夠了。」

「那真是……很有自信呢。」

彼得的話中透露些許不安。負責防衛線的人如果遭到輕易突破，可能會引發骨牌效應造成隊伍瓦解。他應該是對此感到不安。

因為這並非遊戲，而是賭上性命的戰鬥。

「開始之後就知道了。」

安茲只用這句話結束話題：

「等到你們準備妥當之後便開打吧。」

陸克路特拉滿合成長弓(Composite Longbow)的弦，直到發出嘰嘰的聲音才停止。啪！弓弦劃破空氣，射出的箭直線飛去，落在距離來到草原的哥布林十公尺以外的地方。

突如其來的攻擊，讓持盾逼近的哥布林對陸克路特發出嗤之以鼻的笑聲。

那是在嘲笑失準的一射。當然了，哥布林的攻擊也無法命中一百二十公尺外的目標，但是牠們已經忘記這件事。

遭到攻擊的事實和數量的懸殊差距，讓哥布林的暴力本性過度膨脹，於是一起大聲呼叫，不顧一切地朝陸克路特全力衝刺。食人魔也接著一起向前衝。

對鮮血的渴望已經到了渾然忘我的地步，不但沒有列隊，也沒有持盾保護。牠們的腦袋變得一片空白。

確認這點的陸克路特露出微笑。

「看招！」

在敵我距離九十公尺時再射一箭。這箭沒有落空，射穿哥布林的頭。位於最後面的哥布林搖搖晃晃走了幾步，癱倒在地就此喪命。

彼此的距離越來越近，但是陸克路特持弓的手毫無緊張的感覺。因為他深信即使敵人殺到身邊，也有人會保護自己。

「鎧甲強化（Reinforce Armour）。」

尼納在陸克路特的後方發動防禦魔法，聽著隊友的聲音，陸克路特再次搭箭。

在五十公尺時射出一箭，又有一隻哥布林的頭部遭到貫穿，倒地不起。這時彼得和達因也開始行動。

雖然哥布林的動作敏捷，不過食人魔的步幅很大，兩者的速度相差不多。即使如此，由於在草原上衝刺將近一百公尺，因此隊形變成腳力較好的食人魔在前，哥布林在後。兩者的距離稍微拉開，無法讓太多魔物進入魔法的效果範圍裡。

然而這樣已經足夠。因為達因最初的任務是牽制一隻食人魔。

「植物纏繞（Twine Plant）。」

達因發動魔法，一隻食人魔腳下的草原植物動了起來，變成藤蔓纏繞上去。遭到異常堅韌的植物鎖鍊纏住，食人魔焦躁地放聲咆哮。

這時安茲帶著身後的娜貝拉爾，悠哉地向前走。

他們的步伐看來不像要迎擊衝刺的魔物，輕鬆到像是在散步一樣。

和跑在前頭的食人魔距離越來越近，安茲雙手交叉繞到背後，握住劍柄。娜貝拉爾也把手伸進披風底下，拔劍出鞘。

畫出大大的弧線，兩把劍就此現身。

映入眼簾的耀眼光芒，讓漆黑之劍一行人全都倒吸一口氣。

安茲手上兩把超過一百五十公分的巨劍看起來十分氣派，與其說是戰鬥道具，更像是價值不菲的藝術品。

雕刻在劍身凹槽的花紋彷彿兩條彼此互相交纏的蛇，前端部分有如張開的扇子，劍刃散發冷冽的銳利光芒。

英雄的武器。

安茲雙手握著名符其實的英雄之劍。

這個身影讓漆黑之劍一行人再次倒吸一口氣。如果剛才是令人感嘆的畫面，這次則是令人啞口無言的光景。

劍身越長，重量當然越重。即使是施加輕量化魔法的武器，也沒有那麼容易施展。的確，在短暫的旅程中已經知道安茲擁有超乎常人的驚人臂力，但是一直以來的常識還是無法接受有人可以如此輕鬆地揮舞巨劍。

不過……

安茲卻以手拿木棒的動作若無其事地揮舞，那副模樣真是威風凜凜。

「飛飛先生……你到底是何方神聖……」

像是代表眾人開口的彼得一邊吐氣一邊開口。身為戰士的他立刻理解需要多大的臂力才能使出這種神技。若是想達到那個地步，自己不知道得花多少時間鍛鍊，因此他才會那麼驚訝。雖然一直感覺彼此位階不同，但是當事實擺在眼前時，雙腳還是不聽使喚地發抖。

就連智慧不高的哥布林都對他的模樣感到害怕，放慢原本魯莽移動的雙腳，改變方向繞道去找彼得他們。

只有對臂力充滿自信的愚蠢食人魔不知死活地衝向安茲。

彼此的距離越來越近，食人魔舉起棍棒。

雖然安茲手上的劍十分巨大，但是身形龐大又拿著巨大棍棒的食人魔，攻擊範圍還是比較大，在食人魔動手的瞬間，安茲已經後發先至向前踏步。

宛如疾風的動作。接著以更快的速度揮出右手的巨劍，銀白色的光輝殘影像是斬斷空間一閃而過。

那一劍太過令人震撼，即使不是砍向自己，卻像是目睹死亡就在自己身旁的感覺，令人毛骨悚然。

光靠一劍就劃下句點。

安茲的目標從眼前的食人魔移到其他食人魔。像是在等待安茲離開，剛才直挺挺站立的食人魔上半身滑落地面，只剩下半身不動。噴出的血液和內臟還有飄散四周的惡臭，說明這絕對不是幻想的光景。

由斜上往下一刀兩斷。

明明還在戰鬥，敵我雙方卻靜止不動，有如時間暫停一般靜靜望著這個充滿魄力的驚人光景。

一擊必殺。即使是食人魔的魁梧身材，依然逃不過一分為二的命運。

「……好厲害。」

不知是誰在低聲驚嘆。在鴉雀無聲的戰場上顯得清晰可聞。

「……真不可思議。已經超越祕銀級到達山銅級……不，該不會是精鋼級吧？」

一刀兩斷。

這並非不可能的招式。若是極為少數的劍術高手，或是持有強力的魔法武器，或許能夠辦到。可是單手握著巨劍這種巨大雙手武器，很難使出足以一刀兩斷的力量，這是常識。所謂的雙手武器是以雙手握持，藉由離心力和武器本身的重量來砍劈的武器，並非單純靠著臂力來揮舞。

因此從安茲的動作可以證明，若要不是他的劍施加非比尋常的高超魔法，就是安茲單手的臂力比一般戰士的雙手臂力還要強，或者兩者皆是。

看著令人瞠目結舌的光景，食人魔不由自主停下腳步，露出恐懼的表情後退。安茲繼續向前跨步拉近距離。

「怎麼了？不過來嗎？」

輕微的平靜聲音在戰場上響起。

光是如此單純的問話，就讓食人魔感到害怕。因為牠們親眼見識自己與對方的實力有多麼懸殊。

安茲以驚人的速度接近其他食人魔，完全不像穿著全身鎧甲該有的速度。

「嗚喔——！」

食人魔發出像是哀號又像吶喊的混濁聲音，舉起手上的棍棒面對來襲的安茲。不過所有人都心知肚明，那樣的動作實在太過緩慢。

接近食人魔的安茲將左手的巨劍橫向揮出。

食人魔的上半身在空中旋轉，落在和下半身不同的地方。

那是橫斬的一刀兩斷。

「飛飛先生……是怪物嗎……？」

再次看著眼前的震撼景象，沒人出聲否定達因的說法。

「……那麼，剩下的……」

安茲往前踏了一步，食人魔醜惡的表情瞬間凍結，更加往後退。

從食人魔旁邊繞了一大圈的哥布林越過安茲的防衛線，襲擊彼得等人。剛才觀戰到渾然忘我的漆黑之劍成員也對哥布林的襲擊做出反應，開始展開行動。

彼得拿起闊劍(Broad Sword)和大盾(Large Shield)，正面迎向十隻以上的哥布林。向前刺出的一劍，讓走在前方的哥布林的頭飛向天空，彼得躲開噴出的血液與哥布林展開肉搏戰。

「看招！」

露出一口黃牙的哥布林，發出難聽的混濁聲音。

彼得迅速以盾牌擋住哥布林的棍棒攻擊，至於來自其他哥布林的攻擊，則以魔法強化的鎧甲擋回去，發出低沉的聲響。

「魔法箭(Magic Arrow)。」

想從後面攻擊彼得的哥布林被兩發魔法光箭直接命中，無聲無息癱軟倒地。

包圍彼得的哥布林，有一半往三個人衝去，但是沒有任何哥布林攻擊站在安茲這個死亡暴風旁邊的娜貝拉爾。

放下合成長弓，從腰間拔出短劍的陸克路特和手持釘頭錘(Mace)的達因，跑到尼納的火線上背對著他。

陸克路特和達因聯手對付五隻哥布林，戰局呈現五五波。雖然一隻接著一隻慢慢解決，但是以現狀來說應該很花時間吧。陸克路特一臉痛苦，忍受一隻手被棍棒打到的疼痛，往哥布林的皮鎧縫隙刺入短劍。達因也挨了好幾拳，動作變得有些遲鈍，但是似乎沒有致命傷。

尼納毫不放鬆地關心戰局，一面養精蓄銳保存魔法。有些食人魔受到魔法影響無法行動，根據狀況有可能需要由尼納對付。

至於彼得和六隻哥布林的戰鬥，處於不相上下的激烈攻防。

沒有被十一隻這個懸殊數量差距的哥布林吞沒，是因為哥布林的攻擊有所遲疑。目睹安茲不同凡響的一擊必殺，哥布林的戰意大幅下降，無法下定決心是要逃走還是繼續戰鬥。

彷彿是要完全粉碎哥布林的戰意，安茲大動作揮出巨劍。

隨著傳到眾人耳裡的風切聲，笨重物體落地的聲音響起。而且連續出現兩次。

如同所有人的預測，食人魔的屍體繼續增加。如今還苟延殘喘的食人魔僅剩兩隻，一隻被草纏住，另一隻在安茲面前嚇得發抖。

安茲的頭盔轉向與自己對峙的最後一隻食人魔。似乎從頭盔的細縫感覺到安茲的眼神，食人魔發出奇怪的呻吟轉身，拋下手上的棍棒逃往森林。速度比剛才突擊時還快，但是不可能逃得掉。

「娜貝，動手。」

冷酷的命令響起，在背後待命的娜貝拉爾輕輕點頭。

「雷擊。」

劇烈震動空氣的雷擊奔馳而去，隨著雷鳴貫穿逃走的食人魔身體。就連後方被草纏住的食人魔也一併貫穿。

只靠一擊就輕鬆葬送兩隻食人魔。

「快逃！」

「快逃、快逃！」

茫然望著這個景像的哥布林大叫逃命，想要腳底抹油，不過彼得比牠們更快。喪失戰意的哥布林不足為懼。

眾人接二連三解決哥布林。不僅如此，不需要保存魔法的尼納也用魔法加以追擊。哥布林轉眼間屍橫遍野，無一倖免。

在濃烈的屍臭味中，達因以「輕傷治療（Light Healing）」恢復陸克路特和彼得的傷，沒事做的尼納拔出匕首割下哥布林的耳朵。

將耳朵交給工會，就可以獲得對應魔物的報酬。當然了，並非所有魔物都是拿耳朵交差，會根據不同的魔物提交不同的部位。不過食人魔和哥布林等亞人類，大多都是耳朵。

以熟練的手法切下耳朵的尼納發現安茲帶著娜貝拉爾在食人魔的周圍四處打量，像在尋找什麼東西。

「怎麼了嗎？」

聽到尼納的疑問，安茲抬頭回應：

「啊，我想……這些魔物不知道會不會掉落道具，尤其是水晶之類的。」

「……水晶嗎？我沒聽過食人魔會攜帶寶石這種東西。」

「果然如此啊。只是在想會不會有稀奇的道具。」

「確實如此。如果食人魔也有寶物就太令人高興了。」

如此回答的尼納以熟練的手法割下食人魔的耳朵。

「可是……飛飛先生真的很厲害。雖然知道你是對自己本領很有自信的戰士，但是沒想到那麼厲害。」

聽到尼納的發言，結束治癒魔法的三人也紛紛對安茲開口：

「太厲害了！同樣身為戰士，實在令人崇拜！你的臂力是怎麼鍛鍊出來的？」

「光是看你帶著小娜貝就覺得你很有錢，不過那把劍是哪裡的奇珍異寶？從來沒看過那麼有價值的劍。」

「我深深感受你在工會說的話毫非虛假，實力足以和知名的王國最強戰士並駕齊驅，太佩服了。」

娜貝拉爾在旁邊露出驕傲的表情，然而安茲只是不斷揮手：

「過獎了，只不過是湊巧。」

「湊巧……」

彼得一行人露出苦笑。

「……經過這一戰，讓人深深體會人外有人天外有天這句話。」

「我這種程度，大家一定可以輕鬆超越。」

安茲這句話讓彼得一行人的苦笑變得更深了。

彼得等人不斷努力想要變強，獲得的報酬也從不浪費，全都用在強化自己。正因為是這樣的伙伴，大家才能維持良好的交情。但是即使回顧過去的一切努力，也無法想像自己能和安茲到達同一個等級。對彼得等人來說，安茲現在的所在位置，是只有少數人才能到達的極限顛峰。

和自己一起旅行的這個人，今後將以眾所皆知的英雄身分，成為站在冒險者頂端的偉大人物吧。

眾人如此堅信。

2

雖然不到日落時分，一行人已經開始準備野營。

安茲拿著別人給他的木樁，立在營地的周圍。因為必須容納整部馬車，因此雖說是周圍，營地的邊長有二十公尺，範圍相當大。

在四個點打入木樁，接著將染黑的細繩綁在木樁上，繞成一圈。最後在細繩的中央打個結，從這個結拉到帳棚前方，吊上大鈴鐺之後大功告成。這就是所謂的鈴鐺警戒網。

在安茲刺入木樁時，娜貝拉爾來到後方。

（……娜貝拉爾應該有別的工作……如果已經做完就好。但是如果又惹陸克路特生氣，也只能稍微說說她。）

如此判斷的安茲轉頭看去，娜貝拉爾彷彿壓抑憤怒的情緒，發出低沉的聲音：

「……這種雜務不需要勞煩飛飛先生吧？」

知道她為什麼生氣的安茲輕嘆一口氣。接著環顧四周壓低聲音：

「大家正在分工合作搭營，如果只有我無所事事，這樣說不過去吧？」

「您不是讓他們見識非凡的戰鬥力嗎？正所謂適材適用，像這種工作讓那些弱者去做不就得了。」

「別這麼說。聽好了，我們有必要以強者之姿嶄露頭角，但是不需要營造傲慢形象。妳的言行舉止也要謹慎一點。」

娜貝拉爾點頭表示了解，但是臉上的表情明顯不服氣，只是因為這是安茲的命令才不得不服從。

從她的表現，可以知道她的忠心足以壓抑自己的不滿。相反的，也讓安茲湧現這或許會造成破綻的不安。

安茲對於這一連串的戶外活動，其實挺樂在其中。因為這樣的經驗別說是現實世界，甚至在虛擬世界YGGDRASIL中也無法體驗，因此充滿無限的新鮮。而且雖然行進太花時間，但是這些戶外活動也讓安茲想起在YGGDRASIL追尋未知事物的冒險旅程。

（如果來到神祕世界的不是整座納薩力克地下大墳墓，而是只有自己一個人，或許會想都不想就到處旅行吧。）

不死者的身體不需要飲食，也不需要呼吸。如此一來只靠雙腳就能攀登高山，或是直接潛入深海。一定會像這樣享受這個世界才有的未知光景。

不過同伴遺留的寶物化為部下忠心服從的現在，安茲認為自己應該以納薩力克地下大墳墓的統治者身分，報答他們的忠心。

拋開思緒的安茲心無旁鶩地再次回到工作，將四根木樁充分打進土裡拉緊繩子之後，回到頂蓋帳棚。

「辛苦了。」

「不會不會。」

身在裡面的陸克路特沒有看向安茲便開口慰勞。雖然有點失禮，但是他也沒有閒著，打從剛才就拿著道具拚命挖洞做竈。

魔法吟唱者——尼納也在周圍走來走去，口中吟唱魔法。那是對任何東西都會產生「警報（Alarm）」的警戒魔法，雖然無法涵蓋多大範圍，也足以預防萬一。

這個ＹＧＧＤＲＡＳＩＬ沒有的魔法讓安茲瞇起眼睛。

雖然把收集未知魔法的任務交給其他人，但是未知魔法還是激起魔法吟唱者的欲望。

尼納發動的魔法和安茲同屬魔力系，而且看起來很接近ＹＧＧＤＲＡＳＩＬ的魔法。安茲通過具有種族特殊技能「黑暗睿智」才能進行的事件，提升自己能夠學會的魔法數量。

（舉行活祭儀式，也可以學會ＹＧＧＤＲＡＳＩＬ沒有的未知魔法嗎？還是說有其他方法？不知道的事真的很多……）

發現安茲盯著自己的尼納，雖然沒有一開始那麼疏遠，還是露出顯而易見的做作笑容走過來：

「哎呀，不用看得那麼津津有味吧。沒有那麼有趣吧？」

「我對魔法非常好奇，對尼納先生做的事很感興趣喔。」

「不會吧……我比起娜貝小姐可是差得遠囉？」

「因為你會娜貝不會的魔法。」

娜貝拉爾雖然稍微低頭，還是難逃安茲的眼睛。安茲的餘光瞄到娜貝拉爾露出不像慚愧的嫉妒之色。

「我也想要像尼納先生那樣使用魔法。」

「你還真貪心，飛飛先生。劍術本領那麼高強，竟然還覬覦魔法的能力。不，應該說你很有冒險者的風格，對吧？」

「魔法好像不是學個一兩天就能學會的東西。首先必須能夠和世界連接，但是只有具備潛能的人可以輕易做到。除此之外的人只能花時間慢慢體會。」

陸克路特埋首做竈，沒有抬頭便在一旁插嘴。尼納的表情變得認真：

「嗯，飛飛先生，我認為你有潛能。你和一般人不同，有種不是人的……感覺。」

感覺不存在的心臟好像跳了一下。因為尼納這番話雖然有點曖昧，但是好像已經察覺安茲是不死者。

雖然已經使用幻術和反情報系魔法，但是對方的未知魔法和特殊能力或許可以輕易看穿安茲的真面目。所以安茲謹慎發問：

「……是嗎？我自認自己很強，但是不到不是人的境界吧。你們也看過我的長相，應該也這麼認為吧？」

「我不是說外表……見識過你的實力之後，得知那已經超越常人的領域。竟然可以一招解決食人魔……果然男人不是靠外表而是靠能力呢！而且你還帶著小娜貝那樣的美女。」

如果冷靜思考陸克路特這番話，好像在說安茲顯露在外的幻影面貌不好看，但是回想目前遇到的人們長相，安茲也只能心服口服。

（這個世界的俊男美女太多了。走在路上的行人五官大多很端正。來到這裡之後，自己的長相評價大概也降了兩級……）

「外表姑且另當別論，陸克路特的話說得沒錯。足以稱為英雄的人，當然超越常人的領域。我也有這種感覺。」

「不，過獎了。說我是英雄……即使是客套話也不敢當。」

安茲假裝難為情地回答尼納，忍住鬆了一口氣的反應。

「如果方便的話，要不要去見我的師父？師父的天生異能是探知對方的魔法力，如果你的魔法使用能力是與生俱來，就可以感應出來。若是魔力系的魔法吟唱者，師父甚至能夠精準分辨位階喔。」

「之前就想問了……那個天生異能和帝國首席魔法師一樣吧？」
「是啊，是一樣的天生異能。」
這是不能錯過的情報，必須繼續追問。
「……那是什麼樣的能力呢？」
「啊啊，根據師父的說法，我們魔法吟唱者身體四周似乎散發出有如靈氣的東西。魔法本領越高，散發的靈氣量也越多。師父的能力就是可以看見那些靈氣。」
「喔……喔。」
安茲壓抑瞬間流洩而出的低沉驚訝聲，為了不讓人起疑，立刻以普通的聲音回應。
「師父就是用這種方法，將有才能的小孩聚集起來教導。」
我也是被師父撿來的——尼納繼續說道。安茲一面應對，一邊在心裡咒罵。這下子麻煩了，竟然有人具有那種天生異能。
「那麼如果想要使用魔法，一開始該怎麼做才好呢？」
「首先得要找到像樣的師父吧。」
「……比方說拜尼納先生為師嗎？」
「嗯——還是找本領比我高強的人比較好。只是王國中幾乎都是私人教學，沒有關係的人無法進入魔法相關工會。即使可以進去，基本上也都是思想尚未成熟的小孩子。像飛飛先生這種年紀的話，如果沒有特殊門路應該很難進入吧。關於這方面，帝國有完整的魔法學院，教國的魔法教育也到達相當高的水準，不過那是信仰系魔法。」

「原來如此，可以進入帝國的魔法學院就讀嗎？」

「我想很難吧。魔法學院基本上屬於國家政策的教育機構，所以必須是帝國的子民才能就讀……」

「這樣啊……」

「至於想要拜我為師，很抱歉，因為我還有想做的事，沒有多餘時間可以教人。」

尼納一臉陰沉。其中隱含濃烈的負面情緒，敵意清晰可見。

（還是不要太過深入比較好。感覺沒什麼好處。）

正當安茲如此判斷時，陸克路特以輕浮的語氣打斷安茲的思緒：

「喂——很抱歉打斷你們的談話，不過飯好像已經準備好了。可以幫忙叫那三個人回來嗎？」

「讓我去吧，飛飛先生。」

「咦——小娜貝要去嗎？不留下來和我一起做飯，共同編織愛的回憶嗎？」

「去死吧，低等生物（蚰蜒）。灌你喝下滾燙熱油，讓你沒辦法再說無聊的話喔？」

「別說了，娜貝。我們一起去吧。」

「是！知道了！」

安茲向尼納道謝之後，走向坐在距離帳棚不遠的地上，默默工作的兩人身邊。

彼得和達因都心無旁騖地保養使用過的武器，替劍塗油避免生鏽，並且仔細確認武器是否有所歪斜等等。

鎧甲有新的損傷，劍上也有和哥布林的武器撞擊的凹痕。因此當然要盡快修補這些缺損，兩人專心到讓安茲不知道是否應該出聲呼喚。

告知兩人可以準備用餐，也順便通知在稍遠處照顧馬匹的恩弗雷亞。

●

太陽隱沒在地平線，眾人在夕陽將世界染成朱紅色的背景下用餐。

每個人的碗中都裝著以燻肉調味的濃湯，加上烤麵包、乾燥無花果和核桃等堅果，就是今天的晚餐。

安茲望著手上那碗看起來很鹹的濃湯。雖然戴著金屬手套感覺不到碗的溫度，但是看到大家都沒有吹涼，大口吃了起來的模樣，溫度應該剛好吧。

（那麼，該怎麼辦呢？）

安茲是不死者，身體無法吃東西。而且還以幻術偽裝自己的外表，如果是這副只有骨頭的身體和嘴巴，一喝湯就會馬上漏出來吧。

無論如何都不能讓大家見到那個模樣。

未知世界的未知飲食。雖然眼前只是簡單幾道菜，沒辦法吃到還是讓安茲覺得可惜。

雖然失去食欲這個欲望，但是眼前出現看似美味又讓人好奇的食物時，沒辦法吃到還是會覺得不甘心。

安茲來到這個世界，還有得到不死者的身體之後，第一次對此感到遺憾。

「啊──難道有什麼東西不敢吃嗎？」

看著什麼都沒吃的安茲，陸克路特如此問道。

「不，只是有點私人的原因。」

「是嗎？那麼不必勉強也沒關係喔？不過現在是吃飯時間，可以把頭盔拿下來吧？」

「……是因為宗教的理由。殺生的那天，吃飯時不能四個人以上一起吃。」

「喔……飛飛先生信仰的宗教真奇怪。不過世界很大，有那種宗教也不足為奇吧。」

一聽到和宗教有關，眾人的疑惑眼神也變得和緩。

（或許宗教在這個世界也是複雜的問題吧。）

如此心想的安茲對於可以成功矇混過去，向不相信的神獻上感謝。接著為了轉移話題，開口詢問彼得：

「你們以漆黑之劍的名稱組成隊伍，但是好像沒有人拿漆黑之劍？」

關於各個成員的主要武器，彼得是附加普通魔法的魔法長劍，陸克路特是弓箭，達因是釘頭鎚，尼納是法杖。沒有人拿漆黑之劍。彼得的劍和陸克路特的輔助武器短劍雖然是劍，不過顏色還是和「漆黑」相去甚遠。

因為有種可以藉由鍍上特殊粉末改變金屬顏色的技術，所以要打造出黑色的劍並不困難。反倒是沒任何人拿那種顏色的劍還比較不自然。

「啊，是這個問題喔。」

陸克路特面露苦笑，那個笑容像是被人挖出過去的羞恥記憶。特別是尼納滿臉通紅，和火光反射的顏色明顯不同。

「那是尼納夢寐以求的劍。」

「別再提了，那只不過是年輕氣盛。」

「沒什麼好難為情的！擁有偉大的夢想也很重要喔！」

「達因饒了我吧，我是說真的。」

漆黑之劍一行人發出爽朗的笑聲取笑尼納，尼納則是尷尬到想要找個地洞鑽進去。漆黑之劍這個名字，似乎有著成員們才知道的祕密。

「漆黑之劍和過去的十三英雄之一擁有的劍有關。」

笑容滿面的彼得只說到這裡，似乎不打算說下去。

（即使說到這裡也不太清楚……不過我還知道十三英雄是在兩百年前消滅蹂躪世界的魔神的超級英雄。至於那些英雄是何方神聖，持有什麼物品等詳情就不得而知……不知道這些事會很丟臉嗎？還是該回答知道呢？）

正當安茲感到困擾時，娜貝拉爾從旁插嘴：

「那是什麼？」

太棒了。安茲在心裡做出勝利姿勢，但是漆黑之劍成員露出驚訝表情。

竟然不知道這個被他們拿來當作隊伍名稱的魔法武器，多少會感到震驚吧。

「小娜貝不知道啊。不過這也是無可厚非。因為他是十三英雄，卻被認為是擁有惡魔血統，被當成壞人的英雄。所以在英雄傳說中故意隱瞞他的事蹟……聽說能力相當驚人。」

「漆黑之劍是十三英雄裡名為『黑騎士』的英雄持有的四把劍。可以釋放黑暗能量的魔劍齊利尼拉姆、造成的傷口無法痊癒的腐劍可洛克達巴爾、光是擦傷就能致命的死劍史菲茲，還有不知道有什麼特殊能力的邪劍修米利斯。」

「喔——」

對於娜貝拉爾失去興趣的反應，所有人露出苦笑。

不過安茲微微偏頭陷入沉思。似乎在哪裡聽過這些特殊能力。

仔細思考之後，腦中浮現吸血鬼的身影。這些特殊能力和夏提雅．布拉德弗倫的職業之一詛咒騎士的特殊技能很類似。

詛咒騎士的設定是遭到詛咒的神官騎士，在YGGDRASIL的所有職業中算是很強的類型，但是缺點也很明顯，所以不是很受歡迎。詛咒騎士可以學會的特殊技能包括能夠施放黑暗波、能夠給予低階治療魔法無法治癒的詛咒傷害、施加即死的詛咒等等。

安茲瞇起頭盔底下的幻影雙眼，這絕非偶然。漆黑之劍可能是特殊技能和詛咒騎士相同的劍，但是那名英雄是詛咒騎士的可能性更高。

若是如此，想達成詛咒騎士的必要條件，最少要有六十級，因此可以確定「黑騎士」至少六十級──不，如果把學會特殊技能一併考慮進去，至少有七十級。

魔神和這樣的英雄為敵，所以可以猜測兩者的等級應該差不多。但是陽光聖典的尼根卻說自己召喚的威光主天使打敗魔神，這麼一來魔神和英雄的強度就不是勢均力敵。

從目前獲得的情報來推敲，比較合理的答案是魔神的強度也是參差不齊。不過必須拿到那把劍或是遇到那名英雄，才能得到正確解答吧。

在安茲如此沉思時，一行人繼續聊個不停。安茲急忙將注意力集中到眾人的對話上，如果錯失獲得情報的機會就太可惜了。

「——找到那個是我的第一目標。傳說的武器真的很多。其中也有已經證實存在的武器。只是現在是否依然存在，還是個謎——」

「啊，真的有人擁有漆黑之劍之一喔。」

恩弗雷亞漫不經心投下的震撼彈，讓漆黑之劍的所有人猛然轉向恩弗雷亞：

「是、是誰！」

「哇啊！真的嗎！那麼只剩三把囉！」

「唔，這樣就無法分配給每個人了……」

恩弗雷亞小心翼翼回答：

「呃，那個，有群自稱『蒼薔薇』的冒險者，他們的隊長擁有那把劍。」

「喔，是那群精鋼級的冒險者啊。那就沒辦法了。」

「說得也是。不過還剩三把，努力變強到足以得到那三把武器吧。」

「沒錯，既然有一把真品，那麼其他三把也確實存在吧。希望那三把可以藏在任何人都找不到的地方，直到我們發現為止。」

「尼納，為了避免忘記，把這件事寫進你的日記裡吧。」

「知道啦，我會確實寫下來。不過我寫的內容是私人日記，這種事不是自己記錄下來或是記住比較好嗎？」

「留下實體記錄是件好事！」
「是這個問題嗎？達因……」
「不過我們有那個。」
「那個是什麼？」
「就是這個，飛飛先生。」
彼得從懷裡取出劍柄鑲有四顆小寶石的短劍之後拔出，露出黑色劍身。
「在還沒有得到真貨之前，我們打算把這個當成彼此的象徵……」
「不叫『漆黑之劍』而叫『漆黑之刃』不是很好嗎？話說起來，根本沒有真貨假貨之分，這個毫無疑問是我們隊伍的象徵！」
「唔……陸克路特難得說得出這麼有道理的話！」
漆黑之劍的成員們開懷大笑，顯得一團和氣。
受到影響，有所共鳴的安茲也露出微笑。他們對於這把短劍的情感，和安茲對公會象徵的法杖的情感一樣吧。
適合用餐時談論的話題陸續出現，人數眾多的漆黑之劍成員掌握主導權，適時對安茲、娜貝拉爾和恩弗雷亞拋出話題。
安茲雖然參與其中，還是覺得與漆黑之劍的成員之間有點隔閡。那是因為安茲缺乏這個世界的知識，為了避免露出馬腳時常支吾其詞，才會無法融入。這個緣故又讓安茲的話變得更少，形成惡性循環。

就算向娜貝拉爾搭話，也只會有出乎意料的回應，因此漸漸沒人找她說話。

恩弗雷亞對此倒是很得心應手。

原本他就是生活在這個世界的人，比安茲更加擅長和別人相處，能夠巧妙地融入話題，也具有察言觀色的能力。

（……沒什麼。我也有以前的同伴。）

安茲有些鬧彆扭地想著這些事，在營火的火光下望著和樂融融地談天說地的眾人。

他們的感情真的很好，對於同生共死的同伴來說，這也是理所當然的事。恩弗雷亞看見眾人的模樣，也露出羨慕的表情。

安茲想起以前的同伴，嫉妒地在頭盔下發出咬牙切齒的聲音。

——過去的自己也和他們一樣。

「……你們的感情真好。其他冒險者的感情也都這麼好嗎？」

「大概吧，畢竟是同生共死的伙伴。如果無法理解彼此在想什麼，會採取什麼行動，那就危險了，於是在不知不覺間便培養出深厚的情感。」

「說得沒錯，畢竟我們隊伍裡沒有異性。聽說有的話就有得吵了。」

「……是啊。」

尼納露出難以言喻的笑容說下去：

「若是有的話，陸克路特可能是最早引起問題的人。而且可能是因為我們隊伍有個明確的目標吧？」

彼得等人頻頻點頭。

「……就是這樣。當大家心意相通時，感覺完全不一樣。」

「咦？飛飛先生以前也組過隊伍嗎？」

安茲不知該如何回答恩弗雷亞的問題，但是這時也沒必要用奇怪的藉口矇騙過去吧。

「不能算是……冒險者吧。」

想起過去的同伴，口氣變得沉重也是無可厚非。因為即使身體變成不死者，也並非完全沒有情緒，而且過去的同伴對安茲來說是最為懷念的人。

似乎感覺到安茲的回答帶有難言之隱，沒有人繼續追問，現場陷入沉默。

安靜到整個世界彷彿只有這群人，安茲不知不覺輕輕抬頭，仰望星星閃耀的夜空。

「在我還很弱的時候，有名手持劍盾的純白聖騎士最先救了我。在他的介紹下，我遇到四名同伴。就是這樣，我們組成包含我在內的六人隊伍。不僅如此，之後又加入三名和我一樣弱小的同伴，總共九人的最初隊伍就此形成。」

「喔——」

隨著火花爆裂的聲音，不知是誰發出感嘆的聲音。但是安茲並不在意，繼續回想公會「安茲．烏爾．恭」前身的九名最初成員。

「他們是群相當優秀的同伴。聖騎士、刀術師、神官、暗……盜賊、雙刀忍……雙刀盜賊、妖術師、廚師、鍛冶師……都是無可取代的好朋友。之後我們歷經無數次的冒險，直到現在我還是無法忘懷那段日子。」

都是多虧了他們，才知道什麼叫朋友。原本以為自己在ＹＧＧＤＲＡＳＩＬ裡也是一樣無人理睬，但是和現實不同，他們都是願意伸出援手的絕佳夥伴。於是在成員慢慢增加的過程中，度過一段同甘共苦的精彩生活。

因此「安茲．烏爾．恭」這個公會對安茲來說，是最為重要的寶物。即使拋棄一切、毀滅一切也要保護它的光彩不受半點損傷。

「總有一天，還會找到和他們一樣的同伴的。」

尼納的安慰話語讓安茲強烈回應：

「不會有那一天的。」

聲音充滿驚人的敵意。被自己的發言嚇到的安茲慢慢起身：

「……失禮了……娜貝，我打算過去那邊吃。」

「那麼我也一起去。」
「是嗎……如果是宗教問題，那就不勉強了。」
彼得以惋惜的語氣開口，不過沒有強行挽留。
雖然看到尼納露出情緒低落的表情，安茲還是不打算對尼納多說什麼。
即使跟他說聲「我沒放在心上」也好吧。

●

兩人似乎坐在拉起繩子的區域角落開始用餐。
剛才還在的人離開時，有時候會開始討論那個人。特別是今天離開的人還是話題的焦點人物，會加以討論也很自然。
正當交談剛好告一段落，眾人陷入沉默之際，營火發出啪哩的聲音爆出火花。尼納看著火花逐漸消失，低聲自責：
「……我好像說了不該說的話。」
「唔，不知道之前發生了什麼事。」
達因重重點頭之後，彼得接續說道：

「該不會是遭到全滅吧。在戰鬥中失去所有同伴的人，就會出現那種反應。」

「那種情況……真的很難受呢。即使我們是遊走在生死邊緣的人，失去同伴還是……」

「說得也是，陸克路特。剛才的話確實有點失言。」

「說出的話像潑出去的水一樣收不回來。因此一定要做些什麼事，讓他對那句話出現不同的想法。」

如此說道的尼納情緒相當低落，接著低語「明明知道失去同伴的心情，為什麼沒有設身處地替人著想呢？」但是沒人回應這句話。

在默默無語的寧靜之中，木材再次啪哩爆裂噴出火花。

為了改變現場的凝重氣氛，恩弗雷亞小心翼翼開口：

「……今天飛飛先生的戰鬥真的很精彩呢。」

等待這句話的彼得立刻接著說道：

「是啊，完全沒想到會那麼厲害。一招就把食人魔一刀兩斷……」

「真的太誇張了。」

「可以一招打倒食人魔已經很厲害了，但是不知道要有多麼高超的技巧，才能夠一刀兩斷呢？」

聽到感到不解的恩弗雷亞提出的問題，漆黑之劍一行人面面相覷。

以天生異能聞名世界的少年恩弗雷亞，同時也是優秀的魔法吟唱者。雖然擁有足以讓他在將來大放異彩的才能，但是身邊如果沒有可以拿來比較的戰士，很難理解安茲身為戰士的厲害之處吧。

如此判斷的彼得以淺顯易懂的方式向恩弗雷亞說明：

「通常使用大劍大多會採用壓砍的招式，不過他卻是『砍斷』。使用大劍對付那種魁梧的大傢伙，很難單手砍斷……然而也是有所例外。」

恩弗雷亞對彼得的這番話發出感嘆。感覺對方發出的感嘆還不夠強烈，彼得舉出一個名字當成比較對象：

「老實說，我覺得飛飛先生或許已經到達王國戰士長的等級。」

恩弗雷亞吃驚地睜大雙眼。

他終於理解漆黑之劍一行人認為安茲的實力到達哪個等級。

「……這句話是說他可以媲美精鋼級的冒險者……最高階冒險者、活生生的傳說，也就是人類最高等級的意思嗎？」

「完全沒錯。」

彼得輕輕點頭，恩弗雷亞看向漆黑之劍的所有成員，他們也都點頭贊成。

恩弗雷亞啞口無言。

若是持有精鋼牌這個以最高硬度聞名的稀有魔法金屬，可說是位於冒險者的金字塔頂端，數量當然非常稀少。在國王和帝國之中。各自只有兩支隊伍到達那個等級。

他們的能力已經來到人類的最高領域，甚至可以稱為英雄。

安茲竟然足以媲美那些人物。

「太厲害了……」

這句話中帶著深深的感嘆。

「一開始……第一次見面時，看到戴著最低階銅牌的飛飛先生身穿氣派的全身鎧甲，感覺相當嫉妒，但是既然見識到名符其實的實力，那也只能心服口服。他——飛飛先生的全身鎧甲和能力可以說是相得益彰。那麼強大的實力真是令人羨慕……」

戰士彼得的裝備並非全身鎧甲，是防禦力比較弱的繩鎧。這套裝備並非他自己的自由選擇，而是在金錢限制下能取得的最佳防具。

「沒什麼，彼得在不久之後一定可以買到更棒的全身鎧甲。」

「是吧。而且要是嚮往那樣的實力，就朝著那個目標努力吧。應該要感謝自己的幸運，可以見識到位居頂點的目標。」

「尼納說得對，只要朝著飛飛先生這個目標努力就行了。我們也會幫助你，一起努力奮鬥吧。」

「沒錯！一點一滴慢慢努力就好了！你看飛飛先生那個樣子，看起來應該比你花了更長的時間鍛鍊！」

達因的這句話讓恩弗雷亞有所疑問：

「你們看過飛飛先生頭盔底下的面貌嗎？」

安茲在遇到恩弗雷亞之後就沒有脫下頭盔，連吃飯時都一直戴著頭盔，也不知道他是如何喝水。

「是啊，我們曾經見過。就是一般人的長相……不過並非附近的人種，和娜貝小姐一樣都是黑頭髮黑眼睛。」

「這樣啊……他有說過是哪個國家的人嗎？」

漆黑之劍一行人面面相覷，突然覺得恩弗雷亞很在意這件事。

「那倒是沒有問得那麼詳細……」

「是嗎……啊，不是，如果他是來自遙遠的國度，或許使用的藥水會和附近的不同。只是身為藥師的我對此很感興趣。」

「原來如此——的確，他和小娜貝看起來是同鄉，外表卻是天差地遠——再怎麼說也算不上是帥哥。會有人喜歡那種人嗎——」

「外表看起來沒什麼，但是實力那麼堅強，一定有數不清的女生投懷送抱吧。」

強大的人比較受歡迎。這也是因為這個世界有魔物，人類屬於低等種族的緣故。受到本能的刺激，女生大多喜歡強大的男生。

「唉——我的愛情無法開花結果嗎——」

「不可能吧。看起來完全沒有開花結果的感覺喔？」

尼納想起娜貝拉爾的反應，帶著苦笑回答。

「才沒有那回事。總之要不斷追求追求再追求。一定得積極才行。她可是超級美女喔？只要她能對我友善一點，光是那樣我就是人生勝利組了。」

「……她確實長得很美……」

以沉重表情開口的達因，發現恩弗雷亞的臉色有點難看。

「恩弗雷亞先生，你怎麼了嗎？」

「啊，不。嗯，沒什麼……」

「咦？」露出低級笑容的陸克路特笑道：「難道你愛上小娜貝了？」

「才不是！」

恩弗雷亞發出不必要的巨大聲量迅速反駁。過度激烈的反應讓彼得覺得不能繼續追問，在一旁緩頰：

「陸克路特，你太失禮了。說話之前要經過大腦。」

陸克路特衷心地道歉之後，恩弗雷亞露出為難的表情，不知如何回應對方的道歉：

「不，不是那樣的。那個……我有點不安呢……飛飛先生有那麼受歡迎嗎？」

「……外表另當別論，他的實力那麼堅強，受歡迎的可能性很高吧。而且從身上的鎧甲和劍來看，感覺也很有錢……」

「啊——」

恩弗雷亞的臉上稍微蒙上陰影，懷著前輩照顧晚輩的態度，彼得關心問道：

「有什麼事嗎？」

欲言又止的恩弗雷亞嘴巴有如金魚不停開闔。不過彼得一行人沒有多問，如果他不想說，那也不必勉強。不久之後，下定決心的恩弗雷亞終於打開沉重的嘴唇：

「嗯——因為我不想讓卡恩村的人喜歡上飛飛先生。」

敏銳感受到隱藏在這句話裡的情感，漆黑之劍一行人全都露出會心的笑容。

「好，就由大哥哥傳授少年了不起的技巧——」

彼得揍了陸克路特一拳，讓他發出奇怪的慘叫聲。漆黑之劍一行人不理會表情痛苦的陸克路特，相繼安慰目瞪口呆的恩弗雷亞。

在火光的照耀下，少年終於露出笑容。

●

——同一時間。

額頭連同鋼鐵頭盔遭到刺穿。

身體大幅抖了一下，同伴就像斷線的風箏倒下。身上的金屬鎧甲在黑夜中發出震耳欲聾的聲響。祈禱有人可以聽到這道聲響趕來，但是應該沒有人會傻到前來這個在耶·蘭提爾的貧民區裡，都是遭到廢棄的區域。正因為如此，才會和委託人約在這裡見面。

男子瞪視眼前的女子。即使如此，還是掩飾不了虛張聲勢的態度。看到女子輕描淡寫地連續殺死三名同伴，戰意蕩然無存。

殺死同伴的女子甩了一下沾血的短錐。血液飛向四周的短錐恢復原本的冷冽光輝。

「哼哼哼哼——接著只剩下老兄你了——」

女子龇牙咧嘴，露出肉食獸的笑容。

「妳、妳為什麼要這麼做！」

自己也覺得這個問題很愚蠢，但是男子不知道自己為什麼會落到這種下場。

男子們稱不上是冒險者，俗稱「工作者」也稱為黃昏工作者的他們，接受犯罪邊緣，甚至是犯罪工作的委託。
因此有可能是遭到怨恨，但是他們尚未在這個城鎮工作，也沒見過這名女子。
「啊，為什麼要這麼做？哎呀——只是想要老兄你而已——」
無法理解女子的話，男子眨了幾下眼睛問道：
「這、這是什麼意思？」
「那個知名的藥師的孫子目前不在家——我想要找個人幫忙監視，看他什麼時候回來。我實在很不想做那種麻煩事——」
「既然那樣只要委託就好了吧！妳原本不就是那樣打算的嗎！」
他們這些工作者連違法的工作都接，所以更不知道女子殺自己的理由。
「哎呀哎呀哎呀，或許會遭到背叛啊——」
「只要收到約定的酬勞，我們絕對不會背叛！」
「嗯？那麼改一下好了？我最喜歡殺人了，愛死了，喜歡到不行。」
啊，也喜歡嚴刑拷打喔。女子笑著補充。
聽到不合常理的理由，男子不禁板起臉來：
「妳為什麼這麼喪心病狂！」
「為什麼？」

女子的表情突然改變，語氣也變了。完全看不到剛才那種玩世不恭的態度。

「到底是為什麼呢？因為工作不斷殺人的緣故？因為和優秀的哥哥比較的緣故？父母的愛全都給了哥哥的緣故？還沒變強前老是被耍得團團轉的緣故？朋友死在面前的緣故？失手被抓之後，連續被拷問好幾天的緣故？加熱過的洋梨真的很痛耶。」

眼前只是個小女孩。但是轉眼之間立刻消失，女子的臉上再次露出笑容：

「開玩笑的，那些全都是騙人的，假的、假的——我沒經歷過那些事。即使那是事實又如何，就算知道過去也無法改變什麼。只是各種事累積起來才會變成那樣——哎呀——話說回來，這全都要歸功小卡吉替我收集情報，能夠馬上和你們取得聯絡真是太好了——你也知道若是從找人幫忙開始，不知道要花上多少時間——」

女子放開手上的短錐，受到地心引力的影響刺進地面。如此銳利就代表這把短錐是由鋼以外的金屬製成。

「這可是山銅喔。說得更詳細一點，是在祕銀外面鍍上山銅製成的。可以說是出類拔萃的好東西。」

持有如此稀有的武器，證明女子的實力高強，也就是毫無勝算可言。

「那麼——該進行下一步了。如果老兄受了重傷，那可就派不上用場了……但是不管如何傷害你，小卡吉都能以信仰系魔法加以回復——這樣一來豈不是可以無止盡地享受嚴刑拷打的樂趣了嗎？」
女子說出令人毛骨悚然的話，同時從長袍下拿出另一把短錐。
「用這個應該不錯……如果失手就抱歉了——」
女子吐出舌頭道歉，看起來很可愛。不過還是看得見骯髒的污穢黑心。
男子轉身背對女子狂奔。雖然聽得見女子裝模作樣的驚訝聲從後面傳來，還是專心逃命。在沒有燈光的黑暗中，靠著自豪的方向感拚命奔跑。
不過隨著喀啦喀啦的聲音，女子氣定神閒的冷酷聲音從後方傳來：
「——太慢了。」
肩口竄起灼熱的劇痛。心想應該是被短錐刺中，思緒也蒙上一層陰影。
——精神控制。
男子雖然拚命忍耐，但是加諸在意識上的陰影更加強烈。
後面接著傳來朋友的聲音。
「哎呀——不要緊吧？傷口深不深？」
「嗯，沒有大礙。」
男子轉頭對朋友笑道。
「這樣啊。那真是太好了——」

聞言的女子露出可怕的微笑。

3

一行人在日出時出發，走在隱藏於草原上的道路。

「再過不久就會到卡恩村了。」

聽到在所有成員中——安茲也來過——表面上唯一來過卡恩村的恩弗雷亞的話，共同旅行的人們一起點頭。除此之外大家沒有任何反應，只是默默行走。開口的恩弗雷亞也是一副受不了的表情。

彼此之間瀰漫異常尷尬的氣氛。造成這個狀況的安茲將犯錯的心情掩飾在頭盔之下。

不斷打量的尼納眼神實在討厭，不過這是自己的錯，所以無話可說。

這也是昨晚的發言造成的影響。

他在早餐時道過歉，當時應該可以直接原諒，但卻說不出「原諒你」這麼簡單的話。

雖然覺得自己度量太小，安茲依然無法輕易釋懷。

（即使變成不死者的身體，精神產生變化，還是會這樣嗎……）

變成不死者的身體後，激烈的情感遭到壓抑，但是輕微的情感不會消失。輕微的憤怒會延續這麼久，就是最好的證明。過去的同伴在安茲的心中占有如此重要的地位。雖然有著深切感受，也覺得再這樣下去有點不妙。

不過自己不想主動改變氣氛。

正因為可以冷靜判斷微妙的情感變化如同任性的小孩子，安茲更加對自己的小孩子個性感到火大。

在這樣尷尬的氣氛中——唯一的例外是走在安茲身邊的娜貝拉爾。因為沒有受到陸克路特的騷擾，她高興到幾乎快要哼歌——一行人默默前進，以很快的速度來到卡恩村附近。

「那、那個——這裡的視野那麼開闊，或許可以不用列隊前進——」

陸克路特刻意如此說道。

往旁邊一看，只見到廣闊的翠綠森林，視野開闊的說法讓人有點存疑。而且護衛的基本之道是即使在開闊的地方都不能掉以輕心，因此像現在這樣列隊前進才是明智之舉。

只不過大家也知道這次的列隊默默前進，並非冒險者的警戒心產生的結果。

「……警戒非常重要。就這樣……嗯，總之先前往村莊吧。」

「沒錯！為了避免遭到突襲，隨時隨地保持警戒相當重要！」

即使彼得與森林祭司達因接連開口，陸克路特還是露出「沒那回事」的表情。

「或許飛龍會從遙遠的地方突然來襲。」

尼納也唸唸有詞。聽到這句話的陸克路特立刻有所反應：

「這是什麼莫名其妙的發展。以常理來思考怎麼可能會有那種事啊，尼納！」

「的確不可能。在耶・蘭提爾近郊有龍，只不過是不可信的傳說。聽說在遠古時代曾經出現能夠自由操控天災地變的龍，然而最近不曾聽到有人看過龍。啊，不。倒是聽說在安傑利西亞山脈有為數眾多的霜龍（Frost Dragon）棲息，只是很靠近北邊。」

（遠古時代曾經有過嗎？聽陽光聖典的人說過，龍是這個世界最強的種族……）

在YGGDRASIL裡，龍也是堪稱最強的敵人種族。不但具有強大的物理攻擊力、物理防禦力和深不見底的體力，還能使用無數的特殊能力與魔法。

已經到了得天獨厚的等級。

YGGDRASIL有多不勝數的魔物，其中有命名魔物和區域頭目魔物等等，還有名為世界級敵人的超級魔物。即使以最多六人組隊的六支隊伍組成軍團前往挑戰，勝算都不高的破格級魔物。

除了出現在官方故事的最後頭目「九曜世界吞食魔」外，還有「八龍」、「七大罪魔王」、「生命樹十天使」，以及在超大型遊戲改版「女武神的失勢」之後新增的「第六天天主」、「五色如來」等六隻，總共三十二隻破格級魔物。從其中有一部分是龍族，就可以知道製作團隊對龍的偏好。

（如果有龍的存在，那就應該小心警戒。在ＹＧＧＤＲＡＳＩＬ的設定裡龍是沒有壽命的種族，因此出現力量超乎想像的龍也不奇怪。）

「啊——請問有人知道可以操控天災地變的那隻龍叫什麼嗎？」

安茲的臉皮沒有厚到可以若無其事地詢問發生爭執的人，於是低聲開口。但是似乎已經足以讓大家聽到，尼納很快轉頭看來。

這就好像吵架的情侶，想從對話之中尋找和好的契機。

安茲把過去在咖啡廳裡看到的情侶對話和現在的對話加以比較，忍不住如此心想。

話雖如此，因為安茲的主動發問，讓尼納的表情稍微開朗一點，漆黑之劍一行人和恩弗雷亞的臉上也露出笑容，只有娜貝拉爾依然無動於衷。話說娜貝拉爾從今天早上開始就完全感覺不到彼此的尷尬氣氛。

「非常抱歉！回到城鎮之後立刻調查吧！」

（不，可以不用那麼激動吧……而且不知道的話就算了……我只是找個話題……）

只不過他說不出這些話。

「嗯，尼納先生。如果時間允許，可以幫忙調查一下嗎？」

「我知道了，飛飛先生！」

大家都以滿意的模樣頻頻點頭，讓安茲有些難為情。如果情況相反還另當別論，但是身為年紀最大的人實在很慚愧。

「好了，已經快到卡恩村……」

今天早上第一次以如此開朗的語氣開口，但是恩弗雷亞突然閉嘴。

眾人的目光轉向逐漸出現在眼前的村莊。那是位於森林旁邊的樸素村莊。看不出有奇怪的氣氛，也沒有什麼令人在意的地方，不知道恩弗雷亞為什麼突然不說話。

「怎麼了嗎，恩弗雷亞先生？發生什麼事了嗎？」

「啊，沒事。只是之前沒有那個堅固的柵欄擋在前面……」

「是嗎？但看起來不是什麼了不起的柵欄。如果是邊境村莊的柵欄，這種柵欄算是很簡陋吧？位於這樣的森林旁邊，為了阻擋魔物，即使有更堅固的柵欄也不足為奇吧？」

「嗯——這麼說或許沒錯……但是在卡恩村有森林賢王，所以之前沒有設置柵欄……」

全體望向村莊。在可見的範圍內，村莊四周全被柵欄確實圍住，而且還使用了不易折斷的木頭。

「真奇怪……發生了什麼事嗎……」

即使聽到少年不安的疑問，安茲依然什麼話都沒說。因為之前是以魔法吟唱者安茲・烏爾・恭的身分前來，現在則是冒險者飛飛的身分。

尼納表情凝重地插嘴：

「或許是過度擔心……不過我來自村莊，清楚記得這種村莊的生活，所以發現兩點可疑之處。一是即使到了現在這個時間依然沒人下田，還有一點就是部分麥子已經收割。」

望向尼納指示的方向，可以看到部分麥田確實收割了。

「原來如此。看樣子……應該發生了什麼事吧？」

安茲對著露出不安表情面面相覷的一行人說道：

「……各位，這裡請交給我們。娜貝，隱形之後以飛行魔法查看村莊的模樣。」

向安茲表示了解之後，發動隱形魔法的娜貝拉爾消失身影。接著吟唱飛行魔法的聲音響起，娜貝拉爾的蹤跡就此消失。一行人一直在路上等待，娜貝拉爾的身影過了一陣子才出現在原本的地方。

「……村民都很正常地在村裡行走，感覺不到受人控制或命令的樣子。還有村莊的另一邊的田裡有村民在工作。」

「……什麼嘛，原來只是我太過杞人憂天。」

「應該沒什麼問題。那就繼續前進……如何？」

彼得向恩弗雷亞和安茲徵詢意見，兩者的反應都是肯定。

因為道路越來越窄，一行人排成縱隊走向村莊的入口。

散布在街道兩旁的麥田，被麥子染成一片翠綠，在偶爾的微風吹拂下搖擺。眾人走在路上的模樣，彷彿浸泡在綠色水池裡。

「嗯？」

馬車喀嗟喀嗟前進，走在第二個位置的陸克路特發出疑惑的聲音，仔細打量麥田。雖然還不到收割期，但是麥桿已經長到七十公分以上，有如大海看不清楚裡面。

「怎麼了嗎？」

走在後方的尼納詫異發問。

「嗯？沒事，是我多慮了吧？」

陸克路特先是偏頭疑惑，接著立刻加快腳步，拉近和彼得的距離。

尼納也看往相同的方向，確認沒有動靜之後邁開腳步追上去。

麥子甚至長到連接村莊的路上，彷彿是被大海淹沒。為了立足之地很想砍倒麥子，不過真的那麼做之後就麻煩了。

「真希望村民能夠好好管理麥田。這樣太浪費了吧。」

走在前面的彼得，因為大腿的鎧甲碰到麥子，打掉不少麥穗。見狀的彼得一邊唸唸有詞，一邊感覺不對勁。

從無數次死裡逃生中鍛鍊出來的直覺發出警告。綠色麥穗有這麼輕易掉落嗎？

順從直覺望向麥田，發現裡面有雙凝視彼得的眼睛。那是一隻將全身縮起，躲在麥田裡的小生物。雖然臉被麥子遮住幾乎看不清楚，但是並非人類。

「啥！」

大吃一驚的彼得想要出聲警告後面的同伴，不過那隻生物──亞人已經先行出聲：

「可以放下武器嗎？」

矮小的亞人已經拔出武器，不管彼得的動作有多迅速，對方都能更快動手吧。

「喔喔，請放下武器。可以把這句話轉達給後面的人嗎？我們不想用弓箭射殺你們。」

其他地方響起微弱的聲音，目光往聲音的來源，發現麥田裡有一個相當巧妙的洞，裡面有隻亞人伸出半個身體。牠的身上同樣用麥子加以偽裝。

彼得不禁感到遲疑。根據這隻生物的說法，感覺好像有交涉的餘地。

「……可以饒我們一命嗎？」

「當然。如果你們投降的話。」

彼得不知所措。

必須擋在前面，確保弓箭射不到馬車上的恩弗雷亞。還要掌握敵人的數量和組成結構。確認對方的目的也很重要。目前無法投降也無法拒絕對方的提議。

似乎看穿彼得的困惑，兩隻亞人發出沙沙的聲音從田裡站起來。

「——哥布林。」

尼納低聲開口。

站起來的亞人類和昨天見到的哥布林是同一種族。對方舉起弓箭，目光銳利地瞄準。

要打嗎？

尼納、陸克路特和達因利用眼神交流，判讀彼此的想法。

哥布林是種身高、體重、肌肉等身體能力都比人類遜色的種族。因為牠們具有夜視能力，如果在黑暗中遇襲確實很棘手，但是如果在陽光下，對於身經百戰的漆黑之劍成員來說，牠們並非那麼可怕的對手。

而且現場還有安茲，可以和昨天一樣輕鬆收拾吧。

如果是哥布林，彼得有自信即使遭到挾持還是有辦法脫困。

但是還有其他原因，讓彼得無法當機立斷。

根據冒險者的直覺，這些哥布林似乎和昨天交手的哥布林有些不同。

簡單來說，眼前的哥布林有種訓練有素的感覺。而且體格也很好，和昨天那些瘦弱的哥布林相比，眼前的哥布林全身都是結實的肌肉。

不僅如此，持弓的哥布林架勢也很不得了。昨天如果是拿棍棒揮舞的小孩，眼前就是熟悉用弓的戰士。

最後是武器相當精良，經過妥善保養，搞不好可以媲美漆黑之劍成員的武器。

人類可以透過訓練變強，魔物當然也行。亞人類的哥布林也可以。

因此眼前的哥布林很有可能比漆黑之劍過去交手的同種亞人類都要強。

這時傳來一道與吹拂麥田的風聲截然不同的聲音，陸克路特急忙看向後方。

「……嘿嘿，露餡了嗎？」

一隻哥布林從田裡露臉，伸出舌頭。可能是想從後面偷偷接近，但是隱身能力沒有強到可以騙過身為游擊兵的陸克路特。不過即使發現對方，形勢也不見得比較有利。

冷靜環顧四周，發現麥田裡到處都有動靜，像是有什麼東西躲在裡面。那些震動都是以馬車為中心，慢慢包圍過來。

處於絕對不利的位置。

漆黑之劍的成員完全想不到任何辦法可以打破這個困境。

安茲伸手制止打算大開殺戒的娜貝拉爾，觀察過哥布林之後，確信自己的猜測沒有錯。

「是以『哥布林將軍之號角』召喚出來的哥布林和哥布林弓兵吧。」

如果是收下自己給她的號角那名少女在操控這些哥布林，那就要盡量避免採取敵對行動。若非如此就需要想些對策，但是牠們並非安茲和娜貝拉爾的敵人，應該沒有問題。

望著老神在在的安茲，哥布林開口叫道：

「那個穿著全身鎧甲的人，可以的話請不要輕舉妄動。我們也不想開戰。」

可能是看到安茲阻止娜貝拉爾動手的舉動，對安茲發出的聲音非常僵硬，充滿警戒。

「放心吧。如果你們不發動攻擊，我們也不會輕易動手。」

「那還真是感謝。那位仁兄或許很強，但是感覺不可怕——不過你就另當別論了，還有那邊的小姐也是。我強烈感受到如果與你們兩個為敵，可是會相當不妙呢。」

安茲沒有回答，只是聳聳肩。

「那麼在大姊過來之前，請在這裡稍等一下。」

「你口中的大姊是誰！是那傢伙占領了卡恩村嗎！」

恩弗雷亞的激動模樣，讓哥布林露出明顯的詫異表情。

「恩弗雷亞，你冷靜一點。現在誰比較占優勢，應該不用我說吧。而且根據看過村莊情況的娜貝拉爾的話來判斷，還有幾個奇怪的地方。所以在真相大白前，我希望可以避免無謂的爭鬥。」

雖然聽到尼納的勸告，恩弗雷亞還是難掩焦躁的情緒。

只是臉上那副像是要立刻跳出去拚個死活的表情，變成不甘心的模樣，緊握的雙拳也慢慢放鬆。

看到恩弗雷亞如此激烈的變化，安茲感覺吃驚與困惑。的確只是起歷經短暫的旅程，無法得知少年的性格，即使如此，也不覺得他會如此偏激。莫非這個村莊並非單純只是採藥時的據點，而是有其他更加特別的理由。

感到懷疑的安茲望向少年。另一方面，哥布林們似乎也感覺到恩弗雷亞的憤怒，帶著疑惑的表情互相對望。

「嗯──這種感覺好像和以往不同……」

「大姊的村莊最近被帝國騎士裝扮的傢伙襲擊，我們只是加以警戒。」

「村莊遭到襲擊……！她沒事吧！」

似乎在回應恩弗雷亞的吶喊，一名少女在哥布林的保護下，出現在村莊的入口附近。看見少女的恩弗雷亞睜大雙眼，用力呼喚少女的名字：

「安莉！」

聽到呼喚的少女也大聲回應。那是有如呼喚好友，充滿善意的溫柔叫聲：

「恩弗雷亞！」

這時安茲想起之前聽到的事。

「啊啊，她的藥師朋友……並非女人而是男人。」

過場

迪米烏哥斯走在納薩力克地下大墳墓的第九層，腳下的硬底皮鞋發出躂躂躂的聲音，接著消失在寂靜之中。雖然為了戒備配置數名僕役，依然無損這裡有如神話的氣氛。

迪米烏哥斯環顧四周，臉上浮現笑容：

「……真是富麗堂皇。」

讚嘆的對象是第九層的一切。因為這裡的景色和四十一位至尊相得益彰，值得讓迪米烏哥斯拋棄一切也要誓死效忠，所以迪米烏哥斯非常喜愛這裡的所有景觀。

每次走在這個樓層，迪米烏哥斯的內心就充滿歡喜，再次堅定對創造者們的忠心。不只是迪米烏哥斯，就連小丑與樂師等吵鬧的傢伙來到這個樓層，同樣也會感到敬佩而默不吭聲，努力保持安靜。

如果有人對這裡的景觀不感到歡喜，若不是對四十一位至尊不夠忠心，就是有著「不忠念頭」吧。

心裡想著這些事的迪米烏哥斯繞過轉角，目的地近在眼前。那就是無上至尊，最後一位留在納薩力克地下大墳墓的最高統治者，安茲·烏爾·恭的房間。

在可以看見房門的地方，看到有些人打開門走出來。

那些人似乎也看到迪米烏哥斯，恭敬地等他走近。

其中一人打扮成管家模樣，不過除了白手套以外一身黑色服裝，看起來不像管家服，反倒比較接近戰鬥服。

他是納薩力克合計十名男僕之一，不過即使是迪米烏哥斯，也無法分辨他是十名男僕中的誰。這也是因為所有人都戴著戰鬥員常戴的套頭面罩，而且他們只會發出奇怪的叫聲。

此外還有站在男僕前面的那個。

迪米烏哥斯的腦裡浮現裸體領帶這種莫名其妙的想法。

那是一隻企鵝。

外表看起來根本就是企鵝，而且只繫著一條黑色領帶。

「好久不見了，管家助理。」

聽到迪米烏哥斯和藹可親的招呼聲，企鵝也笑容滿面——似乎是這樣——開口回禮：

「好久不見了，迪米烏哥斯大人。」

然後深深鞠躬。

牠當然不是單純的企鵝，而是擔任納薩力克地下大墳墓的管家助理，又稱鳥人的異形類種族，名叫艾克雷亞．艾克雷爾．艾伊克雷亞。

鳥人原本應該和四十一位至尊之一的佩羅羅奇諾一樣，有著猛禽的頭和翅膀，四肢也和鳥類相同，這名男子不知為何有著企鵝外型。不過迪米烏哥斯卻對牠的外表沒有半點疑惑。

原因無他，因為他是四十一位至尊創造的產物。

「雅兒貝德在裡面嗎？」

「是的，雅兒貝德大人在裡面。」

在安茲外出期間，雅兒貝德負責管理納薩力克地下大墳墓，但是她不在自己的房間辦公，而是關在這個房間裡，是眾所周知的事實。

因為她的所有行動都獲得安茲許可，所以對此有異議的人，只有外出的夏提雅．布拉德弗倫而已。

迪米烏哥斯跟雅兒貝德說過「好的妻子不是應該等待丈夫，好好守護家園嗎？」卻得到「妻子守護丈夫的房間又有什麼不對。」回應，完全無法反駁。

點頭表示了解的迪米烏哥斯對艾克雷亞問道：

「艾克雷亞難得會過來這裡。你工作的地方不是客房附近嗎？」

「塞巴斯大人不在的這段期間，我當然要連同大人的份一起努力。剛才是與雅兒貝德大人詳細討論負責的工作。」

「正是如此。既然他不在，納薩力克地下大墳墓的第九層就全靠你了。」

「完全沒錯。為了將來能夠統治納薩力克地下大墳墓，現在更是得好好努力。」

即使艾克雷亞在他面前說出奇怪的發言，迪米烏哥斯臉上的笑容依然沒有半點改變。

艾克雷亞覬覦納薩力克地下大墳墓的統治者寶座，是眾所周知的事實。因為這是四十一位至尊的創造，所以這個部分沒有任何問題。

當然了，如果無上至尊下令當然會毫不留情處決，但是在此之前沒有任何問題。

「沒錯，好好加油吧。話說你打算先處理什麼事？」

「打掃。除此之外還有什麼工作了？沒有人可以打掃得比我更仔細！在我打掃過廁所之後，可是乾淨到連馬桶都能舔喔。」

聽到艾克雷亞自信滿滿的回答，迪米烏哥斯滿意地點頭：

「太棒了。你的工作非常重要。如果這個樓層變髒，也算是對無上至尊們的侮辱吧。」

不斷點頭的迪米烏哥斯再次提出疑問：

「我知道你的工作非常重要，不過在塞巴斯外出的期間，由誰代為管理這個樓層？」

「那是接受塞巴斯命令的女僕長佩絲特妮的工作。和打掃相比，管理工作根本沒什麼了不起。」

「原來如此……同為無上至尊創造出來的僕役，已經做好明確的責任分配呢……話說回來，那雙企鵝的手，在打掃時不會很困難嗎？」

「能夠克服這雙手靈活打掃，正是我的本事。」

挺起胸膛的艾克雷亞充滿自信地回答，不過接下來卻以有些不高興的語說下去：

「話說回來，迪米烏哥斯大人，這實在不像是在納薩力克中，聰明才智僅次於我的你會說的話呢。」

拿起後方男僕遞給牠的梳子，艾克雷亞梳整長在頭側的金色羽毛。

「我可不是單純的企鵝，而是紅豆包麻糬至尊大人創造出來的跳岩企鵝喔。希望你千萬不要混淆了。還有這個不是手——是翅膀。」

「那還真是失禮。」

看到迪米烏哥斯低頭道歉，艾克雷亞表示沒放在心上，轉頭向後面的男僕下令：

「把我搬過去。」

「噫——！」

艾克雷亞被男僕抱在腋下。

因為艾克雷亞的走路方式是跳躍的小碎步，就某種意義來說速度非常慢。因此平常都是像這樣讓男僕抱著移動。

「那麼迪米烏哥斯大人，我先告辭了。」

「嗯，再見，艾克雷亞。」

望了一眼像個玩偶被抱在腋下的管家助理，迪米烏哥斯輕敲房門：

「我是迪米烏哥斯。打擾了。」

房間主人當然不在，不過還是十分有禮。因為對迪米烏哥斯來說，這個房間本身就是應該尊敬的場所。

迪米烏哥斯進入沒人回應的房間。

環顧四周之後，果然不見雅兒貝德的身影。迪米烏哥斯輕嘆了一口氣，打開另一扇門進入裡面的房間。

四十一位至尊的房間是模仿皇家套房設計的房間，裡面有巨大的浴室、吧檯、放著鋼琴的客廳、主臥室、客房、專屬廚師做菜的廚房、服裝間等數不清的房間。

迪米烏哥斯毫不遲疑地走向主臥室。

敲門之後沒等回應便直接開門。

臥室裡只有一張床，不過特大號的床鋪附有天蓋相當氣派，床上有個比人更大一點的凸起，正在不斷扭動。

「雅兒貝德。」

受不了的迪米烏哥斯出聲呼喚，一張絕世美女的臉冒了出來。直到肩膀為止都是光溜溜，應該沒穿衣服吧。可能是因為鑽進床裡，臉上稍微呈現興奮的粉紅色。

「……妳在這裡做什麼？」

「想要讓安茲大人回來時，能夠被我的香氣包圍。」

扭來扭去的動作，似乎是為了留下味道。

迪米烏哥斯啞口無言，默默望著由四十一位至尊創造出來的最高位階NPC，納薩力克地下大墳墓守護者總管。接著無力搖頭。

沒有多說「安茲大人是不死者，應該不會在床上睡覺吧。」或是「即使在床上睡覺，床單也會立刻更換吧。」之類的話。既然只要這樣就能滿足，那就隨便她吧。

「不過還是要適可而止。」

「……雖然我不知道適可而止是到什麼地步，不過我知道了。對吧，安茲大人。」

躺在雅兒貝德旁邊的人突然露出臉來。

迪米烏哥斯嚇得說不出話來。

瞬間以為那是安茲．烏爾．恭，但是厚度不夠，也沒有氣勢可言。

「那是……抱枕嗎……是誰做的？」

「我自己做的。」

迅速的回答讓迪米烏哥斯稍微張開有如閉上的雙眼。他不認為雅兒貝德有那種技術。

「不管是打掃、洗衣，還是裁縫的技術，我都具備專家級的水準喔。」

對迪米烏哥斯的驚訝感到高興的雅兒貝德，得意洋洋地炫耀：

「為了將來可能出生的嬰兒，我還做了襪子和衣服。已經做到五歲囉。」

雅兒貝德滿臉笑容，發出呵呵呵的笑聲讓迪米烏哥斯有點無力，同時心想應該可以把這傢伙丟在這裡直接離開吧。

「不管是男生還是女生都沒問題……啊！要是雙性或是沒有性別該怎麼辦？」

迪米烏哥斯無話可說，只是望著唸唸有詞的雅兒貝德。

就納薩力克地下大墳墓這個組織的經營管理方面，雅兒貝確實德相當優秀，甚至遙遙領先迪米烏哥斯。不過在防衛等軍事層面有些不足，所以需要迪米烏哥斯輔助。

只是尚未確認有明確敵人的現在，沒有任何問題。

如此判斷的迪米烏哥斯只能壓抑自己的不安。因為主人下令要迪米烏哥斯外出，絕對無法違抗。

「那麼遵照安茲大人的命令，我差不多該出發了。這麼一來留在納薩力克的守護者只剩下妳和科塞特斯可以行動，雖然沒有必要多說什麼，不過還請小心留意。」

「繼亞烏菈、馬雷、塞巴斯和夏提雅之後，接下來是你啊。嗯，包在我身上，緊要關頭時會請我的姊妹幫忙。而且我打算動用昴宿星團，這麼一來應該足以撐到大家回來。」

「……即使發生緊急狀況，沒有得到安茲大人的許可還是無法出動妳的姊姊吧。而且她們也一樣。話說已有兩人外出，不可能集結所有成員吧。根據狀況，妳要不要把威克提姆移到上面的樓層啊？」

「不過這點程度……已經大致做好準備來應付那種情況了。如有不測，就請你趕快回來。話說回來，你要怎麼處置陽光聖典的倖存者？在安茲大人的許可下，現在正由你管理吧？也是可以交給我處置，不過我完全不清楚你在做什麼……」

「啊，妳說他們嗎？奉安茲大人之命正在進行實驗喔。」

迪米烏哥斯笑得很開心，不過雅兒貝德皺起形狀姣好的眉毛。

「首先是治療魔法的實驗。把手砍斷對傷口使用治療魔法加以治療，砍下來的手會消失。那麼如果讓他們吃下砍的手再使用治療魔法，養分也會跟著消失嗎？不斷重複這個動作，吃下手的人會餓死嗎？」

「啊——原來如此。」

「不僅如此，還讓他們自己投票誰當食物，誰當行刑者拿不利的斧頭切下四肢。還是以記名投票的方式。」

「這麼做有什麼意義嗎？」

「還當然。在這些俘虜之中會產生排名，當食物的人、砍斷四肢的人，還有吃下四肢的人。如此一來同伴間會產生怨恨，然後在確實抱持怨恨時，溫柔煽動那些被當成食物的人。這是為了讓他們造反，效果很顯著喔。憎恨一切的生物真是可怕。」

「……這真是令人不舒服。我們納薩力克的存在是由無上至尊創造，不可能背叛安茲大人，但是人類會背叛自己的主人……毫無忠誠可言。」

「所以才有趣啊。雅兒貝德也可以來享受一下人類的這個部分喔？只要把他們當成玩具就好。」

「我完全無法理解這種想法。」

「那還真是可惜。好了，一直在這裡聊天會延誤執行安茲大人的命令。如果發生什麼事，通知我一聲便會立刻趕回來。」

「嗯，應該不至於發生那種事，不過看情況再通知你吧。」

雅兒貝德的白皙手臂從床單裡伸出來，向迪米烏哥斯揮手道別。

「那就告辭了。對了……既然妳要做男生的衣服，還是先跟妳說一聲比較好。無上至尊們好像會讓少年穿著少女的服裝喔？」

「……咦？」

第三章 森林賢王

Chapter 3 | Wise King of the Forest

1

克萊門汀回到卡吉特位於耶・蘭提爾墓地的地下神殿祕密巢穴，有如全身噴火一般怒氣沖沖。步伐凌亂、皺起眉頭、嘴巴歪一邊，端正的五官扭曲，只能夠用醜來形容。

本性應該比那張臉還要醜陋吧。

卡吉特在心中唸唸有詞，操控全新創造的殭屍前往不死者保管場。

「喔——？新的殭屍嗎？已經超過一百五十了，死之寶珠的力量真是不同凡響——」

利用第三位階魔法的不死者創造魔法「創造不死者（Create Undead）」，能夠控制的不死者數量根據魔法吟唱者的功力而定。創造出來的不死者越強，可以控制的數量就越低。不過如果像是殭屍這類最低階的不死者，對於擅長控制不死者的卡吉特來說，可以控制以常理判斷不可能的一百隻以上。至於卡吉特如何能做到這種事，全靠他持有的道具——死之寶珠的力量。

「這還不是因為妳這麼愛玩。」

「抱歉——」

鞠躬道歉的克萊門汀臉上，完全沒有看到懺悔的表情。

「不過啊——要怪那些輕易就死的傢伙——也不撐久一點——」

「……被妳那樣毆打，誰都會輕易死去吧……」

「冒險者才不會那麼輕易就死——」

「只是一般老百姓……不是冒險者就會死……克萊門汀，難道妳的興趣是隨口說些再清楚不過的事來拖延時間嗎？」

「好好好——對不起——我不會再犯了，原諒我吧！」

卡吉特忍不住嘖舌：

「我不相信妳，總之暫時不要再繼續抓人了。」

「是——」

輕浮的回應讓卡吉特皺起眉頭。不過說再多也沒用，所以放棄說教，但是至少以皺臉來表示自己的強烈不滿。果不其然還是遭到忽視。

「不過——我閒得發慌嘛——話說回來，他跑去哪裡了？」

「還沒回來嗎？」

「還沒回來啊，又落空了——機會難得，去把那個老婆婆抓過來吧——？」

「不要輕舉妄動。別小看那個老婆婆，她可是會使用第三位階的魔法，還是這個城鎮的知名人物。如果隨便對她下手，可能會吃不完兜著走。」

「咦——不過——」

卡吉特把手伸進長袍，握住一顆黑色寶石：

「……克萊門汀，為了把這個城鎮變成死城，我可是在這裡花了好幾年準備。不想因為妳的無聊遊戲，讓我的計畫付之一炬。要是妳繼續惹是生非……宰了妳喔？」

「……是叫死之螺旋嗎？」

「沒錯，我們盟主在進行的儀式。」

在不死者聚集的地方，通常會產生強力的不死者。如果有強力的不死者聚集，就會產生更強的不死者。利用這個特性的魔法儀式就像螺旋一樣，可以不斷產生更強的不死者，足以毀滅整個都市，所以稱為「死之螺旋」。

這個邪惡儀式曾在過去，讓一座都市變成一個不死者四處遊蕩的地方。

卡吉特的目的正是要把這個耶．蘭提爾變成第二個死城，藉由收集死城中的死之力量，讓自己變成不死的存在。

為了達成這個目的，處心積慮不斷準備，可不能讓幾天前出現的女人糟蹋整個計畫。

「聽懂了嗎？」

卡吉特看穿可愛鼓起臉頰的克萊門汀臉上，露出殘忍的表情。就在這個剎那，充滿殺氣的克萊門汀化為狂風踏出一步。

瞬間拉近彼此的距離，接著以迅雷不及掩耳的速度出招。手上的銳利短劍發出閃光刺向卡吉特的喉嚨——

克萊門汀刺出的短劍，是名叫短錐的突刺型武器。突刺武器的攻擊方法有限，因此不是很好用。不過只喜歡用這種武器的克萊門汀不斷鍛鍊肌肉、選擇裝備、學習武技，這一切都是為了學會確實給予致命一擊的能力。

如此培養的絕技，在數不清的對人戰、對魔物戰中歷劫歸來的克萊門汀手中，早已到達常人無法躲避的領域。

原本就天賦異稟，擁有超越常人才能的克萊門汀，花了自己的大半輩子學習，能夠到達那個地步也是理所當然吧。

不過接招者並非泛泛之輩。

知拉農引以為傲的十二高徒之一卡吉特，不會那麼輕易就被殺死。

——無法閃避的銳利劍尖，被來自地下，有如牆壁的白色物體擋住。那是一隻由無數人骨組成的巨大手掌，而且還是爬蟲類的鉤爪。

鉤爪動了起來，大地從它的四周開始崩裂，巨大物體在卡吉特的意識操控之下現身。

感受到腳邊傳來的強大不死者跡象，感到相當滿意的卡吉特瞪向克萊門汀：
「真是毫無意義的攻擊。都是妳害的，讓我一時分心停下對其他不死者的控制。」
「咦——那還真是對不起——不過我還沒使出全力喔。至於你倒是使出渾身解數才能擋下吧？」
「少胡說八道了，克萊門汀。妳不是那種會手下留情的人。」
「哇啊——被看穿了嗎？嗯，如果你沒擋下，這時你的肩膀一定早被刺穿了。不過我完全沒有想過要殺你喔——真的真的。」
看到眼前的女人露出討厭的笑容，卡吉特皺起臉來。
「而且我可以打倒那傢伙喔——或許魔法吟唱者沒什麼勝算，但是身為戰士的我可是綽綽有餘耶？只是有點不擅長使用打擊型武器——」
「……擅長一擊必殺的妳面對活人或許很強，但是遇到沒有生理機能的不死者又是如何呢？而且妳以為這傢伙是我的最後王牌嗎？」
「哼——嗯……說得也是——」
克萊門汀的眼神看向通道，似乎感覺卡吉特控制的不死者正在裡面待命。
「應該可以打贏……不過在這種情況進入持久戰的話會輸吧——抱歉囉，小卡吉。」
克萊門汀把握劍的手收回披風底下，大地的震動也隨之停止。

「不過——真不愧是特別強化的不死者控制——非常精彩！」

克萊門汀只說了這句話就轉身邁步：

「啊，對了對了。不到最後關頭，我不會動那個老婆婆的。也不會繼續抓人了，這樣總行了吧？」

「……嗯。」

卡吉特在克萊門汀離去前，絕對不會放鬆手上的力道。即使她的背影已經消失在地下神殿的盡頭也一樣。

「性格缺陷者。」

卡吉特丟下這句話。

自己的確也有缺陷，但是還不到克萊門汀那個地步。

「明明實力那麼堅強……不，正因為實力堅強，性格才會那麼扭曲吧。」

克萊門汀很強，即使是在卡吉特所屬的祕密組織最高十二幹部中，也只有三人能打贏她。遺憾的是裡面不包括卡吉特。即使利用手上的道具，獲勝的機率也只有三成。

「前漆黑聖典的第九席嗎……擁有英雄級實力的性格缺陷者真是不好惹。」

「曾經發生過那種事啊。」

恩弗雷亞深深嘆了一口氣，唸唸有詞。

恩弗雷亞和安莉的雙親很熟。他們都是非常稱職的父母，甚至令人羨慕受到疼愛的兩個女兒。恩弗雷亞因為從小父母雙亡，只留下朦朧的記憶，所以一說到了不起的父母，恩弗雷亞馬上會想到安莉的雙親。

對於奪走安莉雙親性命的「帝國騎士裝扮者」感到憤怒，聽到那些傢伙被殘殺時心裡也只浮現活該的想法。對於不願派遣士兵前來的耶·蘭提爾高層也感到有些火大。

但是把最應該憤怒、難過的安莉放一旁，自己表現出那種情感，總感覺有點不對。

看著身旁想起往事眼眶泛淚的安莉，不知是否該開口安慰時，安莉拭去淚水露出微笑：

「我還有妹妹，不能一直沉浸在悲傷中。」

稍微起身的恩弗雷亞再次坐下。對於失去安慰機會，一方面覺得可惜，一方面覺得自己真沒用。

即使如此——自己想要保護她的心情還是不變。遲疑了一下，恩弗雷亞下定決心，除了自己以外，不會讓任何人坐在安莉的身邊。即使是能夠保護安莉的強者。

雖然有些焦躁，但是不想失去的心情讓恩弗雷亞打算說出打從小時候初次來到村莊，一直放在心裡的想法。

「那麼——」

喉嚨彷彿黏住一般說不出話來。說啊，快說。雖然拚命想說，但是心中的話就像是卡在喉嚨說不出口。

以年齡來說，安莉和恩弗雷亞都到了即使結婚也不奇怪的適婚年紀，而且恩弗雷亞身為藥師賺的錢，也足以養活安莉和她的妹妹。

即使生了小孩也沒問題……

腦海裡浮現自己建立家庭的景象——但是立刻揮去失控的想法。知道安莉正一臉詫異看著這樣的自己，讓恩弗雷亞更加焦慮。

嘴巴一張一闔。

我喜歡妳。

我愛妳。

但是這兩句話都說不出口。因為害怕聽到她的拒絕。

那麼說些其他能夠縮短彼此距離的話。

城鎮比較安全，要不要一起生活？我會連妳的妹妹一起照顧。如果妳想要工作，可以在奶奶的店裡幫忙。要是對城鎮感到不安，我會盡全力幫助妳。

只要那麼說就好，那些話被拒絕的可能性比傾訴愛意的話語低很多。

「安莉！」

「怎、怎麼了嗎？恩弗雷亞。」

安莉被突如其來的大叫嚇了一跳，恩弗雷亞開口表白：

「——如、如、如果有什麼困難就說出來吧。我會盡可能協助妳！」

「謝謝！……恩弗雷亞真是好朋友，好到對我來說太可惜了！」

「啊，啊，嗯……不，不用客氣，我們都認識這麼久了。」

無法對笑容滿面的安莉說出其他話的恩弗雷亞，在心中暗罵自己的無能，同時又覺得安莉真是可愛，陪著她一起聊兒時的記憶。

就在話題告一段落時，恩弗雷亞問個問題：

「話說回來，那些哥布林是怎麼回事？」

那些哥布林稱呼安莉為大姊。而且每隻哥布林都和路上看到的哥布林大相逕庭，感覺像是身經百戰的戰士。不僅如此，在村裡看到魔法吟唱者的身影更是令人驚訝。不知道那些哥布林和原本只是單純村姑的安莉在哪裡相識，又有什麼關係。

安莉簡單回答這個問題：

「我使用了解救村莊的安茲．烏爾．恭先生留下的道具之後，牠們就出現了。會遵照我的命令行事喔。」

「原來是這樣……」

安莉有如星星閃閃發亮的雙眸讓恩弗雷亞感到苦澀，隨口附和。

安茲．烏爾．恭。

這個名字從剛才開始，已經在安莉的口中出現過好幾次。

在卡恩村被身穿帝國騎士服裝的不明人士襲擊時，一名剛好路過的神祕魔法吟唱者以驚人實力解救村莊，讓村莊得以重獲和平。他是解救安莉的英雄，恩弗雷亞應該感謝的恩人。

但是浮現在安莉臉上的表情，讓他難以坦率表現感激之意。

雖然可以體會那是安莉提到恩人時理所當然的反應，心中的嫉妒還是不斷湧現。身為男人不想輸的心情，以及單戀不對自己露出那種表情的安莉。就是混雜這些情感的醜陋思緒。

感到可悲的同時，企圖揮開這些情感的恩弗雷亞開始思考安莉口中的道具。

用來召喚哥布林的道具，好像稱為「哥布林什麼之號角」。

解救村莊的大魔法吟唱者有告訴安莉那是什麼號角，不過當時她的頭腦太過混亂，所以沒有記得很清楚。

恩弗雷亞覺得有點奇怪。

想不到那是什麼道具，可是她應該不可能忘記。因為如果是具有特殊功能的道具，聽過一次後就不會忘記。

不過實際上確實有很多召喚道具，在魔法當中也有召喚魔法。只是利用上述方式召喚出來的魔物，在經過特定的時間之後，就會消失得無影無蹤。

「召喚魔物」絕非能夠長時間使喚的魔物。

如果那件道具辦得到，至今為止的魔法歷史或許會被整個推翻。

做得到這種事的道具將有多大的價值？安莉似乎沒有留意到那個道具的價值，但是如果把它賣掉，應該足以讓她一輩子衣食無憂。

安莉使用這個稀有道具，是因為不想讓村莊再次受到傷害。

恩弗雷亞覺得這個想法很有安莉的風格，因此召喚出來的哥布林除了保護村莊，還稱呼安莉為大姊，聽從她的命令，甚至幫忙下田。不僅如此，聽說還會教導村民使用弓箭，傳授他們護身術。也因為如此，村莊開始有了一些奇怪的新居民。

村莊能夠接受哥布林，原因之一也是因為受到同為人類的騎士襲擊吧。他們變得有點不相信人類，更容易接受幫助自己的哥布林。

還有一個很大的原因，在於贈送這個道具的人是解救村莊的魔法吟唱者吧。

「那個人是叫安茲．烏爾．恭嗎？他是個怎麼樣的人？我也想向他道謝。」

恩弗雷亞對安茲．烏爾．恭這個人沒有任何頭緒。話說安莉沒有看到對方面具底下的長相，所以即使是自己知道的人，也不曉得是誰吧。不過對方竟然把號角那麼昂貴的道具隨便送人，一定是個大人物。如果曾經見過絕對不會忘記。將這個想法如實告訴安莉之後，安莉臉上浮現明顯的失望神色：

「這樣啊。我還以為如果是恩弗雷亞應該會認識他……」

安莉的反應讓恩弗雷亞的心臟劇烈跳動，背後冒出難受的汗水。「外表另當別論，他的實力那麼堅強，受歡迎的可能性很高吧。」腦海裡浮現昨晚聽到的話，呼吸不禁變得紊亂。

努力壓抑心中的不安，恩弗雷亞問道：

「安、安莉怎麼了嗎？見了那個名叫恭的人，妳、妳想做什麼？」

「咦？嗯，想要好好向他道謝。村莊的大家也提議為了記住他的救命之恩，想替他建個小銅像，而且我也得跟他道謝……」

敏銳察覺這個答案沒有隱含恩弗雷亞害怕的愛意，讓他大大地吐了一口氣，放鬆緊繃的肩膀力道：

「喔，那樣啊。嗯……呼。沒錯，當然要向他道謝。如果有什麼特徵，或許會想到是什麼人，在各方面也可以縮小範圍……對了，妳知道他使用過什麼魔法嗎？」

「啊，魔法啊。很、很厲害喔。才看到霹哩啪啦的閃電，騎士就被一擊打倒了。」

「閃電……有聽到對方說什麼雷擊嗎？」

安莉的眼神望向空中，接著重重點頭。

「嗯！……好像有聽他說過。」

不過好像更長一點……聽到安莉的喃喃自語，恩弗雷亞判斷那應該對方在發動魔法之前說了些什麼吧。

「這樣……是使用第三位階的魔法啊。」

「……第三位階的魔法……很厲害嗎？」

「那當然很厲害啊！因為我只能使用第二位階的魔法，第三位階的魔法已經是常人能夠到達的最高階魔法。如果是更高階等級的魔法，更是進入天賦異稟者的領域。」

「恭先生果然很厲害呢！」

安莉佩服地點點頭，但是恩弗雷亞不認為那位名叫安茲的魔法吟唱者只會使用第三位階的魔法。因為他能夠毫不在意地把剛才聽到的道具隨意送人，說不定他能使用英雄領域的第五位階魔法。

那樣的偉大人物，為什麼會來到這個村莊？

感到納悶的恩弗雷亞忍不住偏頭，但是聽到安莉接下來的驚人發言，心中的疑問立刻煙消雲散。

「不只如此，他還送我紅色藥水——」

之前的故事像是整件事的片段，讓恩弗雷亞感到相當驚訝。
恩弗雷亞想起過去的一段對話。

「那麼我付錢給妳，可以詳細說明一下給妳這瓶藥水的人嗎？」
名為布莉塔的戰士對於莉吉的要求感到不悅：
「妳問這個想做什麼？」
「那還用說，當然是用來當作尋人的線索。尋找那名穿著全身鎧甲的神祕人物。和他交好的話，或許他會告訴我是從哪裡獲得這瓶藥水吧？而且也可能不小心說出口，所以如果他是冒險者，我打算委託他工作。恩弗雷亞覺得如何？」

這就是恩弗雷亞指定飛飛的理由。
藉由加深彼此的友誼套出藥水的相關情報。除此之外，只要前往森林採藥，在採藥的過程中，對方或許會不小心洩漏一些情報。
恩弗雷亞努力不表現出內心的興奮，以和剛才一樣的冷靜聲音謹慎詢問安莉：
「喔，那是什麼樣的藥水？」
「咦？」

「妳也知道我是藥師，對於藥水這種事當然會有興趣。」
「啊啊，說得也是！你的工作就是做這種東西。」
安莉將魔法吟唱者和他贈送藥水這些事，一五一十地全部告訴恩弗雷亞。途中安莉好幾次提起安茲．烏爾．恭的驚人之舉，若是剛才的恩弗雷亞或許會產生醜陋的嫉妒情感，但是現在的他，腦中滿是其他事。
所有的情報連結在一起，掀開好幾層面紗之後，隱藏的真相終於現身。
出現在耶．蘭提爾的藥水和安莉喝下的藥水，很可能是同樣的東西。至於出現在那兩個地方的人，是魔法吟唱者和身穿黑色全身鎧甲的旅行者兩人組。
那麼答案只有一個，不過有兩個符合自稱安茲．烏爾．恭的人選。從安莉剛才的話中判斷應該是個男人，不過為了保險起見還是確認一下。
「……那位名叫安茲．烏爾．恭的人，該不會是……女性吧？」
「咦？不是喔？雖然沒看見對方的臉，不過聲音是男生喔。」
這個證據無法證明對方絕對是男生，有改變聲音的魔法，也可以利用魔法道具。只是把娜貝和安茲．烏爾．恭當成同一個人，總覺得不太對勁。冷酷又有點天然的娜貝和安莉口中那位充滿智慧、態度從容、路見不平拔刀相助的安茲，形象實在相差太遠。要把她和安茲結合在一起，果然太過牽強——

「穿著黑色鎧甲的人好像是叫雅兒貝德。」

「這、這樣啊……」

記得娜貝曾經說過這個名字。

答案已經揭曉。

安茲・烏爾・恭＝飛飛。

這麼一來可以得到驚人的事實。

那就是解救這個村莊的魔法吟唱者，同時也是身懷絕技的戰士。雖然也有接受魔法訓練的戰士，但是絕大多數都會扼殺其中一方的優點。魔法吟唱者也一樣，魔力系魔法吟唱者若是穿著重裝鎧甲，大多無法吟唱魔法。

既是第三位階的魔法吟唱者，劍士本領也有精鋼等級的冒險者。

簡直是彷彿天方夜譚的存在。如果真的有這種人，他絕對是英雄中的英雄。

不過倘若是如此，為什麼他會在路上不斷發問呢？

最合理的可能性是他是一名學習異國未知技術的魔法吟唱者，不清楚這裡的事。如果是那樣，那麼身上會有那種由完全未知知識製造的異國藥水也是理所當然。

恩弗雷亞得到這個價值連城的情報，氣息不由得變得紊亂，即使知道安莉對自己露出異樣的眼神也無法壓抑。

心裡同時湧現複雜的感情。

與解救安莉、贈與藥水的他相比，為了得知製藥方法偷偷接近的自己真是討厭，感覺有點卑鄙。安莉應該會喜歡那樣的男人吧。

一想到這裡，就忍不住唉聲嘆氣。

「沒、沒事吧？你的臉色很不好喔。」

「嗯、嗯。沒事，只是在想點事……」

如果能夠知道藥水的製作方法，藉此解救更多的人，就能消弭自己的罪惡感吧。不過那種可能性微乎其微，因為他只是想要以藥師的身分獲得新的藥水製作方法。

不但是強大的戰士，也是優秀的魔法吟唱者，有美女陪伴，身懷未知藥水，還有救村姑於危難的俠義心腸，那樣的男人和自己。

恩弗雷亞對自己和飛飛——不，和安茲．烏爾．恭的差距感到絕望。

「怎麼了嗎？你看起來很奇怪喔？」

「啊，嗯。沒什麼。」

恩弗雷亞忍住嘆息露出微笑，不過沒有自信可以笑得自然，安莉的臉上露出看穿恩弗雷亞假笑的表情。

「……我該怎麼辦才好？安莉也討厭那種把見不得人的事隱藏起來的人吧？」

「……在受到神的召喚之前，每個人都有應該要埋藏在心裡的事。尤其是說出來會造成他人不幸的事更是如此。不過若是隱藏那些事會造成他人不幸，那就另當別論……我不會因此討厭你，所以如果你犯了什麼罪，還是到官府自首比較好喔！」

「……不，我沒有犯罪。」

「咦……嗯！就是說啊！恩弗雷亞怎麼可能會犯罪！我很相信你喔！」

看著呵呵呵刻意發笑的安莉，恩弗雷亞也放鬆肩膀的力道。

「嗯，不過還是謝謝妳。也讓我在某些方面放鬆了。我會先以並駕齊驅為目標努力。」

為了能在妳的面前抬頭挺胸，對妳說出我喜歡妳、我愛妳。

對於恩弗雷亞充滿決心的宣言，還有剛才那些話完全一頭霧水的安莉，只是露出客氣的笑容輕輕點頭。

2

「喔——」

安茲發出類似感嘆的聲音，望著村莊裡的某處。
那個地方有幾名村民排成一列。男女老少都有，有四十幾歲看似母親的福態女性，也有十歲左右的少年。所有人的共通點就是表情嚴肅，甚至充滿敵意，現場沒有人表現出彷彿是在玩耍的態度。
一隻持弓的哥布林向列隊的人說話。
距離這麼遠，即使擁有靈敏聽覺的安茲也聽不見他們在說什麼。
過了一會兒，排隊的村民們輪番慢慢拿起弓箭。那是簡陋的短弓。可能是自己做的吧，看起來歪七扭八。
拉滿弓之後，瞄準位於稍遠距離的稻草人。
可能是哥布林下達指令，村民們一起射箭。
雖然弓看起來簡陋，但是箭的飛行軌跡相當完美，全數射中稻草人。沒有一隻箭落空。
「不錯嘛。」
安茲不由得出口稱讚。
「是嗎？」
站在後方的娜貝拉爾發出疑問。
看在娜貝拉爾的眼裡，大概不了解那種程度的技術為什麼會受到讚賞吧。因為和納薩力克地下大墳墓的弓兵相比，他們的技巧簡直是兒戲。

了解娜貝拉爾心情的安茲在頭盔底下露出苦笑：

「娜貝拉爾說得沒錯，那並非什麼值得大驚小怪的技巧。不過他們在十天前還不會使用弓箭。並非消極地防止配偶、小孩、父母遇害的慘劇再次發生，而是想在出事時能夠積極拿起武器挺身戰鬥，來自這股勇氣練就的技巧難道不值得稱讚嗎？」

值得稱讚的，是讓村民們做到這種地步的怨恨。

「非、非常抱歉。我沒有想得那麼深……」

「沒關係。娜貝不需要想那麼多。而且他們的技巧確實沒什麼值得稱讚的地方。」

安茲再次望著弓箭劃過天際，刺穿稻草人的光景，腦海中突然浮現一個想法。

他們會變強到什麼地步？自己又會變強到什麼程度？

安茲在ＹＧＧＤＲＡＳＩＬ已經到達最高等級的一百級，來到這個世界時，剩餘經驗值也到達最大值的九成。雖然是猜測，既然其他能力都還在，那麼在這個世界的等級應該也是一樣。問題在於是否能夠取得一成的經驗值，變成一百零一級。

關於這個問題，安茲多少得到答案。

自己無法變得更強。已經抵達力量的終點。

安茲的強是無法成長的強，但是他們的弱卻可能成為深不可測的強。

如果活在這個世界的人們成長沒有極限，可以超過ＹＧＧＤＲＡＳＩＬ最強的一百級，屆時安茲與納薩力克地下大墳墓的屬下將不是他們的對手。

而且這是絕對——

「並非不可能發生嗎……」

安茲認為有可能是玩家的，是六百年前出現在斯連教國的六大神。雖然不知道為什麼與安茲出現的時間有如此差距，不過六大神若是沒有壽命設定的異形類，或是具有特殊壽命設定的職業，目前還存活的可能性很高。

如果六大神還藏身在斯連教國裡，那麼這六百年之間有人利用六大神的力量，進行加速升級（Power Leveling）——接受強大玩家的幫助，以超越一般速度的方式取得經驗值——即使出現等級超過一百的人也不足為奇。

這麼一來教國之所以沒有統治這個世界，有可能是因為還有同樣水準的存在。或許一百級的強度根本沒什麼。

一想到這裡，安茲不存在的胃便開始抽痛。

如果六大神真的是玩家，在情報還不充分的現在，必須努力和他們交好。只是根據陽光聖典等人的說法，襲擊這個村莊的帝國騎士其實是由教國的人假扮，那麼解救這個村莊等於是與教國為敵。

「伸出援手難道是個錯誤嗎……」

果然還是需要先收集情報。

正當安茲心不在焉想著這些事時，發現有個少年往這裡跑來。平常被頭髮遮住的眼睛因為頭髮晃動顯得忽隱忽現，可以發現他的眼睛直直盯著安茲。

安茲從恩弗雷亞身上感覺到不妙的氣息。那和之前看到的村長慌張模樣相同。

「怎麼這麼匆忙？難道又發生什麼緊急狀況嗎？這個村莊還真是……」

恩弗雷亞來到唸唸有詞的安茲面前。

氣喘吁吁的恩弗雷亞額頭冒汗，將被汗水沾濕的頭髮撥開的少年，露出嚴肅的表情看向安茲等人。

似乎有些遲疑，不知道該向誰說話的恩弗雷亞欲言又止，接著終於下定決心面對安茲：

「飛飛先生，你是安茲·烏爾·恭先生嗎？」

這個突如其來的問題讓安茲啞口無言。這個時候當然應該回答不是。

可是自己能夠說不是嗎？這是自己和朋友一起創造的名字。即使現在把它拿來當成自己的名字，真的可以加以否定嗎？

這段遲疑的時間是不言而喻的最好證明，恩弗雷亞繼續說道：

「就是你吧，恭先生。謝謝你解救了這個村莊，還有安莉。」

安茲輕聲回答鞠躬道謝的恩弗雷亞：

「……不，我……」

聽到安茲好不容易擠出的話，恩弗雷亞點頭表示理解：

「我能理解你是為了什麼原因才會隱姓埋名，不過還是要向解救這個村莊——不，是解救安莉的你表達謝意。謝謝你救了我喜歡的女生。」

安茲沒有對深深低頭的恩弗雷亞說些什麼。他雖然帶著大叔的心情覺得「喜歡」兩個字真是青春，一時沉浸在懷念的往事之中，同時也想著其他更重要的事。

「啊……夠了……把頭抬起來。」

這個回答像是默認自己就是安茲．烏爾．恭，但是現在不管自己怎麼解釋，都不可能否定恩弗雷亞的想法吧。是安茲輸了。

「是的，恭先生。另外，其實……我有件事瞞著你。」

「……你跟我來。娜貝，妳在那裡待命。」

對娜貝拉爾下令的安茲帶著恩弗雷亞來到稍遠的地方。這是為了避免被娜貝拉爾聽到什麼奇怪的事而激動。

和娜貝拉爾拉開距離的安茲轉身面對少年。

「其實……」

恩弗雷亞緊張地嚥下口水，露出充滿決心的表情。

「恭先生，你在旅館裡送給女子的那瓶藥水，無法以一般方法製作，非常稀有。我為了想知道是什麼人持有那樣的藥水，還有藥水的製作方法才會委託這個工作。真的非常抱歉。」

「喔，原來如此。」

果然是個錯誤。

安茲在這個村莊將治療藥水送給安莉，也在耶．蘭提爾把相同的藥水送人。這就因為這樣身分才會曝光吧。不僅如此——

（……或許應該收回那瓶藥水。當時如果有問一下女冒險者的名字就好了……不過現在後悔也於事無補。）

安茲認為在耶．蘭提爾的當時，送她藥水是最好的辦法。

女子曾經說過「看你穿的鎧甲這麼氣派，應該不至於沒有治療藥水吧」。這或許是不經意的發言，不過卻大幅限制安茲的行動。

比方說有個人走出高級汽車，如果身上穿著看起來花了很多錢，精心打扮的奢華裝扮，也會認為車子和那個人相得益彰吧。不過要是外表看起來相當寒酸又會如何？這時候就會認為那個人將薪水全都花在車子上，甚至可能加以嘲笑。

安茲想要避免發生這種事。

當時如果拒絕，同伴娜貝拉爾的美貌和自己身上的鎧甲可能會遭到嫉妒，甚至會被散播不妙的謠言。謠言這種東西出現之後就跟隨自己一輩子，很多人會不斷觸碰那個傷口。

安茲是為了提高身為冒險者的名聲才會來這裡，因此必須避免可能破壞名聲的行動。

如此思考之後，當時才會送出藥水。

這是個賭注，雖然賭輸了，但並不覺得遺憾。還不到致命的地步，只要今後加以挽回即可。因為安茲並非那種完全不會犯錯的完人。

但是不知道恩弗雷亞道歉的理由。

「沒有什麼好道歉的吧？」

「咦？」

「……有事隱瞞卻露出笑容要求握手，雖然感覺不是很舒服，但是這次的委託也是為了建立關係吧？既然這樣又有什麼問題？」

安茲打從心底感到納悶地發問。

「恭先生的心胸真是廣闊……」

安茲對感到佩服的恩弗雷亞有些不解。人際關係是社會人士的基本需求，想要建立人際關係沒有任何問題。不過雖然有些模糊，還是隱約了解。也許是因為恩弗雷亞認為他是為了盜取機密的企業情報而接近吧。

「如果我告訴你藥水的製作方式，你打算如何運用？」

發出驚訝叫聲的恩弗雷亞，經過短暫的思考之後回答：

「我還沒有想到那裡。只是求知欲讓我想要知道……奶奶大概也是吧。」

「原來如此。那麼完全沒有問題。如果是想要拿來為非作歹就另當別論，若非如此便沒有問題。」

「真是了不起。難怪……會那樣崇拜……」

唸唸有詞的少年因為頭髮的汗水已經被風吹乾，再次遮住眼睛。不過可以看到羨慕的眼神。那就像是喜歡棒球的少年看見職棒選手一樣。

露出這種態度的少年心情，和當初連續遇到ＰＫ的安茲被同伴們解救之後，對於他們的強大感到吃驚的心情很接近吧。

害羞的情緒湧現，然後遭到壓抑。

恩弗雷亞的態度竟然能夠影響自己的內心，安茲雖然感到驚訝，但是立刻恢復平靜，展開行動。首先必須問清楚一件事。

「話說回來，知道我是安茲的人只有你嗎？」

「是的，我沒有告訴任何人。」

「這樣啊，那就好。」

如此說道的安茲開始思考該怎麼向恩弗雷亞開口，但是實在毫無頭緒，所以直接拜託：

「……現在的我只是名為飛飛的普通冒險者。如果你能記住這件事我會很高興。」

「是的，我也覺得你大概會這麼說。雖然知道會給飛飛先生添很多麻煩，還是忍不住想要對你表達謝意。真的非常謝謝你救了安莉和這個村莊。」

恩弗雷亞以認真的眼神對安茲說出衷心的感謝。

「你不用那麼客氣。我也只是剛好路見不平。」

「不過若是那樣，應該不需要特別贈送那個號角。」

其實贈送號角沒有什麼特別用意，不過恩弗雷亞如果把這件事解讀為好意就算了。安茲沒有多說什麼，只是大方點頭。

以委託者的身分說出一小時後前往森林，還有解救村莊的感謝後，恩弗雷亞轉身離開。望著漸漸遠去的背影，娜貝拉爾來到面前恭敬行禮：

「安茲大人，非常抱歉！」

「有人在看，快抬起頭來。」察覺娜貝拉爾再次抬頭，安茲以帶刺的語氣開口：「這麼說也沒錯。都是妳提到雅兒貝德的名字的緣故。」

（這次會曝光和她提到雅兒貝德的名字完全無關，但是那個失誤實在太大。所以趁這個機會將錯就錯，好好叮嚀她下次千萬不要再犯比較好。首先禁止她稱呼自己安茲……不過……好像沒有被人聽到……）

「請讓我以死謝罪！」

這句話聽起來完全不像在開玩笑。

納薩力克地下大墳墓的所有人都是這樣，把四十一位安茲．烏爾．恭的公會成員稱為至高無上的至尊，絕對的存在，以誓死效忠為榮耀。

雖然對安茲來說有點沉重，但是自己創造的NPC能夠帶著歡喜表情盡忠，倒也不是什麼壞事。這也可以算是創造者的宿命吧。

娜貝拉爾就是那樣的NPC。如果開玩笑要她自殺，她一定也會立刻付諸行動吧。她會徵詢許可是源自對主人的絕對忠心，認為自己的命屬於主人的緣故。

「……夠了。不管是誰，每個人都會失敗，只要努力不犯同樣的失敗即可。一步一步努力，不要再犯相同的錯誤。這次的失誤我就不予追究，娜貝拉爾．伽瑪。」

對於自己的失敗想要以死謝罪的心情，和應該遵守安茲不允許自己以死謝罪的忠心。娜貝拉爾被夾在相反的情緒之中。過了不久，安茲感覺情緒的天秤往其中一邊傾倒。

娜貝拉爾慢慢低頭：

「十分多謝！下次一定會注意不再犯相同的失敗！」

「……嗯，真的不用太在意。因為以飛飛這個名字的冒險者——偽裝另一個身分的目的尚未完全失敗，今後多加注意即可。不過……根據情況，或許有必要解決恩弗雷亞……」

「那麼要立刻動手嗎？」

「別說笑了。把委託搞砸反而更麻煩。」

恩弗雷亞的祖母在耶·蘭提爾也是著名的藥師，惹惱她或是與她結下樑子，安茲的目的都會變得更加困難。

「總之……隨機應變吧。」

目前的安茲也只能想到這樣。

3

看往森林的方向，在一百公尺以外的地方，蔥蘢茂密的森林空了一大片。雖然那是受到哥布林保護的村民為了建造柵欄砍伐樹木造成的，看起來也像巨大魔獸張開大嘴。

安茲一行人在這裡進行最後確認，委託此次工作的少年率先開口：

「接下來即將進入森林，我的護衛工作就麻煩大家了。話雖如此，進入森林不遠就是森林賢王這隻魔物的勢力範圍，如果和平常一樣，遇到其他魔物的可能性很低。問題是昨天遇到食人魔的附近也是森林賢王的勢力範圍，因此森林中或許出了什麼事。雖然不是什麼值得向各位冒險者報告的事，還是希望大家多加警戒。」

恩弗雷亞的目光只在安茲的臉上停留一會兒。

漆黑之劍等人的目光也一起轉向安茲。

「不過只要有飛飛先生在，應該就沒問題。」

「……如果那個名叫森林賢王的魔物出現，就由我們殿後吧。你們可以先逃。」

安茲充滿自信的發言話讓眾人不禁讚嘆。昨天和食人魔一戰之後，變得更加引人矚目。每當眾人發出讚嘆，安茲就覺得全身不對勁。這是因為在過去的人生中，不常被人稱讚的後遺症。真羨慕身旁娜貝欣然接受的驕傲態度。

「如果需要逃走時，可以請你們當場離開嗎？森林賢王那隻魔獸越是強大，越是需要全力對付，不希望把大家也牽扯進來。」

「知道了。那麼到時候就由我們負責保護恩弗雷亞先生，逃到森林外面。飛飛先生也不要太過勉強喔。」

「謝謝。覺得危險時我會立刻逃跑。」

「那個……飛飛先生。」

欲言又止的恩弗雷亞像是下定決心說道：

「可以不要殺死森林賢王，只將牠趕走就好嗎？」

「……這是為什麼？」

「嗯。因為森林賢王的勢力範圍在附近，卡恩村才能得以免於受到魔獸的侵犯。如果打倒森林賢王的話……」

「原來如此……」

「這點很困難吧。即使飛飛先生很強，對方可是傳說中的魔獸。如果不全力對付可是會自身難保，怎麼會有餘力——」

「我知道了。」

「啥！」

陸克路特發出驚訝的聲音，漆黑之劍的其他成員雖然沒有出聲，但是臉上也都浮現驚訝的表情。

「或許很困難，但是我會盡量手下留情，只求把牠驅逐出去就好。」

安茲自信滿滿的發言，似乎讓同為冒險者的一行人感到毛骨悚然。

「即使對方是……傳說中活了好幾百年的魔獸……」

「正因為是強者才能展露的態度嗎……」

「以飛飛先生的性格來看，應該不是吹牛或裝模作樣……」

大約了解安茲實力的恩弗雷亞露出安心的表情，和漆黑之劍成員形成強烈對比。

望著這個少年，安茲在內心發笑。

少年的願望是不希望魔物出現在卡恩村。這樣一來只要配置其他魔物取代森林賢王保護勢力範圍，還是能實現少年的願望。

即使殺了森林賢王，只要從納薩力克派遣僕役過來就能解決。

「好！那麼事不宜遲，這次我要採集的藥草長這樣。如果大家發現還請告訴我。」

恩弗雷亞從裝備在肚子的採藥包中，拿出枯萎的植物。

「喔，是恩格納克草啊！」

看在安茲眼裡，那個植物就和附近的雜草沒什麼兩樣，但是看在森林祭司達因的眼裡似乎完全不同，立刻說出植物的名字。

對這個名字有所反應，陸克路特和尼納也認同地頻頻點頭。應該是具備植物相關知識，對這個名字有印象吧。

正當他猶豫該不該假裝知道時，大家的目光都集中在安茲的臉上。

「飛飛先生沒問題吧？」

「咦？啊，那個植物嗎？我知道。」

安茲不慌不忙點頭示意。

若非不死者的精神狀態，聲音或許會因為動搖而變得高亢，但是表情被頭盔擋住不會被看到，內心也不會被看穿。由銅牆鐵壁層層保護的安茲態度可以說是威風凜凜，至於內心就另當別論。

「嗯，這是在使用藥草製作的治療藥水中，經常會用到的藥材吧。」

「而且長在冒險者的附近！」

「喔，是這樣啊。為什麼會特地前來森林採集的謎題終於解開了——聽說天然的藥效比栽培的更強？」

「沒錯。話說我們家的藥水都是使用天然的，這可是引以為傲的賣點！不過藥效大約只有增加一成左右。」

「對於經常賭命的人來說，那個一成很重要。以同樣的金額販賣更好的藥水……真不愧是以販賣高品質藥水聞名的巴雷亞雷藥店。」

聽著恩弗雷亞和漆黑之劍成員談論藥水的相關內容，安茲陷入沉思。

ＹＧＧＤＲＡＳＩＬ的治療藥水，通常都是將特定職業才能得到的特殊技能，或是想加入的魔法施加到材料之中製成。雖然安茲具有這方面的知識，不過聽說材料是由特定物質與鍊金術溶液合成製作出來，沒有聽過使用藥草製作的例子。

也就是說，這個世界的藥水製法和ＹＧＧＤＲＡＳＩＬ的不同。恩弗雷亞說的「無法以一般的方法製作」這句話，原因就是出自於此吧。

安茲堅信只要能夠掌握這個世界的藥水相關技術，一定可以強化納薩力克。問題在於如何才能掌握。

當他陷入沉思時，話題似乎再次回到委託的工作，安茲側耳傾聽。

「森林裡有個廣場，我預定以那裡為目標。事先已經告訴過陸克路特先生那個地方，麻煩你帶路了。」

聽到陸克路特輕聲回應「交給我吧。」之後，恩弗雷亞將目光移到眾人身上：

「那麼開始採集──」

「──在這裡我有個提議。」

「請說，飛飛先生。」

「因為娜貝能夠施展類似在紮營時使用的『警報』魔法，到了目的地之後可以先暫時分頭行動嗎？」

包含恩弗雷亞在內的所有人都皺起眉頭。這是因為最強戰力想在危險的地方離開，因此感到不安。不過恩弗雷亞很快回應：

「這也無所謂。不過請不要離開太久。」

「那當然。而且為了避免在森林迷路，我會綁著繩索，有什麼事可以拉繩告知。」

「那麼我也偷偷跟去吧？得仔細看著，以防你和小娜貝做出什麼奇怪的事。」

「去死吧，低等生物（蚜蟲）。你的腦袋只剩性慾嗎？把你去勢之後還能動嗎？」

「……夠了，娜貝。陸克路特先生，不用做到這個地步。我想請問一下尼納先生，有沒有什麼魔法可以在森林中分散時，搜索彼此的場所呢？有的話會很方便。」

「沒有聽說過有那種魔法呢。有的話確實很方便。」

聽到尼納的否定，安茲點頭示意。

（在第六位階魔法裡，有種可以探查特定物體的魔法。不知道他是因為欠缺這方面的知識，還是如同這個世界有這個世界的獨特魔法，在ＹＧＧＤＲＡＳＩＬ中也有這個世界沒有的魔法呢？）

安茲暫時把這個疑問擺一旁，輕輕抬起下巴指示娜貝拉爾，要她作好準備。收到命令的娜貝拉爾，從漆黑之劍成員之一開始打量。

「那麼飛飛先生和娜貝小姐之後會稍微離開一下。就在他們回來之後再採集吧。」

既然是委託人的決定，眾人也沒有異議。漆黑之劍等人似乎全體同意，陸續點頭。

結束提議和注意事項等最終確認，恩弗雷亞高喊出發。一行人背起行囊踏入森林。

村民砍倒的樹木附近，土地已經乾涸，感覺像是容易行走的林地，但是眼前的景象漸漸變成宛如綠色迷宮的世界。

在沒有任何辨識目標的森林裡，甚至連自己前進的方向都無法判斷，像是被吞沒一般充滿無依無靠的不安。直竄天際的大樹更是為不安帶來加乘效果，一般人都會感到膽怯。但是有著不死者精神，除了殘留的人類情感外不會感覺恐怖的安茲，冷靜地對大自然創造的雄偉景象出聲讚嘆。

在ＹＧＧＤＲＡＳＩＬ的森林等自然區域，只不過是遊戲世界的景色——心中甚至湧現這種想法。

對納薩力克地下大墳墓的設計感到驕傲的安茲心情有些複雜，沒想到天然的森林會讓人如此震撼。

（可以了解藍色星球桑為什麼那麼喜愛自然……）

觀察森林的同時環顧四周，沒有什麼動物的跡象，相當安靜。除了從很遠很遠的地方傳來鳥叫聲，完全感覺不到有什麼生物。

同時看見走在前面的游擊兵陸克路特五感並用、步步為營的背影，他似乎判斷周圍沒有躲著任何生物的樣子。

（其實有人躲在後面。）

安茲對悄悄跟在後面的人感到驕傲。

一行人——除了兩個人——帶著緊張情緒，默默走在陽光照不進來，意外涼爽的森林中。因為路不好走與精神壓力，一行人的額頭都滲出汗水。

終於來到一個直徑約五十公尺的開闊廣場。

「這裡就是預定地點。以這裡為中心開始採集吧。」

聽到放下行囊的恩弗雷亞如此說道，大家也紛紛放下行囊，但是內心沒有鬆懈，依然保持能夠立即應付突發狀況的心態，仔細留意四周。

因為這裡已經屬於非人的世界。

「那就按照我們剛才所說的行動吧。」

回答過恩弗雷亞之後，安茲將繩子綁在附近的樹上，拉起繩子走進森林。

手上的繩子雖然不粗，但是很強韌，只靠地面摩擦不至於輕易斷裂。拿著繩子的安茲和娜貝拉爾盡可能以直線方式在森林裡移動。

一般來說，即使想要直線行走也會被樹木擋住，幾乎不可能辦到，但是手上的繩子會指示路線，因此不習慣森林的兩人也能夠直線前進。

來到森林裡大約五十公尺的地方，繩子快要用完的地方停下腳步。

後面全部被樹木遮住，不用擔心會被看到。附近也有能夠立即應付跟蹤的人，所以不需要特別在意。

「到這裡應該可以了吧。」

「是。」

「在這裡討論如何提昇我的名聲吧。」

「……那麼請問一下，您打算怎麼做？找到很多他們想找的藥草嗎？」

安茲默默注視娜貝拉爾，然後搖頭回答：

「我打算和森林賢王戰鬥。」

安茲繼續對滿臉問號的娜貝拉爾解釋：

「我的目的是以淺顯易懂的方式，讓他們見識我的強大。」

「……在和食人魔戰鬥時，不是已經讓他們充分見識了嗎？」

「……妳說得沒錯，但是哥布林和食人魔這類的魔物還不夠。回到城鎮之後，當他們在談論我的豐功偉業時，說我一招將食人魔一刀兩斷和擊敗森林賢王，不管在消息傳播速度還是名聲方面，兩者的差別可以說是天差地遠。所以才需要演場精彩好戲。」

「原來如此！真不愧是安茲大人！真是天衣無縫的計畫！不過要怎麼樣才能找到那隻森林賢王呢？」

「我早已計畫好了。」

想要開口詢問的娜貝拉爾，被第三者的聲音插嘴：

「是——所以我才會過來這裡。」

突如其來的說話聲，讓娜貝拉爾目光銳利地望過去。甚至伸出右手，瞄準目標打算發動魔法。但是發現那個聲音來自誰之後，立刻變成完全不同的平靜表情：

「亞烏菈大人！請不要嚇我。」

「對不起。」

從樹木後面現身的，正是面帶笑容的黑暗精靈少女。

納薩力克地下大墳墓第六樓層的雙胞胎守護者之一，亞烏菈．貝拉．菲歐拉。

「妳是什麼時候過來的？」

「嗯？從安茲大人和妳進入森林時就來囉。」

亞烏菈是馴獸師兼游擊兵，在森林裡跟蹤對她來說，簡直是家常便飯。雖然陸克路特也是游擊兵，但是彼此的能力相差太遠，不可能發現跟蹤的亞烏菈。

「所以被找來這裡的我，只要找出森林賢王這隻魔獸，唆使牠攻擊安茲大人就行了吧。」

「沒錯，根據之前得到的情報，森林賢王是隻長著銀白體毛，尾巴像蛇一樣長的四腳獸……光是這樣妳能想到是什麼嗎？」

「嗯，沒問題。大概是那傢伙吧。」

亞烏菈直覺地往上移動目光，肯定回答：

「若是那樣，要不要由我直接馴服呢？」

「……那也是個辦法，不過不用了。」

如果是馴獸師亞烏菈，應該可以輕鬆馴服森林賢王吧，然而要是不小心被人知道那是自導自演就麻煩了。一開始便排除這些擔心才是明智之舉。

「順便問一下，亞烏菈，下令要妳辦的事，進展到什麼程度了？」

「是！」

迅速跪下的亞烏菈以臣子之禮回應。

雖然感覺不像亞烏菈的風格，安茲還是加以配合，以身為主人的態度聽取報告。

「安茲大人下達的命令『探索、掌握大森林內部，確認裡面是否有願意歸順納薩力克的生物，順便設置物資倉庫』目前進展順利。」

這樣啊。安茲只是簡短回應。

安茲在前往耶・蘭提爾之前，向各個守護者下達不同的命令。命令亞烏菈和馬雷探索大森林的理由，就是為了確保納薩力克的安全和收集情報。

至於設置物資倉庫，或許該說是設置避難所比較正確。會命令她設置那樣的場所，是因為若是遇到緊急狀況，無法返回納薩力克時，可以當作藏身之處。另外為了避免納薩力克曝光，有座代替的據點也比較安全。當然了，也可以拿來當成存放各種資源的倉庫。

要她尋找有沒有願意歸順納薩力克的生物，是為了想要確認是否能夠進行加速升級，還有知道這個世界是以怎麼樣的方式提升等級。

因為賦予他們一連串的任務，所以這個森林遭到亞烏菈、馬雷，還有建設據點的奴僕等強大外來者入侵，導致森林的勢力平衡受到破壞，結果才會讓食人魔等魔物不惜踏進森林賢王的勢力範圍，也要離開森林吧。

「不過關於物資倉庫的建造，還需要很長的時間。」

「那也無可厚非。因為對你們下令之後，也才過了不久。」

雖然有從納薩力克地下大墳墓帶領哥雷姆和不死者等可以不眠不休工作的人手過來，但是以那樣的工作量來看，還是不可能一蹴可及。

「多花點時間沒關係，盡量準備得完美一點。也要做好充分的防禦工作，以便在受到攻擊時不會輕易陷落。」

「是的！遵命！」

「很好，那麼亞烏菈，關於剛才提到的森林賢王那件事就交給妳了。」

「是！」

很有精神地回應的亞烏菈就此起身。

●

安茲離開之後，像是正在等待這個時機，樹林後面慢慢步出一隻毛皮柔亮的漆黑巨狼，彷彿熊熊燃燒的火紅眼眸隱藏豐富的智慧，證明牠並非只是單純的野獸。

不僅如此。

在其他樹上，還有一隻像是融合變色龍和鬣蜥的六腳魔物，鱗片狀皮膚以相當快的速度變化顏色，有如波浪瞬息萬變。這隻魔物和剛才的狼一樣巨大。

「芬恩、克亞德拉西爾，怎麼了？覺得擔心過來看我嗎？」

名叫芬恩的巨狼發出聲音，頂了頂亞烏菈。克亞德拉西爾則是伸出舌頭，輕輕拍打亞烏菈的頭。

「喂喂，還有安茲大人吩咐的工作得做喔。」

亞烏菈在納薩力克樓層守護者中，實力只有倒數第二，甚至在領域守護者裡，也有比亞烏菈強大的存在。不過那是只論單獨的戰力。

亞烏菈的力量不在於單獨個體，而是群體。在亞烏菈能夠奴役的數百隻魔獸中，最高等級是八十級，如果受到亞烏菈的特殊技能支援，相當於九十級。擁有這些魔獸的她，可以發揮遙遙領先其他守護者的個人戰力。

在亞烏菈能夠奴役的魔獸裡，現在跟過來的兩隻是亞烏菈很喜歡的高階魔獸——被稱為神獸的芬里爾，芬恩，以及同樣強大的伊察姆納，克亞德拉西爾。

聽到亞烏菈說的話，芬恩和克亞德拉西爾都停止撒嬌。

「很好，那麼走吧！」

亞烏菈帶著兩隻魔獸在森林裡奔馳。即使置身森林，奔馳的速度一點也不受影響，有如疾風一般迅速。

奔馳了大約三十分鐘，亞烏菈來到目的地。

亞烏菈的年幼臉龐浮現不符年齡的冷笑。既有種天真無邪的感覺，又帶點冷酷。

「雖然有點想要占為己有，不過既然是安茲大人的命令，那也沒辦法了。」

不像在對寵物說話，亞烏菈以對著裝飾品說話的語氣唸唸有詞。

會知道森林賢王的巢穴，那是因為亞烏菈之前就想收服牠的緣故。森林賢王這隻魔獸和亞烏菈的魔物相比很弱，沒什麼價值。不過因為那是亞烏菈不知道的魔物，這一點強烈刺激她的收集欲。雖然放棄收集有點可惜，不過如果是為了那位願意奉獻一切盡忠的至高無上主人，那麼她也毫無怨言。

「好了。」

亞烏菈在肺中變更氣體組成。重新組合的非自然成分氣息，從微微張開的粉紅色嘴唇呼出。這是操控情感的吐氣方式。

本來只會在散播自己身邊，範圍很小，應該可以算是特別的常駐技能。不過即使是這種技能，只是有心發動，藉由和射擊技能組合，最遠還是能夠攻擊兩公里外的單一目標。即使是在這樣的森林裡也能準確命中。

不過這次不需要那樣做。因為這次的目的是要消除自己的跡象，悄悄接近目標。別說是野生動物，即使是感覺更加靈敏的魔獸都無法察覺現在的亞烏菈。

將蹤跡完全消除的亞烏菈正大光明地來到森林賢王身旁，輕輕吹了一口氣。氣息裡具有激發恐怖的成分，讓沉睡中的森林賢王立刻驚醒。

森林賢王全身的體毛倒豎，落荒而逃。受到驚嚇全力奔跑的四腳獸，速度快得嚇人。不過在後面追趕的亞烏菈速度更快。

適時吹氣引導森林賢王來到安茲身邊的亞烏菈，簡直有如追蹤的「死」。

「……不過如果死掉的話，就問一下能不能收下牠的獸皮吧。」

森林變得鼓譟喧鬧。
豎起耳朵，對空氣變化加以警戒的陸克路特帶著嚴肅的表情觀察四周。
「有什麼東西過來了。」
聽到這句話，幫忙採藥的漆黑之劍成員全都拔起武器備戰。接著安茲也握緊巨劍。
「是森林賢王嗎？」
沒人回答將藥草收進包包的恩弗雷亞的不安發問。大家只是默默注視森林深處。
「這下不妙。」
連輕浮的陸克路特也以嚴肅的語氣叫道：
「有龐然大物朝這裡衝過來。雖然不知道為什麼對方會繞來繞去，不過從踩踏雜草的聲音判斷，應該很快就會到了。但是……不確定是不是森林賢王。」
「撤退。不管是不是森林賢王，留在這裡都很危險。即使來的不是森林賢王，我們也已經入侵牠的勢力範圍，所以追擊的可能性很高。」
如此表示的彼得看向安茲：
「飛飛先生，可以請你殿後嗎？」

「沒問題，包在我身上……接下來交給我們處理。」

漆黑之劍陸續聲援安茲，帶著恩弗雷亞向森林外面撤退。

「飛飛先生，請不要太過勉強。」

恩弗雷亞的聲音帶著對安茲的絕對信賴，頭髮下的眼瞳閃著崇拜的眼神。安茲感到渾身不自在，要他們快點離開。

目送一行人消失在森林的另一邊，心中雖然掠過一絲不安，不知道光靠自己是否能夠順利離開森林，但是安茲立刻想到之後可以交給亞烏菈引導。

眼前的當務之急——

「糟糕……也有可能被認為不是森林賢王……即使要將森林賢王帶回納薩力克，也得取得打倒牠的證據……砍下牠的一隻腳嗎？」

「——安茲大人。」

娜貝拉爾的目光所及之處，稍遠的樹林後面有個巨大影子。因為躲在樹林後面無法辨識模樣，陽光也照射不到，無法確認軀體是否為銀白色。

「客人來了嗎？」

或許自己才是客人——模模糊糊想這些事的安茲站到娜貝拉爾面前。因為不知道如何換算等級，無法得知森林賢王的戰鬥力，所以安茲理所當然地擋在不擅長肉搏戰的魔法吟唱者娜貝拉爾前面保護她。

一站到娜貝拉爾面前，感覺空氣流動的安茲舉起巨劍當成盾牌加以抵擋。

彷彿金屬碰撞的聲音響起，安茲的手臂感覺到沉重的壓力。一個頗有分量的物體以極快的速度撞上安茲手上的巨劍。

可以看見一條表面有如蛇鱗的長尾巴，慢慢縮回樹木後面。

（尾巴像是鞭子一樣襲來。不過從撞擊時的感覺和聲音判斷，那條尾巴的硬度足以和金屬並駕齊驅……攻擊範圍有二十公尺以上更是棘手，但是長著那種尾巴該如何生活呢？）

沒有前鋒系特殊技能的安茲，想不到有什麼辦法可以對付。頂多是與對方進行肉搏戰。

安茲嘆了一口氣。當然了，沒有肺的安茲只是做個樣子，垂下肩膀擺出能夠追擊的應戰姿勢。對著如此的安茲，樹林後面傳來深沉的平穩聲音：

「竟能完全擋住鄙人第一招，實是精彩……遇到如此身手的對手……或許是鄙人生平頭一遭。」

「鄙人……」

安茲的幻影臉龐為之僵硬，接著想起那句話也是翻譯之後的說法。安茲在腦中判斷，這是最接近牠說的那句話的意思。

「那麼，鄙人地盤的入侵者。汝若是現在才想逃走，看在之前精彩防禦的份上，鄙人便不予追究……如何？」

「……真是愚蠢的問題。當然是要打倒你獲得好處……話說回來，躲躲藏藏是對自己的樣貌沒有自信嗎？還是生性害羞？」

「……真是為所欲言，入侵者！讓汝見識見識鄙人的偉大容貌，感到瞠目結舌、恐怖敬畏吧！」

森林賢王從樹叢當中緩緩現身，在安茲面前展露身影。

看到那副模樣，安茲以幻影之術變成的偽裝臉龐睜大雙眼。

「哈哈哈，鄙人可以感受到汝的頭盔底下傳來驚訝與恐懼喔。」

魔獸露出笑容皺起臉來，長長的尾巴也捲起來。銀白體毛的身體浮現類似奇怪文字的圖案。牠的大小和馬差不多，但是身高很低，屬於橫向發展的扁平體型。

森林賢王緩緩拉近距離。

「這是什麼感覺……」

一股難以形容的情感變化襲向安茲。變成不死者的身體後，只要精神出現劇烈變化，立刻就會遭到壓抑。根據這點來判斷，這應該不是很強烈的情感波動。即使如此，包含在ＹＧＧＤＲＡＳＩＬ的時代在內，已經很久沒有像這樣在看到魔物時會出現這種感覺。

「……我想問一件事，你的種族名是什麼？」

「鄙人便是汝輩所言的森林賢王。除此之外，無任何名字。」

安茲吞了一口不存在的口水，開口問道：

「你的種族名……該不是叫加卡利亞倉鼠吧？」

森林賢王。

就安茲所知，牠的長相和名為加卡利亞倉鼠的生物很像。有著一身銀色，或許該說是雪白色的皮毛與黑色的圓滾滾眼瞳，還有看似麻薯的圓形身體。

當然了，倉鼠沒有那麼長的尾巴，也不會長成超過人類那麼巨大。可是除此之外，實在想不到還可以用什麼動物來形容。問一百個人，絕對一百人都會回答那是倉鼠吧。超巨大加卡利亞倉鼠，或者也可以說是突變的加卡利亞倉鼠。

偏著可愛的頭——看起來不像有脖子——鼻子不斷嗅來嗅去的森林賢王開口：

「這……鄙人一直以來都是過著獨居生活。不知道其他同族，無法回答……莫非汝知道鄙人的種族？」

「唔……嗯……算是知道吧……在過去的同伴當中，有人曾經飼養過和你相當類似的動物……」

安茲想起那名因為飼養的寵物加卡利亞倉鼠壽終正寢，大約一個星期沒有登入YGGDRASIL的同伴。

娜貝拉爾在後面發出「喔……」的感嘆聲，大概是因為聽到四十一位至尊的情報吧。

「什麼！竟然把類似鄙人的生物當成寵物飼養！」

森林賢王鼓起臉頰。

不知道那是感到不悅的表情還是在威嚇，或是其他情緒性的表現。安茲只能夠確定牠並非在吃東西。

「嗯……關於那件事，願聞其詳。鄙人身為生物也得延續種族。若是有相同種族存在，便需繁衍後代，否則不配做為生物。」

如果根據森林賢王的理論，沒有繁衍子孫的安茲便不配當生物了。心裡想著自己已經成為不死者，並非生物的這個藉口，有氣無力回答：

「……呃，那種生物沒有你那麼龐大。」

「是嗎……莫非是幼兒？」

「……不，即使成年也只有小到可以放在手掌。」

似乎感覺有點沮喪，森林賢王的鬍鬚無力垂下：

「那有些勉強……鄙人果然還是要孤獨一生啊……」

「……如果是帥氣的種族還比較像樣……不過卻是倉鼠。雖然有點同情你的處境，但是如果有和你相同的種族，那麼數量只會不斷倍增，世界或許會因此毀滅……」

森林賢王的鬍鬚翹了起來，圓滾滾的眼瞳還是一樣，說話的聲音似乎有些生氣：

「太失禮了！不斷延續種族非常重要！而且鄙人一直以來都是孤伶伶！想要和同伴見面也很理所當然！」

「唔……嗯……或許會有那種想法……原諒我的失言……」

安茲想起安茲．烏爾．恭的同伴，開口道歉。只是聽到倉鼠的話想起同伴，還向倉鼠道歉，這種感覺讓人有點五味雜陳。

「……算了，原諒汝。那麼無聊對話差不多到此為止，快來一決生死。聽好了……侵犯鄙人領域的入侵者，成為鄙人的腹中食物吧！」

「唔……嗯……」

安茲感覺自己好像逐漸失去幹勁。

即使那個可愛模樣只是擬態，還是完全提不起勁。納薩力克地下大墳墓的統治者和巨大倉鼠正面對決，以客觀的角度來看總覺得那個景象太過可悲。

即使將牠打倒，把巨大加卡利亞倉鼠的屍體拿出去告訴別人「這就是森林賢王，因為戰鬥過於激烈無法將牠驅離。」包括漆黑之劍在內的冒險者會如何看待？即使往最好的方向想，感覺他們也只會以溫柔的眼光默默安慰。
那麼不要打倒森林賢王，只要活捉問出牠的知識即可。
「娜貝，退下。」
勉強喚起戰意的安茲如此下令，娜貝拉爾以深信安茲絕對會獲勝的表情，深深鞠躬之後退到廣場角落。
「唔——兩人一起上也無妨喔？」
「……兩個人打一隻倉鼠，我做不出這種丟臉的事。」
看見拋下這句話的安茲舉起武器擺出戰鬥姿勢，森林賢王沉下身子繃緊全身神經：
「汝可別後悔莫及！那麼鄙人要上了！」
砰的一聲，巨大軀體以震撼大地的氣勢猛力一踢，一口氣撲向安茲。
森林賢王靠著巨大體型使出的飛撲，若是不使出武技遭到撞擊，一般人絕對會被撞飛。不過安茲卻是用巨劍當作盾牌，正面接下森林賢王的飛撲。
雖然有著可怕的破壞力，安茲依然輕易擋下。
「喔！」
對於一步都沒後退的安茲感到驚訝的森林賢王，揮出讓人有些意外的銳利前爪，安茲則是舉起左手的巨劍擋回去，並且揮出右手的巨劍。

雖然並非全力以赴，也是頗有勁道的一擊。

隨著高亢的聲音，安茲的一擊遭到彈回，手臂發麻。原來森林賢王也揮出爪子擋下安茲的一擊，彼此的攻擊在空中激烈相撞之後彈開。

「真有一套！那麼此招如何！『迷惑全種族（Charm Species）。』」

精神系攻擊基本上對不死者無效。不理會對方的魔法攻擊，安茲同時刺出雙手的巨劍。

高亢的金屬聲再次響起，安茲的劍又遭到彈開。

安茲瞇起頭盔底下的眼睛。

雖然只是小試身手的一招，但是森林賢王卻只以外皮彈開剛才的招式。可見牠的外皮比一般金屬更硬。

並非鬆軟的毛皮嗎？感覺有點意外，但是安茲立刻甩開這個不應出現在戰鬥中的想法。

若以ＹＧＧＤＲＡＳＩＬ中的等級來判斷安茲的物理攻擊力，大約和三十級左右的戰士差不多。不過會受到魔法和裝備品大幅影響，因此不能如此斷定。不過若是以此為基準判斷，森林賢王的戰鬥力應該差不多也在三十級左右。

安茲皺起頭盔底下的幻影臉龐：

「很不錯……非常適合當成肉搏戰的實戰練習。」

安茲判斷只要自己使出全力，毫無疑問可以戰勝對方。雖然不能掉以輕心，但是當成前鋒拿來練劍倒是非常適合。

安茲連續揮出雙手的巨劍，森林賢王則以長著利爪的前腳，靈活地將攻擊擋回去，接著亮起身上的另一個花紋，發動魔法。

「盲目化（Blindness）。」

和剛才的「迷惑全種族」不同，並非影響精神的盲目化魔法對安茲有效。但是安茲具有可以讓低階魔法全部無效的種族類特殊技能。因此魔法效果沒有發揮就直接消失。

（剛才使用魔法時，身上亮起不同的花紋……看來身上的花紋數量，就是牠能夠使用的魔法數量吧。）

在ＹＧＧＤＲＡＳＩＬ裡可發動魔法的魔物，能夠使用的魔法數量會根據等級和種類有很大的差異，但基本的數量為八種左右。森林賢王身上的花紋也差不多也是八種，因此安茲感覺像是和ＹＧＧＤＲＡＳＩＬ的魔物戰鬥。

森林賢王沒有發覺自己的魔法遭到抵擋，以前腳發動攻擊。安茲則以一隻手的巨劍接招，另一隻手的巨劍還擊。

腦中回想起過去同伴們的戰鬥。

在ＹＧＧＤＲＡＳＩＬ中，使用劍和盾的最強戰士之一塔其．米。揮舞「天照」、「月讀」兩把刀，公會中攻擊力最強的貳式炎雷。號稱不用第二招——即使事實並非那樣——分別使用「斬神刀皇」和「建御雷八式」兩把大太刀的武人建御雷。

然後也想起來最近才遇到的勇士——王國戰士長葛傑夫．史托羅諾夫。

安茲會以戰士外型前往耶．蘭提爾，或許是因為對那個人的模樣有所感觸吧。

安茲吐槽在腦中思考這些事的自己。

（不可以在戰鬥中胡思亂想。雖然游刃有餘，也不能大意……即使對方是倉鼠……）

腦海浮現無數同伴的劍招，安茲像是在模仿那些劍招不斷發出攻擊。同時也以左手的巨劍靈巧接下森林賢王的回擊。

在雙方都沒能使出致勝一擊的膠著狀態，安茲的巨劍終於突破森林賢王的防禦。

「什麼！」

隨著巨劍刺入肉裡的觸感，一股鮮血的臭味湧現。右手的巨劍稍微劃過森林賢王的皮膚，好幾根毛飛在空中。

打算以左手的巨劍繼續追擊，但是察覺不妙的森林賢王向後跳開。接著以倒退方式拉開大約十公尺的距離。

（聽說倉鼠會以跳躍方式逃離巢穴，但是不知道倉鼠還會倒退……）

正當安茲以與巨大倉鼠戰鬥的心情，漫不經心思考時，森林賢王的身體突然向下一沉。

安茲訝異望著對方的模樣。

（在這樣的距離，牠打算做什麼？如果是和剛才一樣打算突擊，那麼我就舉劍刺出讓牠自取滅亡……最有可能的還是發動其他魔法吧。）

以森林賢王捲在身體後面的尾巴長度判斷，應該打不到這裡——

「——不，不對！」

安茲察覺自己的失策。

最初的尾巴攻擊就是來自很遠的距離。也就是說，這樣的距離還在牠的攻擊範圍。

尾巴果然劃出巨大弧線揮來，以超乎想像的長度襲向安茲。安茲以右手的巨劍擋下，驚訝地睜大雙眼。因為尾巴竟然能以巨劍為軸直角轉彎。

「！」

向旁邊用力揮出巨劍，把纏住巨劍的尾巴甩開。但是慢了一個瞬間，尾巴擦過背部鎧甲的摩擦聲音響起，身體傳來衝擊。

安茲因為種族的特殊技能，即使被尾巴打中鎧甲，這種程度的攻擊不足以造成任何傷害。但是如果想成是射擊遊戲，這時候就像是發生失誤的感覺。

「如此一來就是一比一。」

不過是隻倉鼠——憤怒的感覺湧現，

那麼我也來遠距離攻擊吧。

如此判斷的安茲在握著巨劍的右手施加力道。在安茲進行準備時，森林賢王帶著打從心裡感到佩服的語氣說道：

「那副鎧甲……真是厲害。不，汝的力量與劍法都令人嘆為觀止，太精彩了。汝是相當驚人的超級戰士。在人類社會裡，汝也是知名人物吧？」

放鬆右手的力道。

安茲有些失望地問道：

「我看起來像戰士嗎？」

「……為何如此發問？除了戰士還像什麼？不，或許也可稱為騎士吧？」

「森林賢王……真是浪得虛名。應該說在發現你是超大倉鼠時就已經亂了套……」

的確，要把穿著全身鎧甲的安茲看成魔法吟唱者有點困難。但是既然擁有森林賢王這個了不起的名號，至少希望牠會發現異樣，或者顯示可能看穿的預兆。

讓魔法無效化的狀況，似乎也認為只是靠意志力抵抗。無效化和抵抗兩者的特效，在YGGDRASIL中雖然沒什麼不同，但是至少該有點名符其實的智者模樣吧。

結果就是牠完全不配賢王這個名號。如果名叫巨大加卡利亞倉鼠，一開始就不會抱持那種希望。有問題的是叫牠森林賢王的人。根本是誇大不實的廣告，錯誤標示。

完全失去戰鬥意志的安茲，無力垂下手中的巨劍。

「汝做什麼！雖然不可能……但是汝該不會想在勝負未分之際投降吧！全力以赴和鄙人戰鬥！這可是生死之戰喔！」

每當熱血沸騰的森林賢王說出出乎意料的言論，就讓安茲的心裡受到打擊。因為劇烈的精神波動會立刻遭到壓抑，所以應該還有一點力氣。

「已經……夠了。」

安茲發出有如蘊含極冷寒氣的冰冷聲音，朝森林賢王伸出右手的巨劍，發動能力。

絕望靈氣V。

因為這招的即死效果太強，所以減弱強度產生I級的恐怖效果。

以安茲為中心噴出氣體，影響精神的寒氣四散。

一碰到放射狀的寒氣，森林賢王立刻豎起全身汗毛，以驚人的速度翻身。只看到長滿銀色體毛，毫無防備的柔軟腹部。

「鄙人投降！是鄙人輸了！」

「……啊……終究只是畜生……」

安茲以有氣無力的聲音回答，走到森林賢王身邊，俯視毫無防備的腹部，思考下一步該怎麼走。

（牠是這個世界的魔物，只是趕走有點可惜。可惜是隻倉鼠，要當成寵物飼養嗎……頂多利用牠的屍體。）

在安茲取得的職業中，有種名叫死靈法師。那是可以把屍體當作不死者加以奴役的職業，不過製作出來的不死者強度，受到屍體的種族影響。

最佳的屍體是龍那種強大種族，人類的屍體會變成殭屍(Zombie)和骷髏(Skeleton)。那麼森林賢王這種YGGDRASIL裡沒有的魔物屍體，又會變成怎麼樣的不死者？

（森林賢王殭屍嗎？）

「要殺死牠嗎？」

一道響亮的聲音傳來。轉頭一看，發現亞烏菈不知何時來到娜貝拉爾身旁。

「如果要殺牠，我想要把牠的皮剝下。感覺可以得到不錯的獸皮。」

安茲低頭俯視，和淚眼汪汪地抬頭仰視的森林賢王四目相交。牠正在抖動鬍鬚，對自己接下來的遭遇感到害怕，靜靜等待今後的命運。

這時突然想起和森林賢王之間的對話。讓安茲想起同伴的那段話。

感到遲疑的安茲嘆了一口氣後做出決定：

「我的真名是安茲・烏爾・恭。如果你願意服從我，就饒你一命。」

「謝、謝謝！饒命之恩，鄙人絕對會以忠誠之心回報！森林賢王，將這條命奉獻給偉大的戰士安茲・烏爾・恭大人！」

亞烏菈以有些遺憾的眼神看向跳起來宣示忠誠的森林賢王。

●

一離開森林，期盼安茲和娜貝拉爾能夠生還的一行人一擁而上，慶祝兩人平安無事。只有陸克路特的表情有些詫異。

恩弗雷亞以夾雜驚訝與稱讚的語氣詢問安茲：

「竟然毫髮無傷……是因為避開戰鬥嗎？」

正當安茲想要回答時，陸克路特從旁插嘴：

「飛飛先生，你帶了什麼東西過來？沒有遭到迷惑嗎？」

「我和森林賢王交手，將牠馴服了。喂，出來吧。」

有著珍珠白體毛的森林賢王，從森林裡緩緩現身。漆黑之劍一行人圍著恩弗雷亞露出驚訝表情，舉起劍往後退了一步。

（雖然是加卡利亞倉鼠，畢竟體型這麼巨大……）

即使圓滾滾的眼睛相當可愛，巨大的體型還是充滿壓迫感。而且身為保護委託者的冒險者，會如此戒備也是理所當然。如此心想的安茲刻意放低音量輕聲說道：

「請大家放心。牠已經被我收服，絕對不會發狂傷人。」

然後靠近森林賢王，裝模作樣地撫摸牠的身體。

「正如主公所言，森林賢王已臣服於主公，成為隨身伺候的部下。向主公發誓，絕不會給各位添麻煩！」

森林賢王向安茲宣示效忠。

或許大家對於牠的巨大身軀有所警戒，不過牠原本是可愛的加卡利亞倉鼠，習慣之後就會解除警戒吧。問題是要怎麼讓大家相信牠就是真正的森林賢王。只有這點讓安茲感到束手無策。

然而事情的發展完全出乎安茲的想像。

「……這就是森林賢王！太驚人了！真是了不起的魔獸！」

（——什麼？）

安茲輪流看向尼納和森林賢王，觀察他是否正在取笑，但尼納的臉上充滿驚訝表情，完全沒有半點開玩笑的模樣。

「……哇，這隻森林賢王……果然名不虛傳！光是出現在眼前，就可以感受到牠的強大力量！」

達因發出低沉的感嘆。

（——咦？強大力量？）

「哎呀，真是服了你。竟然可以成就這番豐功偉業。有這樣的力量，的確有資格帶著小娜貝到處跑。」

「如果遇到這樣的魔獸，我們絕對會全滅。真不愧是飛飛先生。太厲害了。」

聽著陸克路特和彼得等人的稱讚，安茲再次看了森林賢王一眼。

超大型加卡利亞倉鼠。

除此之外沒有其他感想。他們為什麼會覺得這樣的魔物有威脅呢？

「……各位，你們不覺得這隻魔獸的眼睛很可愛嗎？」

聽到這句話的瞬間，大家驚訝地瞪大雙眼，彷彿眼珠都要掉出來。看來這句話似乎有點荒誕不經。

「飛、飛飛先生！你覺得這隻魔獸的眼睛很可愛嗎！」

那還用說。在心中如此吐槽的安茲從容點頭，然後開始懷疑是不是森林賢王發動了牠具有迷惑效果的常駐技能。

「令人難以置信，真不愧是飛飛先生。尼納看了牠的眼睛之後，有什麼感想？」

「……覺得那是充滿智慧的眼睛，感受到這隻魔獸的強大。不管再怎麼游刃有餘，都不可能覺得可愛。」

「…………？」

安茲啞口無言看向大家。接著理解這是大家的共同想法之後，瞬間感覺頭昏眼花。

「娜貝覺得呢？」

「強不強大姑且另當別論，那是可以感受到力量的眼睛。」

「……不……會……吧……」

大家都帶著閃閃發亮的眼神，異口同聲讚不絕口。這代表大家非常敬佩安茲，竟然能斬釘截鐵地用可愛形容那樣的魔獸眼睛。

安茲不斷打量森林賢王的眼睛，根本看不出來哪裡可以稱得上「智慧」。

（該不會是變成不死者之後，連審美觀也有了變化？）

既然除了自己之外的大家都這麼認為，確實有審美觀改變的可能性。不過總之還是做個最後確認：

「順便問一下，大家覺得老鼠很厲害嗎？」

「老鼠……大型鼠嗎？那種魔物沒什麼了不起，算不上厲害……」

「因為在耶・蘭提爾的下水道裡就有了。」

「大型鼠的傳染病很可怕。還有人鼠（wererat）也算吧……因為人鼠可以抑制銀以外的武器傷害，所以也可以算厲害吧？」

（倉鼠和老鼠不是很像嗎？而且森林賢王的尾巴很長，與其說牠是倉鼠，應該更像是老鼠吧……）

感到不解的安茲作出結論，一言以蔽之就是「這個世界有點奇怪」。

正當安茲因為這點雞毛蒜皮的小事，對這個世界和過去世界的差異感到傷腦筋時，恩弗雷亞有些擔心地問道：

「可是將這隻魔獸帶出來，其他魔獸會不會因為沒有森林賢王的嚇阻而襲擊安……卡恩村呢？」

安茲抬起下巴指示森林賢王，看懂指示的森林賢王說道：

「村莊是指那裡嗎？嗯……森林勢力如今大幅失衡，即使鄙人在那裡，恐怕也無法保證安全吧。」

「怎麼會這樣……」

安茲沒有開口安慰受到打擊的恩弗雷亞，只是在內心偷笑。

（森林賢王名不符實，就趁這個機會取得好處吧。）

正當安茲思考該如何導入話題時，察覺到恩弗雷亞的目光。只見恩弗雷亞欲言又止，嘴巴不斷張闔。

安茲非常清楚他的內心正在天人交戰。一邊的心情是希望安茲再次拯救村莊，另一邊則是覺得太過麻煩，不想把一切交給自己。

當漆黑之劍一行人在後面討論解救村莊的辦法時，恩弗雷亞像是下定決心帶著認真的表情開口：

「——飛飛先生。」

「什麼事？」

暗自竊喜的安茲等待恩弗雷亞接下來的發言。

安茲打從一開始就打算保護這個在情報來源方面價值極高的卡恩村。不過重要的是能得到委託。既可以賣個人情給恩弗雷亞，又可以要求報酬，堪稱一箭雙雕。這正是安茲的計畫，誤判森林賢王的損失，打算從這裡加以彌補。

可是恩弗雷亞的話大大超出安茲的想像。

「飛飛先生！請讓我加入你的隊伍！」

「什麼？」

「我想要守護安莉……卡恩村。但是現在的我沒有守護卡恩村的力量。所以我想變強！即使只是皮毛，也希望安茲先生能夠將自己的強大力量傳授給我！不過我的財力無法長期雇用安茲先生這樣的優秀冒險者！所以請讓我加入你的隊伍！關於藥學方面我還有一點自信，不管是搬行李還是什麼雜事我都願意做！無論如何還請答應！」

正當安茲眨著不存在的雙眼感到遲疑時，恩弗雷亞繼續說道：

「一直以來我都在鑽研藥師的學問。因為奶奶和父親都是藥師，沒有多想就步入這一行……但是現在的我找到自己真正想走的路。和藥師不同的路。」

「是想成為強大的魔法吟唱者，保護卡恩村這條路嗎？」

「是的。」

恩弗雷亞帶著擺脫少年稚氣，充滿男子氣概的真摯眼神注視安茲。

在ＹＧＧＤＲＡＳＩＬ時代，想要加入安茲．烏爾．恭這個公會的人絡繹不絕。大部分的理由都是為了自己的個人利益，想要藉由加入最高階公會得到好處。並不是想為公會盡一己之力，而是希望公會能為自己帶來什麼。

不僅如此，甚至還有不肖之徒計畫潛入公會，企圖奪取情報和稀有道具。

正因為如此，安茲．烏爾．恭的成員，除了最初的成員沒有增加太多。小心提防，不讓辛苦建立的心血遭到踐踏。

但是不知道安茲．烏爾．恭這個公會，只是一個男人的單純想法——這種似是而非的想法令人非常舒暢。

「……哈、哈哈哈哈！」

安茲開懷大笑。他笑得非常爽快。接著停下笑聲的安茲脫下頭盔，以鄭重、真摯的態度深深鞠躬。

可以聽到娜貝拉爾倒吸一口氣。

這個態度或許不符合娜貝拉爾的主人，納薩力克地下大墳墓的最高統治者身分。但是安茲還是認為應該行禮，並且毫不猶豫付諸實行。並不覺得向年紀只有自己一半的少年行禮是件可恥的事。

安茲的笑聲中沒有半點惡意，但是安茲也知道現在不應該笑。抬起頭來向滿臉驚訝的恩弗雷亞表示：

「……抱歉，我失態了。但是希望你能明白，我不是取笑你的決心。首先要加入我的隊伍必須達成兩項條件，現在的你只達成一項。所以很可惜，我無法讓你加入。」

那個隱藏條件是必須有半數的公會成員贊成，因此即使安茲贊成，也絕對無法擅自增加成員。不過安茲帶著來到這個世界之後，受到納薩力克守護者忠心對待的喜悅心情說下去：

「我理解你的想法，也會記住你說過想要參加我的隊伍。至於保護這個村莊的事，我就略盡棉薄之力幫助你吧。只是或許也會需要你的幫忙——」

「是的！請務必讓我幫忙！」

「這樣啊、這樣啊。」

在安茲頻頻點頭之時，不經意和尼納對上一眼。他那像是注視有趣景象的眼神，令安茲感到有些尷尬。

「那麼這件事先擱下吧。在此之前，有件還滿有趣的事想告訴大家。就是馴服森林賢王的那件事。」

第四章 致命雙劍

Chapter 4 | Twin Swords of Slashing Death

1

在前往卡恩村的途中過一晚，在卡恩村過一晚。然後早上離開村莊返回耶．蘭提爾的三天兩夜旅程就此劃下句點，回到耶．蘭提爾時，城鎮已經逐漸露出夜晚的面貌。

大馬路被永續光的白色街燈照亮，路上的行人也有了變化。已看不見年輕女子和小孩，大多是工作完畢回家的男人。並排在街道兩旁的店家裡，傳出爽朗的聲音與燈光。

安茲稍微環顧四周。

過了三天的城鎮似乎沒有什麼變化。不，來到耶．蘭提爾之後，隔天就前往卡恩村，所以沒有足夠的知識和眷戀進行比較。不過還是感覺得到平靜的街道光景依然沒變。

從大馬路轉個彎，安茲一行人便停下腳步。

在行人來往的路上停下腳步，絕對會擋到路，但是沒有人出口抱怨。那是因為沒人敢靠近安茲一行人的周圍。

安茲無力地駝背觀察四周的人們。

幾乎所有行人都望向安茲——不，是看著安茲，和旁人竊竊私語。

耳邊傳來議論紛紛的嘈雜聲，感覺像是在嘲笑安茲，不過那只是自己的誤會，如果側耳傾聽，就可以知道大家都帶著驚訝、讚賞、害怕的語氣在談論。

即使如此，還是有無法釋懷的地方。

安茲默默低頭俯視——底下是珍珠白的體毛。那是因為安茲現正騎著森林賢王。

四周的人們對於森林賢王威風凜凜的英姿——關於這點安茲頗有微詞——感到驚訝，口中談論那名戰士竟然騎著如此可怕又有威嚴的魔獸等等。

（應該可以抬頭挺胸……吧……）

完全可以理解這個情況。因為他們讚揚森林賢王是雄偉的魔獸。但是對安茲來說，這已經接近懲罰遊戲。如果打個比喻，這種感覺就像是沒有家人和女友陪伴，一本正經地坐在旋轉木馬上，孤單望著前方的大叔。

騎乘姿勢也很難看。因為森林賢王的體型與馬完全不同，安茲在騎乘時屁股會往後翹，必須將雙腳張得很開。如果不以這種類似跳箱的姿勢騎乘，身體不容易保持平衡。

所以騎乘森林賢王的這個主意，當然不是安茲自己想到的。除了漆黑之劍成員們和森林賢王本身的勸說，娜貝拉爾也委婉地表示「讓統治者走路未免太過分了。」才會覺得騎著牠回來也不錯，結果就是這副下場。

（早知道就應該拒絕。該不會是有人想要陷害我，才會設下這個陷阱……）

騎乘倉鼠的模樣，有如童話裡會出現的景象。不過那是少男少女騎乘才適合。即使稍微讓步，也是女人騎才說得過去。與全身鎧甲的粗獷戰士絕對不搭。

不過周圍的民眾反而覺得安茲的反應才奇怪。

（是自己的審美觀有問題，還是他們的審美觀有問題，或是這個世界的審美觀有問題？）

當然了，答案不言而喻。只要多數人都覺得美，那麼一定是安茲的審美觀與眾不同。正因為如此，才無法強烈反對騎乘森林賢王。而且如果還能讓飛飛這名冒險者變得更加引人矚目，建立穩固的地位，那就更加無法反對。即使如此——

（簡直就是羞恥PLAY……）

安茲的精神只要產生一定的波動就會遭到壓抑，但是目前沒有那種感覺，也就是說沒有那麼難為情。這個結果告訴安茲一件事。

（這豈不代表我對羞恥PLAY已經有了免疫力……該不會是M吧……？可是我覺得自己比較像S……）

「既然已經回到城鎮，這麼一來委託就算告一段落。」

將過去收集的圖片、影片和現在的精神狀態進行比對的安茲，苦惱於自己的性癖時，彼得和恩弗雷亞聊了起來。

「是的，你說得沒錯，這麼一來委託就結束了。那麼……雖然我已經準備好規定的報酬，不過……還要支付在森林裡講好的追加報酬，可以請你們過來我家的店嗎？」

恩弗雷亞後方的馬車上，堆滿許多藥草。不只如此，還堆放著樹皮、長得像樹枝的奇怪果實、大到足以讓一人環抱的巨大蘑菇、長得很高的草等各式各樣的收穫。如果看在不懂的人眼裡，只會覺得是單純的植物，但是對有識之士來說，簡直是座閃閃發亮的寶山。

這些全拜森林賢王被安茲收服之後，可以安全探索勢力範圍所賜。在那裡發現了各種非常珍貴的藥草和可以用來製作其他藥水的藥材，不斷採集的恩弗雷亞向大家約定會多給他們一大筆錢。

「飛飛先生要先去工會一趟吧！」

「嗯，沒錯。因為將魔獸帶來城鎮，需要到工會替森林賢王登記。」

「雖然麻煩，不過也是沒辦法的事。」

「我們也一起掃蕩了食人魔等魔物，如何？要不要先一起去工會？」

「這個嘛——不了，這次的工作全都倚賴飛飛先生，我們先去恩弗雷亞先生家一趟，至少得幫忙做點雜務和卸下藥草。不然和飛飛先生領相同的酬勞就說不過去了。」

漆黑之劍眾人點頭回應彼得這番話，恩弗雷亞有些客氣地插嘴：

「不必那樣勞煩各位……」

「因為也有追加酬勞，這點小事就讓我們免費服務吧。」
聽到彼得彷彿開玩笑的發言，恩弗雷亞也恭敬不如從命：
「那麼當你們來店裡買藥水時，就算你們便宜一些吧。」
「那還真是令人高興。那麼麻煩飛飛先生先去工會，之後再到恩弗雷亞家。我們會直接過去恩弗雷亞先生家，處理雜務之後再前往工會辦理手續。因為要到明天才能去工會提出申請，領取掃蕩食人魔的報酬，抱歉要請你明天再去工會一趟……時間就約在第一次見面的那個時候。」
「了解。」
面對這個提案，安茲如釋重負地點頭。登記方式只要若無其事地詢問櫃臺即可，實在不想和他們一起前往工會，面臨請寫這個、請看這個這類的窘境。那麼一來很有可能讓之前的心血付之一炬。
「那就麻煩你了。」
輕輕點頭的安茲騎著森林賢王和恩弗雷亞與漆黑之劍一行人分手，在娜貝拉爾的陪伴下出發前往工會。這時娜貝拉爾靠過來發問：
「可以相信他們嗎？」
「……沒什麼大不了。即使遭到背叛，損失也只不過是掃蕩食人魔的酬勞。如果連這點小錢都在意，反被認為小氣的話，損失還比較大吧。」

安茲是為了成名才來到這個城市，被認為氣量狹小肯定會對今後的計畫產生阻礙。

打腫臉充胖子。

想著這句話的安茲摸摸懷裡的束口袋錢包，一下子就捏扁的錢包裡面摸不到幾個硬幣，很容易知道還剩幾個。不過還付得出兩人今晚的住宿費。

如果把餐飲費也算進去可能不太夠，不過安茲是不死者，娜貝拉爾手上的戒指也具有不需飲食的魔法，在節省開銷方面有很大的貢獻。娜貝拉爾能裝備兩個戒指，其中一個會選擇這個戒指，原本只是為了提防吃到毒物，沒想到會在意外的地方發揮貢獻。

不過俯視胯下的森林賢王，心想「這傢伙總要吃東西吧」時，娜貝拉爾再次搭話：

「的確……至尊無上的安茲大人拘泥於那點小錢也很奇怪。真是失禮了。」

「唔。」

安茲再次摸摸錢包，感覺不會流汗的背好像滲出汗水。暗罵自己為什麼要提高這個沒什麼必要的門檻。而且——

（安茲大人……別再這麼稱呼我了，娜貝拉爾。如果沒有人聽到就算了……）

他在心裡感到無奈，娜貝拉爾還是喜孜孜說道：

「那些低等生物（大蚊），都對安茲大人的驚人實力五體投地呢。」

「還不到五體投地吧。」

「太謙虛了。雖然在安茲大人的眼裡，食人魔甚至比昆蟲還不如，但是安茲大人的劍術也有一級的實力，真是令人佩服。」

腰部傳來森林賢王奇怪的抖動感覺，但是安茲不予理會，向娜貝拉爾說道：

「……只是單純以蠻力陪牠們玩玩。」

一招斃命聽起來好像很帥，其實並非如此。之前在葛傑夫戰鬥時，安茲看過流暢的招式，但是安茲回想自己的動作，覺得那只是和小孩子胡亂揮劍一樣，慘不忍睹。他們的稱讚只不過是指自己的非凡臂力帶來的超強破壞力。和稱讚葛傑夫這種真正的戰士截然不同。

「要像真正的戰士那樣出招，果然很困難。」

「……那麼利用魔法變成戰士如何呢？」

在穿戴鎧甲的狀態下，依然能使用五種左右的魔法，其中之一是讓魔法吟唱者的等級直接換成戰士的等級。也就是說如果安茲使用那種魔法，可以暫時變成一百級的戰士。

雖然優點是能夠使用部分必須經歷特定職業才能使用的武裝，缺點也很大。首先是這段期間無法發動任何魔法，而且變成戰士也沒有特殊技能，重新計算的能力值，以戰士來說也很低。簡單來說就是半吊子的百級戰士化。和神官這類的準戰士比劍還另當別論，要是與純戰士系職業的對手戰鬥，根本毫無勝算。

即使如此，還是比目前的安茲更強吧。

問題是——

「缺點太大了。如果遭到同等級的對手奇襲，只要在短時間內無法使用魔法就必敗無疑。即使能夠使用卷軸發動魔法，但是考慮到準備時間等等，缺點還是比較大。」

如今不知道是否有敵對玩家，絕對不能掉以輕心。沒必要特意使用那種魔法，製造自己的弱點。

「戰士只是用來隱藏身分的表演，不需要覺得受到打擊。」

「！」

森林賢王的身體抖了一下，驚訝地抬頭仰望坐在上面的安茲：

「屬下打從剛才便一直傾聽，難道主公不是戰士嗎？」

回望牠一眼的安茲從容點頭，娜貝拉爾以帶著優越感的語氣說明：

「安茲大人只是假扮戰士，就好像玩遊戲一樣。如果發動真正實力的魔法，毀天滅地也只不過是件小事。」

面對這樣的絕對信任，或者說完全認為這是理所當然的娜貝拉爾，安茲無法開口說出「不可能吧」否定的話。

「……嗯，大概就是這樣。森林賢王，很慶幸沒有和認真的我戰鬥吧？如果我發揮真正實力，你可能活不過一秒鐘吧。」

「原、原來如此啊，主公。屬下倉助將更加誓死效忠！」

森林賢王說牠想要一個名字時，腦中浮現的名字就是倉助。替牠取名為倉助之後，森林賢王也對這個名字感到很滿意。不過冷靜思考便覺得倉助這個名字真是沒有品味。

（……倉助這個名字果然取得太急了點。或許麻薯……這個名字還比較風趣一點……公會的同伴也說過我不太會取名字……）

感覺有些遺憾的安茲，坐在森林賢王──倉助上面，搖搖晃晃前往工會。

●

直接將馬車開進家裡的後院，停在後門前面。拿起魔法光燈籠跳下駕駛座的恩弗雷亞解除門鎖把門打開。將手上的燈籠掛在牆壁，照亮陰暗的室內。

因為燈光的緣故，可以看見放在屋內的幾個桶子。裡面散發乾燥的藥草味道，說明這個房間是保管藥草的地方。

「那麼不好意思，可以幫忙搬一下藥草嗎？」

爽快回答的漆黑之劍一行人小心翼翼地從馬車上卸下一捆一捆的藥草，搬進屋裡。

引導放置地點的恩弗雷亞心裡浮現疑問：

「奶奶不在家嗎？」

恩弗雷亞的祖母雖然年事已高，但是耳朵和眼睛都不差，聽到在這裡搬東西的聲音，應該會出來才對。不過要是她專心製作藥水，就不會留意一些小聲音。覺得和往常一樣的恩弗雷亞沒有大聲呼喚。

等到所有藥草全都放到適當地點，恩弗雷亞呼喚有些喘的漆黑之劍一行人：

「辛苦了！家裡應該有準備冰涼的果汁，請過去喝吧。」

「那真是太好了。」

額頭稍微冒汗的陸克路特發出歡喜的聲音。其他人也都高興點頭。

「那麼，這邊請。」

正當恩弗雷亞帶大家前往家裡時，另一邊的門被人打開。

「嗨——歡迎回來——」

眼前站著一名外表可愛，卻令人感到莫名不安的女子。金色短髮隨風搖曳。

「哎呀——我很擔心喔？還以為你不見了。真是不湊巧——不知道你什麼時候會回來，所以我一直在這裡等喔？」

「……請、請問妳是哪位？」

「咦！你們不認識嗎？」

因為口氣親暱，以為兩人是熟人的彼得發出驚訝的聲音。

「嗯？呵呵呵——我是過來綁架你的——想要請人使用召喚大批不死者的魔法『死靈軍團（Undeath Army）』，所以可以當我的道具嗎？姊姊拜託你了。」

漆黑之劍的成員們感受到女子散發的邪惡氣氛，立刻拔出武器。即使面對進入迎戰態勢的一行人，女子依然以輕浮的語氣說道：

「那是一般人很難使用的第七位階魔法，但是只要利用智者頭冠就能辦到。雖然無法控制所有召喚的不死者，但是可以進行誘導！真是完美的計畫——！天衣無縫呢——」

「……恩弗雷亞先生，後退！快點離開這裡。」

拿起武器的彼得提防女子，以嚴肅的聲音說道：

「那個女人會說個不停，一定是因為很有把握可以解決我們。既然你是她的目標，那麼唯一能夠扭轉局勢的辦法就是請你逃走。」

漆黑之劍一行人以身為盾，並排擋在慌張退後的恩弗雷亞前面。

「尼納！你也退後！」

繼達因之後，陸克路特也放聲大叫：

「帶著小孩逃走！你不是還要去救被抓走的姊姊嗎！」

「沒錯。你還有非做不可的事。雖然我們可能無法幫你到最後……至少能爭取時間。」

「大家……」

「嗯——真是賺人熱淚呢——連我都快哭了，嗯。不過要是被他逃走我就傷腦筋了。留一個人來玩吧——」

看到尼納咬緊嘴唇，不知如何是好的模樣，女子露出愉快的笑容，慢慢從長袍底下取出短錐。就在此時，後方的門被打開，出現一名臉色蒼白、骨瘦如柴的男子。

發現遭到夾擊的漆黑之劍一行人，臉上全都出現嚴肅的表情。

「……玩過頭了。」

「嗯——你說什麼嘛，小卡吉。你不是幫我作好準備，讓慘叫聲不會傳到外面嗎？不過只是一個人，就讓我好好玩玩嘛。」

露齒發笑的女子讓恩弗雷亞感到毛骨悚然。

「那麼已經無路可逃了，開始動手吧——」

2

倉助的登記本身雖然很簡單，但也花了大約一個半小時的時間。其中最花時間的是寫生，也就是畫倉助肖像圖的時間。雖然使用魔法可以很快畫好，但是安茲不想多花魔法的費用才會變成這樣。

為了避免被認為小氣，安茲只好隨便捏造藉口。

「雖然為時已晚，不過『對畫畫有興趣』這個藉口還是讓我很辛苦……不過算了。那麼現在過去吧。」

結束登記的安茲在工會門口向娜貝拉爾如此說道，接著走向倉助。

已經習慣了。

既然旋轉木馬並非勝利者——情侶或是帶著家人——的專利，那麼孤伶伶的大叔坐在上面也沒什麼問題吧。

自暴自棄的安茲的動作沒有半點猶豫。

他利用高強運動能力，以有如名垂青史的體操選手漂亮動作騎上森林賢王。雖然沒有馬鞍等任何輔助工具，但是數小時的經驗足以讓安茲練就俐落的騎乘技巧。

看見眼前景象的路人，全都出聲讚嘆。甚至可以聽到女性的尖叫聲，其中又以冒險者的眼神最為熱烈。確認安茲掛在脖子上的金屬牌後，臉上浮現難以置信的表情。

（我才感覺難以置信。你們的審美觀到底是怎麼了。）

這時候有人叫住在心中吐槽眾人，命令倉助出發的安茲。

「吶，你就是和我的孫子一起去採藥的人嗎？」

聽到年邁的聲音，轉頭發現是一名老婆婆。

「……您是誰？」

雖然開口詢問，但是安茲已經猜到答案。如果老婆婆的話是真的，那麼答案只有一個。

「我叫莉吉．巴雷亞雷，是恩弗雷亞的祖母。」

「啊！果然是您嗎？您說得沒錯，我就是和恩弗雷亞一同前往卡恩村的護衛，名叫飛飛。至於她是娜貝。」

莉吉對恭敬鞠躬的娜貝拉爾微笑稱讚：

「還真是美到令人難以置信的美女呢。那麼你騎乘的這隻魔獸叫什麼？」

「牠是森林賢王，名叫倉助。」

「鄙人是倉助！以後還請多多指教！」

「什麼！這隻精悍的魔獸正是傳說中的森林賢王嗎！」

在周圍偷聽的冒險者們聽到莉吉的叫聲，全都露出更加驚訝的表情，以受到衝擊的模樣交頭接耳說些「那就是傳說中的魔獸嗎？」之類的話。

「是的，受到您的孫子委託時，在目的地遇到之後馴服的。」

「竟然……馴服森林賢王……」

莉吉不禁瞠目結舌：

「那麼……我的孫子現在在哪裡？」

「啊，他已經帶著藥草先回去了。我們現在也正要過去領取報酬。」

似乎鬆了一口氣的老婆婆，以帶著奇妙色彩的眼睛看著安茲詢問：

「喔，原來如此……那麼要一起走嗎？我對你們的冒險很感興趣。」

莉吉的提議，對安茲來說簡直是雪中送炭。

「嗯，非常樂意。」

一行人在莉吉的帶領下，走在耶・蘭提爾。

「那麼進來吧。」

到達店鋪之後，取出鑰匙的莉吉來到門前，低下頭來。伸手一推，發現門毫無抵抗地輕輕開啟。

「怎麼回事，他未免太粗心了。」

喃喃自語的莉吉走進店鋪，安茲和娜貝拉爾也跟著進入。

「恩弗雷亞，飛飛先生來囉——」
莉吉向店內呼喚，但是店內鴉雀無聲，感覺不到有人。
「怎麼了嗎？」
莉吉偏頭感到疑惑，安茲則是簡短回應：
「這下麻煩了。」
聞言的莉吉顯得不解，但是安茲沒有理會，只是將手放到巨劍的劍柄。看到他的動作立刻了解這代表什麼意思的娜貝拉爾也拔劍出鞘。
「做、做什麼！」
「別問了，快跟我來。」
簡短回答之後拔出武器，緊握在手裡的安茲走進店內。用力撞開裡面的門，往通路的右邊前進。雖然是完全不熟的別人家裡，但是安茲的步伐沒有半點遲疑。
安茲來到通路底端的門前，向總算跟上的莉吉問道：
「這裡是做什麼的？」
「這、這裡面是藥草的保管室，還有一扇門可以通往後門。」
雖然不知道發生什麼事，感覺氣氛不太對勁的莉吉有些擔憂，但安茲不予理會，直接伸手開門。

鼻子聞到的並非藥草香味，而是更加刺鼻的——血腥味。

最前面的人是彼得和陸克路特，達因在稍遠處，最裡面的人是尼納。四人都癱坐在牆邊。雙腳向前伸，手無力垂下，地板上有大片黑色的濃稠積血，像是身上的血都流出來了。

「這、這是怎麼回事……」

大吃一驚的莉吉踏著不穩的腳步想要走進去。安茲按住她的肩膀加以制止，自己加快腳步搶先進入屋內。

這時倒地的彼得突然有如傀儡動了起來，只不過還來不及起身，巨劍的閃光便毫不遲疑地一閃而過。

彼得的頭滾落地板。接著反手一劍，砍落同樣也想站起來的陸克路特的頭。

正當莉吉對眼前的慘劇大受打擊時，位於比較裡面的達因已經站了起來。

抬頭的臉已非活人模樣，臉上毫無血色，眼神混濁瞪著安茲和莉吉。額頭上有一個洞，一眼就能看出那是致命傷。

死人還會動的原因只有一個。那就是已經變成不死者。

「殭屍！」

在莉吉如此喊叫時，達因發出帶有敵意的呻吟聲逼近，安茲立刻刺出手上的巨劍。喉嚨遭到巨劍刺穿，達因搖晃不穩的頭，整個人癱倒在地。

沒有人有其他動作。

在一片鴉雀無聲中，安茲注視坐在地上一動也不動的尼納。

「恩弗雷亞！」

終於理解發生什麼事的莉吉衝出去尋找孫子。安茲瞄了一眼她的背影後，對娜貝拉爾下達指令：

「保護她。我的常駐技能『不死祝福』沒有反應，所以房子內應該沒有其他不死者。但是或許會有活人躲在這裡。」

「遵命。」

輕輕行禮之後，娜貝拉爾拔腿追趕莉吉。

確認兩人離開的安茲再次將目光移向尼納，慢慢在他面前跪下，伸手輕輕觸摸。確定並非在YGGDRASIL中常用的屍體陷阱之後，抬起尼納的臉。當然了，他並非失去意識，而是已經氣絕身亡。

可能是遭到鈍器毆打吧，他的臉頰腫得像是石榴。如果不知道他是尼納，根本認不出這個人是誰。

左眼潰爛，玻璃體流了出來，看起來就像眼淚。

手指的骨頭全部碎裂，皮膚裂開，露出裡面的紅色肌肉，有些地方甚至連肉都沒了。拉開衣服一看，安茲驚訝到睜圓雙眼。

將衣服恢復原狀，唸唸有詞：

「……原來連身體也是……」

身體和臉頰一樣，都是遭到悽慘毆打的傷痕。全身都是內出血造成的顏色，想要找到無傷的部分還比較困難。

安茲將尼納的眼睛輕輕閉上。

「……有點令人……不舒服。」

喃喃自語的聲音消失在空氣裡。

「我的孫子！恩弗雷亞不見了！」

莉吉回來時，以吶喊的聲音大叫。將屍體集中到房間一處的安茲冷靜回答：

「……我看了一下他們身上的物品，發現他們沒有被搜身的跡象。如此看來，對方的目的應該是要綁架恩弗雷亞。」

「唔！」

「您看這裡。」

安茲指示的地方是藏在尼納屍體底下的血字。如果沒有移動屍體，應該不會發現吧。

「這是……地下水道？是指被抓到地下水道的意思嗎？」

「……也有可能是製造出這場悲劇的人偽造的陷阱，而且我也不知道這裡的地下水道有多大……前往搜尋可能需要很多時間，關於這點妳有什麼看法？」

「在那前面還寫著數字！2－8，這又是什麼意思！」

「這下更是啟人疑竇。雖然不知道這個數字代表什麼意思……但是我猜或許是將整個城鎮縱橫分為八等分的交叉點，或者單純只是2－8……不過尼納有餘力想那麼多嗎……即使是尼納寫的，那麼對方又洩漏了多少情報？這個實在太巧合了。」

莉吉皺起原本就已經滿是皺紋的臉，對意外冷靜的安茲露出類似遷怒的情感。接著將目光移到地上的四具屍體：

「這些是什麼人？」

「……和我一起接受您的孫子委託的冒險者。我們告別之後，他們應該是過來幫忙卸下藥草。」

「什麼！那麼就是你的同伴嗎！」

安茲搖頭否定：

「……不，不是。只是這次剛好一起冒險。」

這句冷淡的話讓莉吉感到無趣。

「話說回來，我在他們的屍體前想了很多，不過我想問一下妳的意見。關於他們被變成殭屍這件事，妳有什麼看法？」

「……『創造不死者』。對方至少有個能夠使用第三位階魔法的人吧。除此之外還有什麼可能？」

「我認為必須盡快想辦法應付。」

「那不是理所當然嗎……你到底是什麼意思？」

「……對方能以精神操控系魔法控制或是隱藏屍體，但是完全沒有採取這類行動，只是有如玩樂做出這種事。若非認為即使曝光也無所謂，就是有徹底逃掉的自信。嗯……不知道是哪一種。既然能將屍體變成殭屍，應該也能帶回去吧？」

如果目的是綁架恩弗雷亞，只要把屍體隱藏起來，應該就能爭取到足夠的逃走時間。但是對方沒有這麼做，表示後續還有什麼事要做，或者想要讓莉吉做些什麼。

後者還比較好辦，若是前者就有點棘手。恩弗雷亞的命和能力有他的價值，但是派得上用場的時間很可能不長。那些殺人不眨眼的殘忍犯人在利用完畢之後，會平安放了他嗎？

聽懂安茲話中含意的莉吉，臉色從鐵青變成泛白。不知道被綁架到這個巨大城鎮的何處，如果必須找遍整個城鎮，那就太花時間了。

唯一的線索是地下水道，但是安茲有所異議。

恩弗雷亞的生命之火正在一點一滴不斷衰弱。
冷靜的安茲向焦急的莉吉說道：
「提出委託如何？」
冷靜的聲音繼續響起：
「這不是應該委託冒險者的事嗎？」
莉吉的眼睛閃閃發亮，似乎理解安茲說的話。
「妳很幸運，莉吉．巴雷亞雷。眼前的我正是這個城鎮的最強冒險者，也是唯一能夠平安救回妳的孫子的人。要是委託我，我可以接下這份工作。不過……價格很高喔。因為我非常清楚這個工作相當棘手。」
「的、的確……如果是你……擁有那瓶藥水的你……而且還帶著森林賢王，實力的確無庸置疑……雇用，我要雇用你！」
「是嗎……作好付出高額報酬的心理準備了嗎？」
「要出多少你才滿意？」
「——一切。」
「什麼？」
「把妳的一切全部交出來。」

莉吉驚訝地睜大雙眼，身體劇烈顫抖。

「妳的一切。恩弗雷亞平安回來的話，就交出妳的一切吧。」

「你……」

害怕得往後倒退，莉吉低聲呢喃：

「你所說的一切……並非金錢也非稀有藥水吧……聽說惡魔會以人的靈魂為代價，幫忙達成任何願望。你該不會是惡魔吧？」

「……就算我真的是惡魔又如何？妳想要救妳的孫子吧？」

莉吉默默不語，只是咬緊嘴唇點頭。

「那麼答案只有一個吧？」

「嗯……就雇用你吧。把我擁有的一切全都給你，救出我的孫子！」

「好的，契約成立。那麼事不宜遲，妳有這個城鎮的地圖嗎？有的話借我一下。」

雖然莉吉覺得有些詫異，但還是立刻拿出地圖交給安茲。

「那麼接下來要尋找恩弗雷亞的所在處。」

「做得到這種事嗎！」

「只有這次可以利用這個方法。不知道敵人是笨蛋還是……」

安茲的話說到一半，目光移到安置在室內的四具屍體。

「那麼我要開始搜尋了，妳到其他房間找一下，看看綁架恩弗雷亞的犯人有沒有留下什麼線索。因為綁架恩弗雷亞這件事本身如果也是欺敵的舉動，那就很麻煩了。熟悉這個家的妳比較適合這個工作。」

隨便找個理由將莉吉趕出房間，安茲轉向娜貝拉爾。

「您想怎麼做呢？」

「很簡單。妳看，他們的金屬牌全都不見了，恐怕是被襲擊這裡的傢伙拿走了。問題是為什麼對方沒有拿走更高價的東西，而是拿走金屬牌……妳怎麼看？」

「很抱歉，我完全不知道。」

「那是因為——」

講到一半的安茲腦中，傳來一道聲音。是「訊息」。

『安茲大人。』

聲音有些高亢，還可以聽到像是次聲道的沙沙聲。

「是安特瑪嗎？」

『是的。』

安特瑪．瓦希利薩．澤塔。和娜貝拉爾同樣是戰鬥女僕。

『屬下有事稟告。』

「——我現在很忙。有空的時候再和妳聯絡。」

『遵命。那麼屆時煩請聯絡雅兒貝德大人。』

魔法消失，安茲對看著自己的娜貝拉爾繼續剛才的話題：

「當作獎盃，也就是狩獵的戰利品。大概是犯人拿去當作紀念品了。不過那卻成了致命破綻。娜貝拉爾，發動魔法吧。」

安茲從無限背袋裡取出卷軸，遞給娜貝拉爾。

「這是『物體定位（Locate Object）』卷軸。目標應該不用說吧？」

「遵命。」

表示了解的娜貝拉爾打開卷軸，正要發動魔法之際，安茲抓住她的手，毫不留情地對大吃一驚的娜貝拉爾冷冷訓斥：

「……笨蛋。」

冰冷的斥責讓娜貝拉爾的肩膀劇烈抖動：

「對、對不起！」

「使用情報收集系魔法時，必須充分作好防範敵人的對抗魔法準備之後再發動，這可是鐵則。考慮到對方可能會使用『定位探測（Detect Locate）』，所以基本中的基本是使用『欺敵情報（Fake cover）』、『反探測（Counter Detect）』保護自己。還有——」

安茲準備的卷軸高達十卷，有如老師一般對娜貝拉爾一一講解。

利用魔法收集情報時，必須事先作好防範準備。這是最基本的。

安茲·烏爾·恭在ＰＫ時，會盡可能收集對方的情報，發動奇襲一口氣分出勝負。這是斬釘截鐵地表示「戰鬥在開始前就已結束」的公會成員布妞萌想出的公會基本戰術「人人都能輕鬆進行的ＰＫ術」。

所以安茲才會把這個基本戰術也教給娜貝拉爾，以便將來與玩家遭遇之際，能夠在戰鬥中居於上風。

「——就是這些。基本上還需要利用特殊技能進行強化與防範，但是對付這次的敵人應該不需要準備到那個地步。因為對方如果是可以想到更多應付方法的魔法吟唱者，就不會只對屍體施加那種程度的魔法。那麼娜貝拉爾，開始吧。」

終於解脫的娜貝拉爾依序打開卷軸，吟唱寫在卷軸裡的魔法名稱。

卷軸冒出感覺不到熱度的火焰，幾秒後便燃燒殆盡，釋放封印在裡面的魔法。

將所有卷軸的魔法全部釋放，受到無數防禦魔法保護的娜貝拉爾終於發動「物體定位」。接著以手指指向地圖上的一點：

「在這裡。」

看不懂文字的安茲搜尋自己的記憶，想起那個地方是何處。

「……墓地啊。不是地下水道的機率果然很高。」

耶．蘭提爾也被當作軍事基地，那個墓地非常廣大，幾乎前所未見。魔法指向那片墓地最深處的一點。

「原來如此，那麼接下來使用『千里眼（Clairvoyance）』，連同『水晶螢幕（Crystal Monitor）』一起發動，讓我也能看到那邊的景象。」

娜貝拉爾再次使用卷軸發動魔法，飄浮在空中的螢幕出現無數人影。不過他們的動作有些詭異，感覺非常不流暢。不僅如此，那裡還有無數不是人的東西。

中央有一名少年，雖然打扮與眾不同，但是不至於會認錯。

「確定就在那裡。附近還有金屬牌……大批不死者嗎？」

周圍是一群不死者，雖然都是低階不死者，但是數量相當驚人。

「……您打算怎麼做呢？利用瞬移一口氣殲滅嗎？還是利用飛行魔法發動強襲？」

「別說傻話了。那麼一來問題豈不是只會在暗中解決嗎？」

安茲對滿臉問號的娜貝拉爾說明：

「準備這麼多不死者，對方一定是想利用這些不死者做出驚天動地的大事。那麼救出恩弗雷亞時，順便將這件事一起解決的話，我們就能夠聲名大噪。暗中解決問題只能得到莉吉的報酬，不太可能因此出名。」

話雖如此，根據狀況如果不盡早解決問題，恩弗雷亞可能會喪命。即使是安茲也無法一次召喚出這麼多的不死者加以操控，所以其中應該有什麼花樣。恩弗雷亞的生命，很有可能就是那個花樣的關鍵。

不過若是那樣，即使犧牲恩弗雷亞也想知道那個花樣的祕密。

對安茲來說，最重要的課題是如何強化納薩力克地下大墳墓。如果犧牲恩弗雷亞的性命能夠強化納薩力克，那麼只好選擇犧牲。

「想要收集更多情報，只是準備和時間都不夠呢。」

如此喃喃自語的安茲走到門前，打開之後出聲呼喚：

「莉吉！準備好了。我們現在要前往墓地！」

「地下水道呢？」

聲音從遠處傳來，莉吉踺踺踺地跑來。

「地下水道只是對方偽造的幌子，真正的地點是墓地。而且還有不死者軍團。那個數量隨便都有數千人。」

「什麼！」

當然是隨便估計，怎麼可能細算。

「不用吃驚，我們預定直搗黃龍。問題在於不能保證死靈軍團不會跑出墓地。妳盡量將這件事告訴大家，遇到有不死者想要跑到外面時，請將牠們擋回去。雖然是缺乏證據的情報，但是由這個城鎮赫赫有名的妳如此請託，應該會有人願意傾聽吧？若是沒有任何準備便讓不死者跑出墓地……那可就麻煩囉？」

安茲頭盔下的臉動了一下。

如果不鬧得沸沸揚揚，我就傷腦筋了。事情鬧得越大，解決問題之後得到的名聲也越大。我就是為此才這麼做。

「我要說的話就是這些。時間緊迫，我現在過去。」

「你有辦法突破不死者軍團嗎？」

安茲靜靜望著莉吉，指著背上的巨劍：

「辦法就在這裡啊？」

3

耶・蘭提爾外圍城牆裡大約四分之一的地方，幾乎占據大半西側地區的巨大區域。那裡正是耶・蘭提爾的共同墓地。其他城鎮當然也有墓地，但是沒有這麼廣大。

這是為了抑制不死者的產生。
雖然關於不死者的產生原因，還有很多不明之處，但是在生者的臨終之地，時常會誕生不潔之物。其中由死於非命和沒人憑弔的死者轉生的可能性最高。因此戰場和遺跡等處，最常出現不死者。
和帝國戰場很近的耶．蘭提爾，為了不讓亡者變成不死者，需要巨大墓地——供人們憑弔的地方。
關於這個部分，鄰國——帝國也是一樣，在戰鬥中也會締結協定，彼此鄭重憑弔亡者。即使互相廝殺，還是會一致認為襲擊活人的不死者是共同敵人。
不僅如此，不死者還有一個問題。那就是放任不管的話，很容易產生更強的不死者。因此每天晚上冒險者和衛兵都會在墓地巡邏，盡早消滅弱小的不死者。
墓地周圍有一圈牆壁，這個圍牆——就是隔離死者和活人的界線。高達四公尺的圍牆雖然比不上城牆，但已經足夠讓人走在上面，大門也相當堅固結實，絕對不可能輕易突破。
這全是為了提防誕生在墓地裡的不死者。
大門左右有樓梯，圍牆旁邊設有瞭望台。每個班次五個人，衛兵打著哈欠輪流在瞭望台上監視底下的墓地。

墓地架設施加「永續光」魔法的燈座，雖是夜晚也相當明亮。不過還是有許多陰暗處，被墓碑擋到的地方視野更差。

一名持槍的衛兵心不在焉望著墓地，打著呵欠向旁邊一起監視的同伴說道：

「今天晚上也很平靜呢。」

「是啊，之前出現了五隻骷髏吧？從過去的出現頻率來看，感覺大幅減少了。」

「嗯，死者的靈魂也被四大神召喚回去了吧？若是那樣就太幸運了。」

其他衛兵也被這個話題吸引，紛紛加入談論：

「只是骷髏和殭屍我們還能應付。不過用槍不容易打倒骷髏，有點麻煩。」

「我倒是認為最棘手的是屍妖（Wight）。」

「我認為是蜈蚣骷髏（Skeleton Centipede）。要不是在附近戒備的冒險者趕來解圍，當時我早就死了。」

「蜈蚣骷髏？聽說放過弱小的傢伙，才會產生強大的不死者。明明只要趁對方弱小時一網打盡，就不會產生那麼強大的不死者。」

「是啊，完全沒錯。上星期巡邏墓地的小隊才被我們隊長狠狠訓斥一頓。雖然賠罪的酒很棒，但是我可不想再經歷那種事了。」

「不過……如此一想，現在沒有出現不死者，反倒讓人感覺有點不妙。」

「……為什麼？」

「那個，只是覺得我們的監視是不是遺漏了什麼。」

「你想太多了，平常才不會出現那麼多不死者。聽說埋了與帝國打仗時喪命的屍體，才會經常出現不死者。相反的，沒有戰爭大概就是這樣吧？」

衛兵互相點頭同意這個說法。雖然各地的村莊也會埋葬人類，但是沒有聽說那麼時常出現不死者。

「……那麼說來，卡茲平原的情況似乎很誇張。」

「是啊，聽說出現超乎想像的強大不死者吧？」

帝國和王國激戰的平原。那個地方也是著名的不死者頻繁出沒地區，接受王國委託的冒險者和帝國的騎士都會在那裡掃蕩不死者。這個工作的重要程度，甚至讓帝國和王國的支援部門在當地建立起小城鎮。

「聽說——」

一名正要開口的衛兵突然閉嘴。

對此感到不安的另一名衛兵開口：

「喂，不要嚇人——」

「安靜！」

閉上嘴巴的衛兵彷彿可以看穿黑暗，目不轉睛地望向墓地。受到這個舉動吸引，其他衛兵也紛紛看向墓地。

「……你沒有聽到嗎？」

「是你的錯覺吧？」

「雖然沒有聽到什麼風吹草動……但是好像聞到泥土的味道。之前不是挖掘墓地嗎？和當時的味道很像……」

「別開這種玩笑啦。」

「……咦？啊，喂！你們看那裡！」

一名衛兵指向墓地。大家的目光全部集中在那一點。

有兩名衛兵往大門方向狂奔而來。兩個人都氣喘吁吁，睜大的雙眼充滿血絲，滿是汗水的頭髮黏在額頭上。

眼前的景象，讓衛兵感到不妙。

在墓地裡巡邏的衛兵，至少是以十人為一組行動。為什麼只有兩個人？沒有拿著武器拚命奔跑的模樣，看起來就像是落荒而逃。

「快、快開門！快點將大門打開！」

看見兩人在門前拚命呼喊的模樣，衛兵們急忙跑下樓梯開門。

等不及大門全開，兩名衛兵就從墓地連滾帶爬衝進來。

「到底……」

離開墓地的兩名衛兵臉色蒼白地打斷詢問，一邊喘氣一邊大叫：

「快、快點關門！快點！」

看到如此異常的舉動，衛兵全都毛骨悚然，合力將門再度關閉，放上門栓。

「到底發生了什麼事？其他人怎麼了？」

聽到這個問題，抬起頭的衛兵露出驚魂未定的表情。

「被、被不死者吃掉了！」

知道八名同伴喪命，衛兵們的目光全看向隊長。隊長立刻下令：

「……喂，一個人到上面看看！」

一名衛兵急忙爬上樓梯，走到一半便全身僵硬停止動作。

「怎、怎麼了！」

不斷顫抖的衛兵放聲大叫：

「不死者！一大群不死者！」

豎起耳朵仔細傾聽，果然有彷彿萬馬奔騰的聲音從圍牆另一邊傳來。不僅是剛才的衛兵，所有衛兵全都對眼前的景象啞口無言。

令人瞠目結舌的不死者數量，正從墓地朝著大門前進。

「這個數量是怎麼回事……」

「看來不止一兩、百隻……應該有上千隻……吧……」

在燈光照射不到的地方也有數不清的不死者，如果連同在黑暗中蠢動的影子，難以估計總數有多少。

帶著腐敗的臭味，搖搖晃晃的無數不死者，像是烏雲不斷朝大門逼近。裡面不只有殭屍和骷髏，還有數量稀少的強大不死者——食屍鬼(ghoul)、餓鬼(Ghast)、屍妖(Wight)、脹皮鬼(Swell Skin)、腐屍(Corrupt Dead)等等。

衛兵們不由得發抖。

因為城鎮被圍牆包圍，只要圍牆沒有遭到突破，不死者就無法攻擊一般市民吧。但是即使出動所有衛兵，也不知道是否能夠擋住這麼一大群不死者。衛兵只是穿上防衛裝備的平民，沒有自信能夠掃蕩這些不死者。

不僅如此，有些不死者還可以讓遭到殺害的人變成同種的不死者。一個搞不好，衛兵甚至可能變成不死者襲擊同伴。而且雖然現在還看不到飛行的不死者，但是若不盡早掃蕩，遲早會產生能夠飛行的兇惡不死者，這個預感造成衛兵更大的恐怖。

——不死者浪潮來到圍牆旁邊。

咚咚——

蜂擁而至的低智商不死者因為沒有痛覺，所以胡亂敲門。好像知道只要撞破這扇門便能夠攻擊活人。

咚咚——

拍打聲、大門遭到推擠的嘰喀悲鳴。還有無數不死者的呻吟聲不斷傳來。

不需要衝車，一點都不介意自己會粉碎而不斷衝撞的不死者，本身就有如破城武器。

目擊這個光景的衛兵，背後已經滿是冒出的冷汗。

「快點敲鐘！向衛兵駐紮處請求救援！你們兩個去通知其他門情況緊急！」

回過神來的隊長下達指揮：

「後面的人拿槍從上方刺靠近大門的不死者！」

聽到命令的衛兵想起自己的職責，開始提槍猛刺群聚在下方的不死者。像是要淹沒大地的群聚不死者，隨便刺出一槍都能刺中。

刺出、提起，再次刺出。

冒出混濁的污血與腐敗的惡臭，鼻子已經遭到臭味麻痺的衛兵，有如作業員重複相同的動作。幾隻不死者失去負向生命，倒地之後遭到後面的不死者踩爛。

因為是缺乏智商的不死者，所以沒有反擊拿槍不斷攻擊的衛兵。只是進行相同的單純作業，讓衛兵們逐漸失去危機意識。

彷彿是看準這一點——

「哇啊！」

慘叫聲響起，往叫聲的方向一看，一名衛兵的脖子上纏著長長的東西不停蠕動。

那是一條光滑的粉紅色——腸子。

伸出腸子的地方有個蛋型不死者，身體前面有巨大的縱向缺口。在那個缺口裡，好幾個人份的內臟彷彿寄生蟲不斷蠕動。

那是名叫內臟之卵(Organ Egg)的不死者。

腸子將衛兵的身體拉過去。

「呀啊！」

還來不及出手相救，衛兵便發出慘叫往下掉——

「救、救命！誰來救我！啊，呀啊——」

——哀號響起。每個衛兵都目擊同伴的悲慘命運，身體被群聚而來的不死者生吞活剝。被鎧甲保護的身體，還有企圖保護臉的舉動，更是延長這個殘酷的時間。手指、小腿、臉，全部都被啃個精光。

「退後！撤退到圍牆下！」

看到內臟之卵再次蠢蠢欲動，隊長下令撤退。

所有衛兵急忙跑下樓梯，可以聽到不死者在拍門的聲音變得更加響亮，門發出的哀號如今清晰可見。

悲壯的感覺越來越強烈。支撐到援軍過來，或者不再出現更強的不死者的機率實在太低。只要門一打開，死之浪潮就會隨之湧入，不知道會有多少人因此犧牲。

就在所有衛兵的臉上都寫著絕望時，喀啦喀啦的金屬聲響起。

所有人反射性地看往聲音的方向。

眼前是名騎著黑色眼眸充滿智慧的魔獸，裝備全身鎧甲的戰士。旁邊帶著一名格格不入的美麗女性。

「喂！喂！這裡很危險！快點離開——」

衛兵說到這裡，看到在戰士胸前搖晃的金屬牌。

是冒險者！

但是發現那是銅牌之後，剛湧現的一絲希望火苗立刻熄滅。最低階的冒險者不可能有辦法突破這個困境。在場的所有衛兵眼中，全都浮現失望之色。

戰士身手敏捷地從魔獸身上跳下來，絲毫沒有笨重的感覺。

「你沒聽到嗎！立刻離開這裡！」

「娜貝，把劍給我。」

戰士的聲音明顯比衛兵的吶喊還要小。但是在蜂擁而至的不死者發出的喧囂之中，那個聲音顯得意外響亮。美女來到戰士的身邊，從他的背上拔出巨劍。

「你們看看後面，很危險喔？」

聽到戰士警告的衛兵們往後一看，只能直視眼前的滅亡。

有個比四公尺高的牆壁還要高大的影子。

那是由無數屍體聚集而成的巨大不死者，死靈集合體巨人（Necro Swarm Giant）。

「哇啊——」

正當眾人紛紛尖叫，爭先恐後想要逃走時，眼前出現驚人的光景。剛才的戰士以投擲長槍的姿勢舉起劍。

他在做什麼？

這個疑問在下個瞬間立刻煙消雲散。

戰士以令人難以置信的速度將劍投擲出去。衛兵們急忙看向劍飛過去的地方，只看到更加令人吃驚的光景。

死靈集合體巨人，看起來幾乎不可能被打倒的巨大不死者魔物，像是被更加巨大的敵人擊中頭部一般往後退，然後就此倒下。一陣轟然巨響證明巨人倒地了。

「——擋路的不死者。」

黑暗戰士只說了這句話，拔出另一把巨劍往前邁進：

「開門。」

衛兵一下子沒聽懂對方在說什麼，眨了好幾次眼睛之後，才理解戰士的話。

「別、別說傻話了！門的另一邊可是有一大堆不死者喔！」

「那個嗎？和我飛飛有什麼關係？」

面對充滿絕對自信的黑色戰士，所有的衛兵都感到震撼，無言以對。

「……算了，如果你們不開門也沒辦法，我自己過去吧。」

戰士開始奔跑，往石板上用力一踢，就此消失在牆壁的另一邊。只是輕鬆一跳便越過四公尺的圍牆，而且還是穿著全身鎧甲。

簡直有如虛幻的景象。

衛兵們無法相信剛才發生的事，個個張口結舌望著沒有半個人的空間。

留在原地的美女也輕飄飄飛上空中，打算就此越過牆壁，卻被人出聲制止：

「請等一下。請帶著鄙人一起過去！」

聲音來自戰士剛才騎乘的強力魔獸，語氣和外表一樣充滿威嚴。

美女的眉毛微微一皺——但是完全無損她的美貌——回應魔獸：

「……從那邊的樓梯爬上來。從這點高度掉下去，不至於動彈不得吧？」

「當然！鄙人也要趕到主公身邊！等等鄙人，主公！」

巨大魔獸快速通過衛兵的身邊，身手敏捷地爬上樓梯，越過牆壁跳下去。

現場一陣寂靜。

彷彿颱風過境，目瞪口呆的時間不知道過了多久。回過神來的一名衛兵以抖個不停的聲音問道：

「喂……你們有聽到嗎？」

「聽到什麼？」

「不死者發出的聲音。」

即使豎起耳朵仔細聆聽，也聽不到任何聲響，彷彿萬籟俱寂。剛才不斷傳來的無數撞門聲也停了下來。

害怕的衛兵全身發抖唸唸有詞：

「喂，你們相信嗎？那個戰士……面對那樣的不死者，而且還是一大群，竟然能輕易突破……安然前進。」

衛兵全都感到驚愕與崇拜。

聲音會停止，是因為附近的不死者都被離開這裡的新目標吸引。至於直到現在都沒有聲音，表示它們還在戰鬥，沒有回來。

無法置信的想法讓衛兵們全都好奇地跑上圍牆，眼前的光景讓衛兵懷疑自己的眼睛，忍不住發出呻吟：

「這是怎麼回事……那個戰士……到底是何方神聖……」

只能看到地上躺著數不清的屍體。屍體堆積如山，整個墓地都是倒地的屍體。雖然有些不死者還留有一絲負向生命，勉強抖動著身體，但是全部喪失戰鬥能力。

腐敗的臭味如同預期隨風飄來，可以聽到遠方的戰鬥聲。

「……不會吧……還在戰鬥嗎？與數量那麼驚人的不死者為敵，竟然能夠加以突破！真是太不可思議了……！」

「那個戰士到底是什麼人！」

「……他好像自稱飛飛……那種身手只是銅牌也太扯了，絕對不可能。他應該是傳說中的精鋼牌擁有者吧？」

某人的低語讓所有人都點頭認同，那個身手絕對不可能是銅牌冒險者。

應該最高階金屬牌的擁有者——英雄。

沒有其他可能。

「我們……或許見到傳說中的人物……黑暗戰士……不，黑暗英雄……」

這個喃喃自語讓所有人不禁點頭。

只要右手一動就有不死者飛出去，左手一動便有不死者被一刀兩斷。

安茲勢如破竹的一擊必殺風暴終於停了下來。

「真是礙事的傢伙。」

安茲的雙手各拿著一把再次以魔法創造的巨劍，以受不了的眼神望向周圍的不死者，把沾著污穢體液的巨劍指向他們。

不死者為之躁動，想要逃離安茲。應該不懂什麼叫恐怖的不死者，看起來卻像是對安茲感到害怕。

「……為了鄙人的行為深感抱歉。」

聲音是從安茲的上方很高的地方傳來。森林賢王張開四肢飄浮在空中，鬍鬚無力垂下，聲音也沒什麼精神。

只是回應這句話的人並非安茲。

「稍微……安分一點。動來動去的很難抬。」

娜貝拉爾的聲音來自森林賢王的腹部。因為森林賢王不是自己在飛，而是發動飛行魔法的娜貝拉爾有一半的身體幾乎埋進森林賢王的腹部，抬著牠飛行。

「非常抱歉……」

缺乏智商的低階不死者，沒有對突然現身的安茲表示敵意。因為對「生命」感覺很敏銳的牠們，察覺到安茲和自己是同類。

但是它們不可能放過之後出現的森林賢王這個「生命」。結果就是引發將安茲牽扯進來的混戰，可能因此受傷的森林賢王便被娜貝拉爾抬著飛行，好讓不死者碰不到牠。

安茲向前踏出一步，不死者也隨之後退一步。彼此距離保持不變的圓陣。

以安茲為圓心的圓陣，隨著安茲的步伐動作。雖然不死者像是在尋找攻擊機會，但是只要向前跨步，立刻會被安茲一擊斃命，因此不死者只是包圍安茲，沒人敢輕舉妄動。

隨便接近立刻遭到殲滅的次數，已經多到數不清，即使是低智商的不死者也得到教訓，才會圍起這樣的圓陣。

「不過這麼一來只會僵持不下啊。」

對於至今還有這麼多的不死者，安茲只能開口抱怨。

如果認真突圍，這種程度的不死者集團可以輕鬆突破。不過若是強行突破，導致不死者四處逃竄，位於附近的衛兵可能會遭到殺害。如此一來就會失去目擊證詞，讓安茲「成為解決事件的冒險者」這個目的落空。所以在前進時才必須將不死者引誘過來，盡量確保衛兵的安全。不過也因為這樣，造成前進的速度變慢。

不過娜貝拉爾老實接受這句話：

「那麼就從納薩力克呼叫軍隊吧。只要有幾十個援軍，轉眼間就能把這個墓地裡反抗安茲大人的傢伙全數消滅吧。」

「……少說蠢話了。我不是跟妳說過好幾遍來到這個城鎮的理由嗎？」

「可是安茲大人，如果是要贏得名聲，那麼等待不死者破門而入，出現更多犧牲者之後再現身不是比較好嗎？」

「關於這點我也考慮過了。如果詳知對方的目的、這個城鎮的戰力等各種訊息，或許可以那麼做。但是在缺乏情報的當下，要避免失去先機。如果全部按照對方的劇本走，也很令人不爽快。而且根據我的觀察，可能會被其他隊伍從旁奪走所有功勞。」

「原來如此……安茲大人太厲害了。竟然已經想得如此面面俱到，真不愧是至高無上的至尊，再次令屬下佩服得五體投地。話說回來……有件事不知可否指點一下駑鈍的屬下，派遣八肢刀暗殺蟲、暗影惡魔等擅長隱身的奴僕過來，在局勢產生巨大變化之前從旁觀察，不是更能夠掌握最佳時機嗎？」

安茲默默地注視飛在天空的娜貝拉爾。

空氣靜靜流動，覺得這是破綻的不死者向前踏步，接著遭到隨手揮出的一劍打倒。

「…………全、全部都要我教的話，怎麼能夠成長？自己想吧。」

「是！非常抱歉。」

內心稍微有些動搖的安茲，用力回頭確認和大門之間的距離，還有衛兵們的目光是否能夠看到。

「話、話雖如此，時間還是相當緊迫。為了殺出血路，我也出招吧。」

安茲解放自己的能力。

創造中階不死者．開膛手傑克(Jack The Ripper)。創造中階不死者．屍體收藏家(Corpse Collector)。

兩隻不死者在發動特殊技能之後現身。

其中一隻不死者帶著有如笑臉的面具，身穿一件風衣。手指從一半的地方變成銳利的大型手術刀。

另一隻不死者擁有魁梧的體型，但是身體長滿膿包，完全包裹身體的繃帶已經泛黃，上面刺著好幾根鐵鉤，與鐵鉤相連的鐵鍊一直連到發出呻吟的頭蓋骨。

「動手。」

兩隻不死者聽從安茲的命令，攻擊聚集在周圍的不死者集團。雖然只有兩隻，但是實力上占有絕對的優勢。

在開膛手傑克以手術刀砍飛不死者的四肢，屍體收藏家以身上的鎖鍊扯斷不死者的頭時，安茲繼續出招。

「這裡也一併解決吧。」

創造低階不死者．死靈(Wraith)。創造低階不死者．骷髏禿鷹(Bone Vulture)。召喚出幾隻之後下達命令：

「如果有什麼生物入侵這個墓地，就把他們驅逐出去。若是冒險者殺了也沒關係，但是切勿殺死衛兵。」

死靈的身體有如影子晃動一般消失，骷髏禿鷹也展開骨頭翅膀飛向天空。如此一來準備完畢的安茲獨自發笑。

派出低階不死者的用意，在於作好事先防範，以免冒險者使用飛行魔法一口氣打倒敵人首腦，搶走這份工作的好處。

「那麼走吧。」

召喚出來的兩隻不死者大顯身手，握緊巨劍的安茲往數量大幅削減的不死者衝去。

只有帶著娜貝拉爾的安茲，來到位於墓地最深處的祠堂附近，看到有幾個可疑人物在祠堂面前擺出圓陣，像是在進行什麼儀式。

遮住全身的黑色長袍色澤不均、質地粗糙，每個地方的顏色都深淺不一。頭上也包著一條把臉遮住，只露出眼睛的黑色三角巾，手上的木製法杖前端點綴奇怪的花紋。

身材矮小，從身體的輪廓看來應該都是男性。

只有站在中央看似不死者的男子露出臉來，身上的裝扮頗為氣派。男子手上握著一個黑色石頭，似乎非常聚精會神。

起起伏伏的低語聲，乘風傳進安茲耳裡。聲音時高時低相當協調，聽起來也像是祈禱的聲音。不過感覺並非是獻給死者的莊嚴祈禱，比較像是褻瀆死者的邪惡儀式。

「要發動奇襲嗎？」

娜貝拉爾在耳邊詢問，但是安茲搖搖頭：

「沒用吧。對方似乎也察覺我們了。」

沒有隱身類特殊技能的安茲，正大光明地走過去。雖然行進時避開墓地的燈光，但是對方只要使用「夜視」，大概就能像在大白天一樣看見吧。而且根據安茲的經驗，召喚的魔物和召喚者之間有著精神上的連結。既然打倒那麼多不死者，對方應該已經透過精神連結察覺到安茲的接近。

實際上已經有好幾個人注視著安茲等人。

他們沒有發動攻擊，可能是有話想說。如此推斷的安茲迎面走過去。

安茲等人一走到燈光下，可疑集團立刻擺出架勢，其中一人向站在中央的男子開口：

「卡吉特大人，他們來了。」

（好了，確定他們是笨蛋……不，或許有可能是假裝的。應該先聽他們在說什麼。）

「哎呀，真是美好的夜晚。你不覺得用來進行無聊的儀式很浪費嗎？」

「哼……適不適合進行儀式由我決定。話說回來，你到底是何方神聖？怎麼能夠突破那群不死者？」

站在圓陣中央的男子——若非虛假，這個名叫卡吉特的男子果然是地位最高——代表大家詢問安茲。

「我是接受委託的冒險者，正在尋找失蹤少年……名字不用我說你也心知肚明吧？」

集團稍微擺出架勢，這讓安茲在心中肯定他們不可能是無辜受到牽連。

頭盔底下的安茲對看向周圍的卡吉特露出苦笑。

「只有你們嗎？其他人呢？」

（喂喂，有人這樣問的嗎？或許是想提防是否有伏兵吧……但是也稍微動腦再問吧。由此看來，可以確定這傢伙只不過是個棄子。）

安茲以有氣無力的動作聳肩回答：

「只有我們啊。利用飛行魔法一口氣飛來這裡。」

「說謊，那是不可能的。」

安茲從對方斬釘截鐵的話中感受到某些含意，於是反問：

「相不相信由你。言歸正傳，只要少年平安回家，我可以饒你不死喔？卡吉特。」

卡吉特瞄了一眼呼喚自己名字的愚蠢弟子。

「——你的名字是？」

「在此之前，有件事我想先問。你們那邊除了你們之外，還有其他人吧？」

卡吉特以冰冷的視線看著安茲：

「只有我們——」

「——不只你們吧？應該還有拿突刺武器的傢伙……想要出奇不意嗎？還是害怕我們所以躲起來了？」

「喔喔——調查了那些屍體嗎——還滿有一套的——」

女人的聲音突然從祠堂的方向響起。

女子慢條斯理地現身，每走一步就會傳來喀啦喀啦的金屬碰撞聲。

「妳……」

「哎呀——已經露餡了——繼續躲著也不是辦法。話說回來——我只是因為不會使用『隱藏生命（Conceal Life）』，所以悄悄躲起來——」

女子露出苦笑，回答聲音有點兇的卡吉特。

即使撂下狠話，依然不利用恩弗雷亞這個人質——或許恩弗雷亞已經遭到殺害。正當安茲如此思考時，女子問道：

「可以請教尊姓大名嗎？啊，我叫克萊門汀。請多指教。」

「……雖然問了也沒用，不過還是告訴妳吧，我叫飛飛。」

「我沒有聽過這個名字……妳呢？」

「我也沒聽過——姑且收集了不少這個都市的高階冒險者相關情報，但是其中沒有飛飛這號人物喔？不過你們為什麼知道是這裡？明明留下地下水道的死亡訊息——」

「妳的披風底下有答案。讓我看看吧。」

「哇啊——變態——好色——」

語畢的女子——克萊門汀的臉變得扭曲。笑到嘴巴快要裂到耳際：

「開玩笑的——你是說這個嗎？」

克萊門汀掀起風衣，底下似乎是每個鱗片顏色不同的鱗鎧（Scale Armor）。但是安茲的卓越視覺立刻看穿鱗鎧的真相。那個絕對不是鱗鎧的金屬板。

那裡掛著無數冒險者的金屬牌。白金、金、銀、鐵、銅，其中甚至還有祕銀和山銅的顏色。那正是克萊門汀一直以來殺害冒險者的證明，狩獵的戰利品。金屬的碰撞聲有如無數的嗟怨聲。

「就是妳的那些戰利品……告訴我這個地方喔。」

克萊門汀露出摸不著頭緒的表情，安茲也不打算繼續解釋。
「……娜貝。妳去對付包括卡吉特在內的男人。這個女人由我負責。」
安茲如此說完，稍微壓低音量警告娜貝拉爾留意上方。
「遵命。」
卡吉特露出說不上是苦笑還是嘲笑的笑容，至於眼神冷冽的娜貝拉爾則是一臉無趣。
「……克萊門汀。我們過去那邊廝殺吧。」
安茲沒有等待克萊門汀的回應便邁步而出。他很確定對方不會否定，跟在後方的悠哉腳步聲就是證據。
稍微拉開距離，娜貝拉爾和卡吉特所在之處出現震耳欲聾的耀眼雷擊。這道雷擊有如信號，安茲和克萊門汀也瞪視彼此。
「莫非我在那家店裡殺的人是你的同伴？你該不會是因為同伴被殺而生氣吧——？」
像是嘲笑一般，克萊門汀繼續說道：
「哈哈哈，那個魔法吟唱者真好笑。死到臨頭了還一直相信會有人來救他——那點體力怎麼可能撐到有人來救……莫非他期待的救星是你？抱歉——被我殺了。」
安茲對笑容滿面的克萊門汀搖頭：
「……不，沒必要道歉。」

「是嗎？那還真是可惜——能夠激怒那種一提到同伴就激動起來的人最有趣了。喂，你為什麼不生氣？真無趣！莫非他們不是你的同伴？」

「……有時候我也會做出和妳一樣的事。所以指責妳的行為只不過是任性。」

安茲慢慢提起巨劍：

「……不過他們是我用來提升名聲的道具。他們在回到旅館後，會把我的豐功偉業告訴其他冒險者。跟大家說我們是只有兩人便擊退森林賢王的英雄。竟敢妨礙我的計畫，妳令我非常不愉快。」

似乎從安茲的口氣中感覺到什麼，克萊門汀忍不住笑了：

「這樣啊——惹人嫌的我真可憐——對了，你選擇和我打是個錯誤喔——那個美女是魔法吟唱者吧？那麼不可能打贏小卡吉——如果你們對調，運氣好的話或許可以獲勝。不過那個女人也不可能打贏我就是了——」

「即使只是娜貝，要打贏妳也是綽綽有餘。」

「別傻了——區區魔法吟唱者怎麼可能贏得了我。只要三兩下就能結束——一直以來都是這樣——」

「原來如此，妳對於自己身為戰士的實力這麼有自信啊……」

「是啊，那還用說。這個國家裡根本沒有戰士打得贏我——不對，是幾乎沒有戰士打得贏我——」

「是嗎……那麼我倒是想到一個好點子。我就禮讓妳，以這個方式向妳報仇吧。」

克萊門汀瞇起眼睛，首次露出不悅的表情：

「根據風花那些傢伙探聽到的情報，在這個國家只有五人能夠和我好好打一場。葛傑夫・史托羅諾夫、蒼薔薇的格格蘭、朱紅露滴的路仙貝格・亞柏利恩，還有布萊恩・安格勞斯和已經引退的威斯契・克羅夫・帝・羅芳……不過他們就算使出全力還是贏不過我。即使在我丟掉國家賜予的魔法道具之後。」

克萊門汀對安茲露出有點噁心的笑容：

「我不知道你的頭盔底下的長相有多噁心，不過已經超越凡人——踏入英雄領域的本小姐克萊門汀絕對不可能會輸喔！」

和熱血沸騰的克萊門汀相比，安茲顯得老神在在，冷靜回應：

「正因為如此，我就禮讓妳吧。我絕對不會使出全力。」

4

「二重最強化・電擊球（Twin Maximize Magic Electro Sphere）。」

在娜貝拉爾張開的手上，有兩個比平常大上兩倍的電擊球，然後同時發射。

——落下。

破壞力大增的電擊球迅速膨脹，向外飛出的巨大電擊球波及的範圍相當廣大，將墓地周圍照亮得有如白晝。源自魔法的電擊瞬間收縮，破壞力非同小可。

位於效果範圍裡的卡吉特部下全都倒在地上。

只有一個人屹立不搖。

「真是的……你為什麼不像那些低等生物（毛毛蟲）一樣輕鬆倒下……難道你發動了『電屬性攻擊無效化』嗎？」

如此詢問的娜貝拉爾發現卡吉特的臉上有些許燒傷的痕跡。

既然這樣，應該是發動比「電屬性攻擊無效化」更低階的防禦魔法「電屬性防禦」吧。

娜貝拉爾對於沒有一次全滅多少感到可惜，接著自我安慰這還算是容許範圍。畢竟只用一招就結束未免太過乏味。

「妳不是單純的笨蛋，而是能使用第三位階魔法的笨蛋嗎！」

「……笨蛋？這個低等生物（蜱蟎）敢罵我笨蛋！」

娜貝拉爾皺起眉頭。

「愚蠢搗亂我的計畫的人，當然是笨蛋。而且搞不懂什麼人才是強者，跑到這裡自尋死路！我的準備已經大功告成！就讓妳見識一下吸滿負向能量的無上寶珠的威力吧！」

卡吉特舉起手上的寶珠。

那是閃耀有如黑色鐵塊的光芒，相當樸實的寶珠。沒有經過琢磨，形狀也不算工整，比較接近原石。娜貝拉爾看到寶珠似乎為之脈動。

突然間，卡吉特被雷擊燒傷全身的六名弟子爬了起來，但是那並非有生命意識的動作。六名弟子帶著遭到死亡控制的動作，搖搖晃晃擋在娜貝拉爾和卡吉特之間。娜貝拉爾納悶地看著眼前的光景。

「讓殭屍當我的對手嗎？」

「哈哈哈哈，說得沒錯。不過這樣就夠了！攻擊！」

身為最低階不死者的殭屍沒有使用魔法的能力，娜貝拉爾對伸出爪子襲來的六名弟子發動魔法。

「電擊球。」

再次發出的白色光球，在周圍發出電擊，將範圍內的所有弟子吞沒。電擊瞬間消失，弟子們再次癱倒地面。雖然輕易解決敵人，但是娜貝拉爾的臉上沒有喜悅之色。

「創造不死者」無法一次產生多隻不死者，這應該是對方使用什麼特殊技能加以輔助的結果吧。

娜貝拉爾的目光移向卡吉特手上的黑色圓球。看來是那個道具的力量，讓他可以一次操控數隻殭屍吧。

不過是這種程度的效果，竟敢誇稱是無上寶珠。納薩力克地下大墳墓的統治者，創造我們的四十一位偉大至尊，才配得上「無上」這個說法。

正當娜貝拉爾感到不悅時，卡吉特發出愉快的聲音：

「夠了！負向能量吸收得非常足夠！」

卡吉特手上的黑色圓球吸收這個墓地的黑暗，看起來似乎散發微光。並且彷彿心跳一般慢慢鼓動，比剛才更加強而有力。

看來若是放任不管，之後會變得很麻煩。

正當如此判斷的娜貝拉爾想要行動時，一道聲音傳來。那是風切聲，記得主人教訓的娜貝拉爾猛力縱身一躍。

巨大物體掠過娜貝拉爾的身邊，然後在卡吉特面前慢慢飄浮之後，降落地面。

那是一隻高約三公尺的人骨集合體。由無數的人骨組成，模仿的對象是脖子很長，擁有翅膀與四隻腳的神獸——龍（Dragon）。由無數骨頭組成的尾巴在地上用力拍了一下。

那是稱為骨龍（Skeletal Dragon）的魔物。

這種魔物的等級對娜貝拉爾來說不算強，但是骨龍的特徵對娜貝拉爾來說很危險。

娜貝拉爾的臉上第一次露出感到驚訝的表情。

「哈哈哈哈！」

卡吉特失控的笑聲在四周響起。

「對魔法具有絕對抗性的骨龍，正是讓魔法吟唱者無計可施的強敵吧！」

娜貝拉爾的魔法無法傷害骨龍，那麼——

連同劍鞘取出主人為了以防萬一，要自己隨身攜帶的劍。劍鞘和劍以繩子綁住，好讓劍無法輕易出鞘。

「——打死你。」

娜貝拉爾跨出一步。

娜貝拉爾俐落躲過打算反擊的骨龍舉起前腳揮下的攻擊。隨著前腳掀起的強風，娜貝拉爾搖曳長髮順勢衝進骨龍的胸口。

接著注入全身的力道——全力揮擊（Full Swing）。

高達三公尺的骨龍就這麼飛了出去。

接著傳來撼動地面的衝擊。

「什麼！」

卡吉特不禁瞠目結舌。

骨龍是由骨頭組成，外表看起來很輕。不過那也只是看起來很輕。每天都在追求魔法力量的魔力系魔法吟唱者，沒有足夠的力氣使出這樣的招式。

卡吉特慌張躲到骨龍的龐大軀體後面大叫：

「——妳、妳到底是誰！該不會是祕銀……不，是山銅等級的冒險者吧！這個城市裡應該沒有這種冒險者，妳是追著我還是克萊門汀來到這裡的吧！」

卡吉特激動得咬牙切齒。

「唉，就是因為這麼激動，才符合低等生物（叩頭蟲）這個說法喔。」

「妳、妳！」

耗費大量的負向能量，甚至花了兩個月時間舉行盛大儀式才誕生的骨龍，怎麼會輸得如此乾脆。這可是自己花費好幾年時間計畫的精心傑作。

就在卡吉特氣得臉紅脖子粗時，骨龍發出唧唧喀喀的聲音，慢慢站了起來。構成胸部的骨頭上面有著巨大裂痕，不斷掉落碎骨。不能再受到追擊。

「不行！不行！不行！」

「負向雷射（Ray of Negative Energy）。」

來自從卡吉特手上的黑色光線照在骨龍身上，以負向能量急速恢復骨龍的傷。

「雖然對魔法具有絕對抗性，卻可以利用魔法恢復呢。」

無視娜貝拉爾的揶揄，卡吉特繼續發動魔法。

「鎧甲強化（Reinforce Armour）。」、「低階增強臂力（Lesser strength）。」、「死者火焰（Undead Flame）。」、「盾牆（Shield Wall）。」

卡吉特不斷使用強化骨龍的魔法。

骨龍的骨頭身體變得更加堅韌，也以魔法方式強化力量，奪命的負能黑火籠罩全身。甚至還有看不見的屏障有如護盾擋在前方。

「既然這樣，我也來吧。」

「鎧甲強化。」、「盾牆。」、「負屬性防禦（Protection Energy Negative）。」

娜貝拉爾也跟著發動防禦魔法。

等到彼此都發動防禦魔法，像是鐘聲響起一般，兩人再次開戰。

娜貝拉爾揮出一劍。

狠狠擊中骨龍的前腳，但是娜貝拉爾皺起眉頭。

雖然和剛才一樣可以輕鬆擊中對方，但是現狀絕對不能算好。既不擅長肉搏戰，武器也不適合。

骨龍的身體是由骨頭組成，所以突刺和斬擊武器的殺傷效果很差。但是娜貝拉爾沒有殺傷力最佳的打擊類武器，因此現在只能使用劍鞘。雖然就戰況來說稍占上風，但是每次揮劍時的平衡性不佳，無法給予骨龍有效傷害。

如果是由專業的戰士使用或許可以取得平衡，然而娜貝拉爾是魔法吟唱者，沒有精通到這個部分。

骨龍的前腳掃過蹲下的娜貝拉爾頭上。雖然籠罩骨龍身體的黑色火焰燒到躲過橫踢的娜貝拉爾身上，不過受到「負屬性防禦」的防禦效果抵擋，黑色火焰立刻消失無蹤。

如果事先沒有防禦，即使躲過招式，也會因為這個追加效果而受傷吧。

「負向雷射。」

卡吉特使用魔法射線治療骨龍的傷。

這也是讓娜貝拉爾皺眉頭的原因之一。不管給予多少傷害，後方的卡吉特馬上會加以治療。雖然想要先攻擊卡吉特，可是卡吉特和娜貝拉爾之間有著骨龍不讓她這麼做。

就算使用「雷擊」這類貫穿系魔法，也會被魔法無效的骨龍擋住。至於範圍系魔法「雷擊球」也會被卡吉特的防禦魔法擋下，幾乎無效。

那麼利用精神操控之類的方式解除防禦，一招就可分出勝負的魔法──

「──迷惑人類。」

「——不死精神（Mind of Undeath）。」

娜貝拉爾和卡吉特同時發動魔法。娜貝拉爾對卡吉特發出迷惑人類的魔法，卡吉特則是對自己發出可讓精神系魔法無效的防禦魔法。

結果——卡吉特露出勝利微笑，娜貝拉爾嘖舌皺眉。

可能因為卡吉特的笑容而分心，娜貝拉爾的臉蒙上陰影。

娜貝拉爾的眼前出現占滿視線的白色物體。

——難以迴避。

腦袋靈光一閃，以劍尖頂著肩膀，把劍當作盾牌。持劍的手和受到攻擊的肩膀傳來一陣衝擊，幾乎快要麻痺全身，娜貝拉爾的身體因此飛到空中。

這是骨龍以臉部為目標，發出甩尾攻擊造成的結果。

「喔、喔喔。」

雖然娜貝拉爾沒有跌倒，身手矯健地雙腳著地，還是不免踉蹌後退。

明明是乘勝追擊的大好機會，骨龍依然堅守崗位。這是因為要保護卡吉特，無法離開太遠的緣故。觀察如此反應的骨龍，娜貝拉爾揮揮麻痺的手，甩除麻痺與疼痛。

這時卡吉特從骨龍背後探頭——

「——強酸標槍（Acid Javelin）。」

「——雷擊。」

卡吉特發出的綠色槍狀物體擊中娜貝拉爾的身體。原本應該給予強酸傷害的標槍，卻在娜貝拉爾的身前數公分處遭到阻擋，失去魔法效果消失無蹤。同一時間，娜貝拉爾從手指發出的雷擊也被站在前方的骨龍擋下，失去效用。

卡吉特和娜貝拉爾互相瞪視。

「……發動防禦魔法嗎？真是麻煩。」

「……麻煩是我的台詞，這個低等生物（簑衣蟲）。別躲在後面，正大光明應戰如何？」

「為什麼我非得出來？」

「你一直困在這裡，計畫不就被打亂了嗎？」

被一針見血說中的卡吉特瞪了過來，娜貝拉爾露出若無其事的微笑。

「……沒辦法了。」

像是下定決心的卡吉特再次握緊奇怪的圓球，然後舉向天際：

「見識一下死之寶珠的力量吧！」

大地為之震動，娜貝拉爾的身體也跟著搖晃。那是巨大物體現身的前兆。

地面在下個瞬間崩裂，白色魔物悠哉現身。

「……第二隻。」

「哼！負向能量已經耗盡了。不過即使如此我也要除掉妳和妳的同伴，只要在這個都市散播死亡，多少可以恢復吧！」

與無動於衷的娜貝拉爾相比，卡吉特的叫聲混雜憤怒情感。

「呼。」

用力吐出一口氣，娜貝拉爾向前衝刺，以常人無法想像的速度奔馳。出乎意料的卡吉特來不及反應。

骨龍對進入攻擊範圍的娜貝拉爾揮出前腳。

娜貝拉爾一個轉身，躲開右方骨龍的前腳攻擊，不過另一隻骨龍正在等她，發出彷彿要掀起地面的甩尾攻擊。

娜貝拉爾向後遠遠跳開，差點擊中自己的巨大尾巴在眼前發出巨響襲來。接著突然改變方向往上舉起，往跳開的娜貝拉爾由上往下揮。

娜貝拉爾雖然向左避開震撼大地的重擊，但是右邊的骨龍也靠了過來揮下前腳。

「咕！」

舉劍擋住聲勢驚人的前腳。雖然沉重的壓力非同小可，不過娜貝拉爾還是穩穩擋住，反推回去。出招的骨龍向後退，讓這場戰鬥出現短暫的空白。

「……妳到底是什麼人？竟然可以不使用武技擋下……到底是如何練就這個體能！」

「因為我是由淩駕神的無上至尊們所創造的。」
「妳是在耍我嗎！」
「即使得知真相也無法理解，還說提出至尊無上名號的我是笨蛋……所以我才會說人類是低等生物（渦蟲）。」
娜貝拉爾以銳利的眼神瞪向卡吉特。那是寒氣逼人，令人不禁想要後退的犀利目光。感覺害怕的卡吉特像是要甩開懼意一般下令：
「上吧！骨龍！」
兩隻骨龍和卡吉特保持適當的距離，再次發動攻擊。
避開骨龍的攻擊想要趁機靠近，卻為了迴避另一隻骨龍的攻擊而失去良機。你來我往的攻防戰膠著了好一陣子，終於出現決定勝負的關鍵一擊。
「強酸標槍。」
娜貝拉爾下意識地把臉轉開，躲過往臉飛來的魔法標槍。
這是嚴重的失誤。即使擊中也沒有效果，可以不予理會。但是因為是迎面襲來，所以反射性地躲開。這是沒有提升近戰能力的魔法吟唱者才會出現的失誤。
這個失誤造成巨大的影響。
「咻！」隨著破風巨響，娜貝拉爾的視野劇烈改變。一口氣飛向旁邊。

感覺到短暫的無重力狀態，然後重重摔落地面。左手挨了一招骨龍的甩尾攻擊。不斷滾動讓她暈頭轉向，分不清自己身在何處。

身體受到多種防禦魔法保護，因此感覺不到什麼疼痛。但是兩隻骨龍正對倒地的娜貝拉爾抬起前腳。

已經無計可施了——一般來說是那樣。

「投降的話可以饒妳一命喔？」

確信勝券在握的卡吉特，對娜貝拉爾露出嗜虐的笑容。

卡吉特當然不打算這麼做吧。那個表情明顯是在期待女子搖尾乞憐之後，依然遭到踐踏的可憐模樣。

挺起上半身的娜貝拉爾氣到整張臉為之扭曲：

「……區……人……」

「……什麼？」

娜貝拉爾目不轉睛地瞪著卡吉特：

「區區的人類，還敢說這種大話，這個垃圾。」

睜圓雙眼的卡吉特氣得發抖，下令要把娜貝拉爾逼到死路。

「消滅她，骨龍！」

兩隻巨龍的前腳舉起時，娜貝拉爾笑了。

娜貝拉爾崇拜的對象。不管他的聲音距離有多遠，一定都能聽見。

「娜貝拉爾．伽瑪！展現納薩力克的威力吧！」

「……遵命。那麼接下來我不再是娜貝，將以娜貝拉爾．伽瑪的身分開始應對。」

骨龍的骨頭前腳向下踩，想將倒地的娜貝拉爾踩爛。在千鈞一髮之際，差點變成肉泥的娜貝拉爾發動魔法。

「傳送（Teleportation）。」

娜貝拉爾的視野立刻切換不同的景象。

娜貝拉爾來到上空五百公尺處。

沒有翅膀的娜貝拉爾當然是往地面垂直掉落。

發出轟隆聲的疾風拍打全身，地面越來越近。娜貝拉爾哈哈大笑：

「——飛行（Fly）。」

降落的速度越來越慢，娜貝拉爾的身體浮在空中，往下可以看到剛才的戰場。卡吉特和兩隻骨龍看不到娜貝拉爾，驚訝地東張西望。

「唉——我已經累了——」

克萊門汀的輕浮話語傳進安茲耳裡。

經過數分鐘的交手，安茲的巨劍一次都沒有碰到過克萊門汀。

「話說回來——你的身手或許不錯——值得炫耀吧——不過——」

表情變成肉食獸的猙獰笑容。

「——你傻了嗎？你只是靠著卓越的體能在揮劍。甚至連虛實都不懂，那樣揮劍和小孩子拿著棍棒亂揮一樣喔。就算雙手各拿一把劍，但要是不會用劍，還不如只用一把劍比較聰明。你太小看戰士了吧？」

「那麼攻擊我吧。妳從剛才開始只是躲避不是嗎？時間拖太久對你們比較不利吧？」

安茲帶著冷笑回應。

克萊門汀皺起眉頭。的確，克萊門汀沒有對安茲發動任何攻擊。

只是在閃躲安茲的攻擊，那也是因為安茲的非凡體能，讓克萊門汀無法抓到適當的攻擊時機。

並非像克萊門汀說的那樣游刃有餘。剛才的強勢發言，讓她對於無法主動出擊的自己感到火大。

「妳那個沒有任何戰士打得贏自己的自信，跑到哪裡去了？」

「…………」

受到安茲挑釁的克萊門汀終於取出武器。她的腰上掛著四把名為短錐的突刺短劍，除此之外還有流星槌，現在拔出其中一把短錐。

以超乎常人的視力確認流星槌沾著類似血污和肉片的穢物，正面交鋒的安茲握緊雙手的巨劍。

正當雙方打算出招時，大地為之震動。

安茲無法從擺出架勢的克萊門汀身上移開視線，只是稍微瞄了一眼，只看到娜貝拉爾激戰的地方，出現兩隻由巨大骨頭組成的龍獸。

「……是骨龍……嗎？」

「答對了——你懂得滿多的嘛。沒錯——那就是魔法吟唱者的剋星。」

「原來如此，那就是娜貝拉爾無法打贏的原因啊。」

「就——是那樣。」

在骨龍登場後恢復冷靜的克萊門汀，再次以嘲諷的語氣開口。安茲皺起頭盔底下的幻影面貌。

對魔法吟唱者來說，骨龍是難纏的強敵。而且還是一次對付兩隻，以現在的娜貝拉爾來說根本毫無勝算。

似乎看穿安茲的焦躁心情，克萊門汀稍微動了一下。

這個舉動帶有牽制的味道，應該還有後續。以戰士來說，看到比自己強大的敵人露出破綻，會確實地趁機攻擊。

將娜貝拉爾的事趕出意識，安茲以嚇阻的意味刺出左手的巨劍，虛晃牽制，同時慢慢提起右手的巨劍蓄勢待發。

克萊門汀的武器是突刺型，不像斬擊武器那樣有五花八門的攻擊方式。只是針對突刺進行強化的武器。而且短錐的纖細結構，沒有強韌到足以和巨劍激烈交鋒。

正因為如此，安茲才會以左手的巨劍牽制保持距離，等待克萊門汀自己靠近。只不過對方也很清楚這一點。

「妳有辦法拉近這個距離嗎？」

「你說呢───」

油腔滑調的克萊門汀一副老神在在的模樣，還有臉上的輕薄笑容，在在都顯示她絕對不是束手無策。
克萊門汀慢慢變換姿勢，很接近蹲踞式起跑的姿勢，不過身體卻是站著，因此模樣很古怪。雖然看起來有些可笑，但絕對不是能夠掉以輕心的姿勢。
這時——克萊門汀出招了。在嚴加戒備的安茲眼前，克萊門汀像是拉到底的彈簧一般彈射而去。
迎面直奔而來。
那是擁有非凡體能的安茲都難以置信的飛奔。
像是暴風在瞬間吞沒一切，克萊門汀轉眼間來到眼前，以相同速度的敏捷身手，鑽過安茲伸出的巨劍下方。
面對克萊門汀有如靈蛇出洞的動作，感到焦急的安茲揮出使勁的右手，斬斷空氣的強烈揮擊帶著超乎想像的破壞力襲向克萊門汀。
在不到剎那的時間裡，安茲看到女子的破顏笑容變得更加強烈。
「——不落要塞。」
看到不可思議的光景，讓安茲大吃一驚。
纖細的短錐竟然正面擋住重量超過十倍的巨劍一擊。
如果乖乖擋下安茲的強力攻擊，短劍應該會斷掉吧，即使奇蹟似地擋住，也會被強大的勁道撞飛。不過安茲的巨劍像是打中莫名結實的城牆，反倒是被劇烈彈開。

彷彿投進戀人的懷抱，克萊門汀衝向毫無防備的安茲胸口。安茲的大半視野頓時變成滿臉笑容的克萊門汀。

比起退後的安茲，對方的攻擊速度更快。將全力奔馳的衝勁與全身力量合而為一，活用重心轉移使出的一擊，簡直可用流星來形容。

隨著閃光，金屬撞擊的刺耳聲音在墓地裡嘰嘰嘰嘰地響起。

克萊門汀躲過安茲的左手隨意揮出的巨劍，向後閃開。

安茲也摸清楚克萊門汀這個花招的祕密。

「——武技嗎！」

YGGDRASIL當中沒有的技能，可說是戰士的魔法——必須戒備的武技。

效果是防禦劍擊和使劍擊的威力無效吧。一定是使用武技彈開安茲的攻擊。

「……真硬啊——那副鎧甲是用什麼東西做的？精鋼……嗎？」

雖然感覺不到疼痛，不過還是有聽到摩擦聲，以及銳利物體刺到左肩的感覺。

安茲望了一眼傳來衝擊的肩膀，鎧甲只是稍微凹陷。雖然沒有特殊魔力，好歹也是百級魔法吟唱者變出來的鎧甲。鎧甲的硬度會隨著等級越來越高，即使如此還是凹損，可見克萊門汀的一擊有多大的破壞力。

「算了。既然這樣，下次——就攻擊防禦比較弱的地方吧——雖然原本想要一點一滴削弱你的力量，等到無法動彈再慢慢折磨的——可惜、可惜。」

知道克萊門汀並非隨便攻擊肩膀，而是企圖打傷安茲的手讓他無法出招後，安茲首次對身為戰士的克萊門汀感到有點佩服。

安茲只會單純揮劍，只想著給予對方傷害。只要能夠確實命中，光是一招就足以讓敵人斃命。不過若是面對高手，也必須仔細思考之後的戰鬥走向。

（真是獲益良多……）

「嗯，那麼我要上囉——」

正當安茲感到佩服時，克萊門汀又做出和剛才一樣的詭異前傾姿勢。安茲則是舉起右手的巨劍準備迎敵。只不過這次沒有刺出左手的巨劍。

對安茲的這個姿勢嗤之以鼻的克萊門汀衝了過來。速度快到擁有驚人動態視力的安茲都難以捕捉，如果不是直線衝來，或許會被她逃出視野。

面對克萊門汀這支全力衝刺的惡兆之箭，打算加以擊落的安茲發動攻擊，揮出右手的巨劍——

「不落要塞。」

——再次被對方發動的武技彈開，不過這個結果早在預料之中。在上次的過招中，安茲因為全力揮劍遭到用力彈開而失衡，所以這一擊沒有使出那麼強的力道。

以臂力擋下彷彿被牆壁彈開的衝擊，安茲揮出左手的巨劍。這次安茲很有把握，對方絕對無法擋下自己使出全力的第二招。

不過說時遲那時快，克萊門汀再次發動另一招武技。

「流水加速。」

這招武技產生了意想不到的驚人結果。

彷彿時間遭到操控的緩慢空間裡——像是掉進黏度極高的液體中，所有動作都變得遲鈍，安茲揮出的巨劍速度也變得非常慢。

可是克萊門汀在這個緩慢世界裡依然維持相同的速度，輕而易舉地躲過反擊，從安茲的正前方鑽過來。

這或許是安茲的錯覺吧。為了預防移動遭到干擾，安茲戴上魔法戒指，不讓自己的行動因為外在因素——或許會有未知的情況——變得遲鈍。

應該只是克萊門汀因為戰鬥變得激動，才會感覺她的速度急速增加吧。最重要的是安茲以前也見過這個武技，當時沒有這種感覺。

「葛傑——」

葛傑夫．史托羅諾夫曾經用過這個武技。

名字才說到一半，短錐就刺了過來。瞄準的目標是頭盔的狹窄縫隙——眼睛。

安茲用力偏頭，雖然沒有被刺中縫隙，頭盔還是響起金屬摩擦的刺耳聲音。來不及鬆一口氣感嘆幸運逃過一劫，視野的一角立刻看到再次拿起短錐準備出招的克萊門汀。

「嘖！」

即使把體能的差距考慮進去，克萊門汀直線的突刺，還是比安茲畫圓的揮劍動作來得迅速。這次的短錐沒有落空，不偏不倚命中安茲。

「嗯——？」

「咕！」

感到詫異的聲音和慌張的聲音同時響起。

安茲手拿巨劍按住頭盔，往後遠遠跳開，不過沒有遭到追擊。

側眼看著狼狽的安茲，克萊門汀感到奇怪地望著短錐劍尖，以嘲笑的模樣說道：

「別再說要讓我了，再不使出全力就要一命嗚呼囉——」

克萊門汀為了釐清自己的疑問，對著默默不語的安茲繼續問道：

「不過你是怎麼辦到的？挨了剛才的一擊竟然毫髮無傷。我還以為那一招肯定可以打傷你耶——」

「……哎呀哎呀。這一戰……真是獲益良多。首先讓我知道武技的存在，不僅如此，也學會了在戰鬥時不能只靠蠻力揮劍，還有運用全身保持平衡出擊有多麼重要。」

「……啥啊？你是白痴嗎？現在才知道……根本不配當戰士嘛。不過反正你都要死在這裡，無所謂了——不過還是希望你回答我的問題……是防禦系的武技嗎——？」

克萊門汀以受不了的模樣開口，安茲在頭盔底下露出苦笑，認為對方的話說得沒錯。

「哎呀，真是學藝不精呢……感謝妳。不過時間緊迫，遊戲就到此結束吧。」

不理會滿臉疑問的克萊門汀，安茲放聲大喊：

「娜貝拉爾．伽瑪！展現納薩力克的威力吧！」

將手中的劍柄轉了一圈，把兩把巨劍的劍尖向下刺進地面。安茲向前伸出空空如也的一隻手，溫柔地向克萊門汀招手：

「那麼，帶著必死的覺悟過來吧。」

●

「……竟然真的會使用『飛行』魔法，看來不是虛張聲勢。不過剛才的那一擊妳是如何躲過的？我在骨龍後面沒能看到……」

從天空緩緩降落的娜貝拉爾，聽到充滿警戒意味的疑問。想不出來她為何不利用「飛行」魔法逃走。特別是遇到骨龍時明明可以撤退卻沒有那麼做，實在令人不解。

「哼，妳有勝算嗎？即使對上對魔法有絕對抗性的骨龍？」

「打贏的方法要多少有多少……不過在此之前……」

娜貝拉爾抓住肩膀，將長袍拉了下來：

「我是效忠於納薩力克地下大墳墓的絕對統治者無上至尊安茲．烏爾．恭的戰鬥女僕（昂宿星團）之一娜貝拉爾．伽瑪。能夠和我戰鬥，你這個低等生物（人類）應該感到要高興。」

身上的裝備變得全然不同。戴著以金、銀、黑色金屬製成的護手、護膝，穿著以漫畫女僕服為概念設計的鎧甲，頭上以白色髮飾取代頭盔。手裡拿著一把內金外銀的手杖。

YGGDRASIL的自製道具，可以利用原有的電腦數據水晶改變性能。娜貝拉爾的長袍藏有快速更衣的水晶，不需耗費更換裝備的時間，可以直接切換事先設定的裝備。取而代之的是脫下來的長袍會存放到空間裡。

看到突然出現在眼前的女僕，納悶卡吉特不斷眨動雙眼，終於理解狀況——

「什麼？」

——接著發出驚訝的叫聲。

眼前的魔法吟唱者突然變成女僕，當然會感到吃驚。

雖然對有如搞笑的裝扮感到不快，但是娜貝拉爾的從容不迫模樣讓卡吉特覺得危險，立

刻命令骨龍發動攻擊。兩隻骨龍以出乎意料的敏捷身手逼近娜貝拉爾，揮出由無數骨頭組成的前腳。在攻擊即將命中之際，娜貝拉爾發動魔法。

「次元移動（Dimensional Move）。」

「又來了！」

娜貝拉爾再次消失無蹤。

為了尋找消失的娜貝拉爾，卡吉特抬頭仰望天空，想起剛才的情況。不過疼痛讓卡吉特知道娜貝拉爾的方向。

「——呀啊！」

墓地裡響起卡吉特的慘叫聲。卡吉特的左肩突然感到灼痛，這股疼痛隨著心臟跳動擴散至全身。

震驚的卡吉特看往傷口，銳利的劍鋒正要離開傷口。

「——唔、唔！」

下個瞬間劍被粗魯拔起，再次感到劇痛。體內傳來劃過骨頭的感覺，在劇痛的加乘下顯得更加不舒服。被劍刺傷的傷口噴出濃稠的血液，弄溼黑色長袍。

因為太過痛苦而流口水的卡吉特，急忙回頭察看到底發生什麼事。

只見娜貝拉爾以納悶的表情站在眼前。

「有那麼痛嗎？」

「——————！」

娜貝拉爾用沒有拿手杖的手，把玩沾著鮮血的黑色短劍。

卡吉特已經痛到說不出話來。

不常上前線的魔法吟唱者，而且受到眾人服侍的卡吉特通常是給予疼痛的一方，不常體驗疼痛的感覺。因此對疼痛的忍受度很低。

額頭滴落汗水的卡吉特在腦中對骨龍下令。娜貝拉爾往後退開，與接近的骨龍拉開距離。「飛行」的速度比一般的奔跑更加迅速。

兩隻骨龍衝進娜貝拉爾離開之後拉開的空間。

躲在骨龍後方，來到安全無虞的位置稍微恢復冷靜的卡吉特，終於理解娜貝拉爾使用了什麼魔法。

那是——

「竟然是傳送魔法！」

「次元移動」雖然屬於第三位階的魔法，不過對魔法吟唱者來說，那只是用來和對手拉開距離的逃脫魔法。

不過那只是運動能力不佳的魔法吟唱者。對身手不比戰士遜色的魔法吟唱者來說，那個魔法的價值可比攻擊魔法。不，因為防不勝防，甚至比差勁的攻擊魔法更強吧。

卡吉特按著肩膀，瞪視娜貝拉爾：

「原來如此，妳的殺手鐧就是利用傳送來殺我嗎！剛才也是利用傳送逃過一劫吧！」

的確是棘手的殺手鐧。既然魔法對骨龍無效，只要殺死操控的施法者即可，這是理所當然的戰法。而且對方又能靈活運用傳送魔法，卡吉特很有可能躲不開。

不過娜貝拉爾回答得一派輕鬆：

「怎麼可能。」

卡吉特瞬間無法理解話中含意，不斷眨動雙眼。像是補充說明一般，娜貝拉爾把劍收回劍鞘：

「只是實際做給你看，我能夠輕易殺了你罷了。」

娜貝拉爾展現出將危機化為轉機的手段，但是自己放棄這個方法。卡吉特完全搞不清楚她的動機。

「……妳瘋了嗎？」

「雖然你只是低等生物（跳蚤），這算是什麼答案？好好動腦吧。」

看到娜貝拉爾冰冷至極的目光，卡吉特全身發抖。

那並非發怒，而是——因為害怕。卡吉特的腦中湧現不安。

「差不多也該結束了。身為屬下如果讓安茲大人久等，那也太失禮了……你似乎認為魔法對骨龍無效，那麼就給你這個低等生物（水黽）大開眼界的機會吧。代價是你的性命。」

放開手杖，拍手的聲音響起——張開的雙手之間有著白色弧形閃電。受到有如龍形扭曲的閃電影響，周圍的空氣也開始滋滋滋放電，閃閃發亮。

娜貝拉爾彷彿是被白色光芒籠罩。

「……呃。」

卡吉特瞠目結舌，啞口無言。他可以理解那是超越自己智慧的驚人魔法。還可以看見娜貝拉爾在耀眼的白光中面帶冷笑。

眼前是骨龍的龐大身軀，想起牠們的存在，卡吉特的心中響起刺耳的警鈴。

「——妳、妳能打倒對魔法有絕對抗性的骨龍嗎！上吧！把她幹掉！」

帶著隱藏不了內心恐懼的走音叫聲，下達指令。

在兩隻骨龍接近時，娜貝拉爾露出冷酷師父教導愚蠢弟子的笑容：

「對魔法有絕對抗性？骨龍確實對魔法具有抗性，不過那個能力只能對付第六位階以下的魔法。」

骨龍還要再一陣子才能攻擊到娜貝拉爾，在這段時間，異常冷靜的卡吉特理解娜貝拉爾的話中含意。

「——也就是說，骨龍無法抵抗能夠使用更高位階魔法的我，娜貝拉爾．伽瑪。」

此言不虛。卡吉特的直覺這麼認為。

也就是說這個女人能解決骨龍，還能將卡吉特送上西天——

「為什麼！我耗費五年時間的心血結晶，不到一個小時就全部付之一炬！」

如此哀號的卡吉特，腦中像是走馬燈出現許多景象。

卡吉特．戴爾．巴丹提爾。

因為村子裡的工作，擁有結實體格的父親和沉穩的母親在斯連教國邊境的村莊生下他，在村裡度過極為「普通」的童年。

他會變成現在這個樣子，起因是看到母親的屍體。

那一天——在夕陽清晰可見的時分，卡吉特氣喘吁吁跑回家中。母親雖然要他早點回家，卻因為一些記不太清楚的小事晚歸。在村郊找尋漂亮石頭，拿棍棒假扮英雄。就是為了這些微不足道的小事而耽誤。

帶著害怕母親責備的心情跑回家，眼前卻是倒臥家中地上的母親。嚇得趕緊跑去觸摸母親時，溫暖的觸感至今依然記憶猶新。

覺得這只是在開玩笑，但卻事與願違。

母親已經撒手人寰。

根據聖職者的說法，死因是「腦中長了血塊」。

也就是說並非人為因素，沒有人有錯。不，卡吉特覺得有一個人應該負責。

那就是自己。如果當時自己能夠早點回家，或許就能解救母親。

斯連教國中有許多信仰系魔法吟唱者，卡吉特的村裡也有好幾個。如果自己向他們求救，或許母親現在依然能健康地展露笑顏。

心愛的母親因痛苦而扭曲的臉，那是自己造成的錯。

卡吉特下定決心，為了彌補自己的過錯——也就是說自己要讓母親重生。

學會的魔法知識越多，遇到的問題越大。

第五位階的信仰系魔法裡有復活魔法，不過那個魔法無法讓母親復活。因為復活時死者會消耗龐大的生命力，生命力不足的死者將會無法復活而灰飛煙滅。母親沒有足以消耗的生命力。

他沒有足夠的時間開發新的復活魔法。放棄人類的身分改當不死者的話，就能爭取更多時間開發新的復活魔法——這是卡吉特得到的結論。

捨棄過去逐步累積的信仰系魔法，走上使用魔力系魔法變成不死者這條路。不過前方依然有障礙阻擋。

走上魔力系魔法吟唱者的這條路，即使是在放棄當人之後，也必須花上很長的時間才能成為高階不死者。當然也有才能等能力的障礙，甚至有可能當不成不死者。

突破這些障礙的方法之一，就是收集龐大的負面能量——沒錯，就是殺死整個城鎮的人，讓他們變成不死者產生負面能量。

就在這個願望即將達成之際，為什麼再次出現障礙。

「我花在這個城鎮的五年準備！過了三十年也難以忘懷的心願！妳有資格將這一切全都毀於一旦嗎！就憑妳這個突然出現的傢伙！」

一道冷笑回覆卡吉特的咆哮：

「我對低等生物（你）的心願一點興趣也沒有。不過你的努力還真是令人忍不住大笑。有句話可以送給你……身為安茲大人的墊腳石，真是辛苦你了。」

「二重最強化・連鎖龍雷（Twin Maximize Magic Chain Dragon Lighting）。」

娜貝拉爾的雙手各自出現蜿蜒奔騰的龍形閃電。

比手臂還粗的雷擊打中骨龍，白色的龐大軀體為之震動。像龍一樣席捲骨龍全身的雷擊，將操控屍體的虛假生命燃燒殆盡。
結果瞬間揭曉。
在魔法雷擊的威力之下，理應對魔法有絕對抗性的骨龍開始四分五裂。
即使骨龍完全粉碎，雷擊依然沒有消失，兩道龍雷像是在尋找獵物一般，抬頭往剩下的最後獵物飛去。
卡吉特的視野被白色雷光所籠罩。
沒有求饒的時間，也沒有哀號的時間。
眼角冒出的淚水瞬間蒸發，只留下呼喚「媽媽。」的低聲呻吟，卡吉特便被強光吞沒，遭到雷擊無情貫穿。
全身抽搐的卡吉特像是跳著奇怪的舞蹈，站在原地扭動身軀。
打從體內激烈燃燒，雷擊消失之後，冒煙的卡吉特滾落地面。
四周滿是燒焦的臭味。
娜貝拉爾聳聳肩，對著肌肉燒焦，縮成一團倒地的卡吉特唸唸有詞：
「即使是低等生物（蟲子），烤過之後的味道也滿香的……拿來送給安特瑪當作禮物不知道好不好。」

說著捕食人類的同僚名字，娜貝拉爾臉上露出嘲諷的笑容。

●

眼前的戰士大大張開雙手，擺出擁抱一般的動作。

「……你在耍什麼花樣——？放棄了嗎？」

「放棄什麼？既然已經對娜貝拉爾下令，我想我們也差不多該做個了結。」

「什麼？你在痴人說夢嗎——？又沒什麼上得了檯面的武技，還以為打得贏本小姐克萊門汀嗎？真是令人火冒三丈。」

「弱者能說出這種玩笑話，也算了不起了。」

雖然激動地想反駁「那是你吧？」但是克萊門汀將沸騰的內心壓抑下來。

眼前的男人身為戰士的技能雖然低落，但是體能大幅超越常人。就她所知，僅次於兩名神人——漆黑聖典的番外和身為首席的隊長。因此他那隨著情感揮劍的方式會形成雜亂無章的攻防，一不小心還有可能遭到致命一擊。

裝出平常的嘲笑表情，克萊門汀出言挑釁：

「……算了，我也贊成做個了結——」

戰士飛飛只是以聳肩代替回答。

克萊門汀冷靜觀察男子的姿勢，雖然破綻百出，但是不可能只有這樣。一定是陷阱。

不過克萊門汀沒有選擇，剛才的話雖然像是開玩笑，其實是真心話。如果能夠借用骨龍的力量應該可以逃脫，只是不能再浪費時間。雖然是為了甩開潛入這裡的風花聖典成員，但是浪費太多時間在遊玩上了。

克萊門汀慢慢蹲下，在手上的短錐施加力道。

速戰速決。可能的話想要一招決勝負。

雖然也是因為沒有時間可以浪費，但是眼前這個戰士的攻防已經變得越來越協調，還是在他成長到無法收拾之前解決比較安全。

大大吐出一口氣，克萊門汀向前衝刺。「疾風走破。」、「超迴避。」、「能力提升。」、「能力超提升。」和剛才一樣使出四個武技，企圖稍微拉近雙方的體能。而且不管飛飛做了什麼，都還有餘力使用武技。

在加速的世界裡，完美掌握對方的動作。

會從地上拔起劍來攻擊，或是使用武技、格鬥技，還是隱藏武器，不，或許也會使用投擲武器。

克萊門汀猜測對方可能使用的數十種戰法。克萊門汀有自信可以全部加以擊潰。

然而克萊門汀的所有預測全都落空。

——對方沒有使出任何招式。

黑暗戰士只是張開雙手，做出等待攻擊的動作。

她的背不禁發抖。那是超乎克萊門汀的想像，對於未知的恐懼。

是該勇敢向前出招，還是退後逃走。

只有兩條路可以選。

克萊門汀雖然殘忍無情，但是絕非笨蛋。在不滿剎那的短暫時間裡，高速計算無數的可能性和應付方法。

最後激勵克萊門汀的是對自己的信心和尊嚴。

雖然已經脫離，但是曾經隸屬斯連教國的最強特殊部隊——漆黑聖典，裡面勝過自己的不過兩人。這樣的自己不該夾著尾巴逃離飛飛這個默默無聞又缺乏戰士實力的泛泛之輩。

一旦下定決心，接下來就一切好辦。不再遲疑，恢復一流戰士的沉著冷靜後，克萊門汀往飛飛的胸口奔去——近到幾乎快要相擁。

「去死吧——！」

動用全身肌肉的克萊門汀將短錐刺向全罩頭盔的縫隙。然後加以轉動，彷彿是要刺入腦袋深處一般使勁，不僅如此，還以打算破壞其他器官的動作下手。企圖給予確實的致命傷。

雖然裝備鎧甲的手以抱住克萊門汀的動作靠攏，但是她毫不在意，繼續追擊。

克萊門汀根據自己想要確實給予致命一擊的想法，解放儲存在短錐上的魔法力量。那個魔法是「雷擊」。

安茲的全身遭到雷擊貫穿。

克萊門汀的武器有施加魔法累積（Magic Accumulate）的附加魔法。如果將累積的魔法一次發出，雖然會消耗殆盡，但是這個附加魔法可以累積各種不同的魔法，所以能根據狀況準備魔法，相當方便。

短錐刺入頭蓋骨，還附上雷擊這份大禮——確實給了致命一擊。

不過——

「還沒結束喔！」

「流水加速。」

以加快的速度拔出另一把短錐刺入頭盔的縫隙，然後解放儲存在短錐上的「火球」。克萊門汀幻想飛飛的身體從內部燃燒殆盡的光景，感覺好像聞到肉體燒焦的味道。

不過——克萊門汀對出乎意料的景象感到驚愕，睜大雙眼。

「嗯，原來如此。ＹＧＧＤＲＡＳＩＬ倒是沒有這種魔法武器。長見識了。」

安茲被短錐刺中雙眼之後，依然以悠哉的語氣喃喃自語。克萊門汀這才驚覺之前刺入縫隙時，沒有沾上血液。

「不會吧！怎麼可能！為什麼不會死！」
沒有聽說過這種無敵的武技。還是他有什麼用來對付突刺的方法？若是如此，那麼之後追加的魔法攻擊又是如何擋下？
即使是身經百戰的克萊門汀，也無法回答這個問題。
「！」
克萊門汀的身體被抱住，飛飛和克萊門汀靠在一起，冒險者的金屬牌發出喀啦聲響。
「讓我告訴妳正確答案吧？」
漆黑鎧甲彷彿煙霧消失無蹤，露出底下的可怕容貌。
那是無肉無皮的頭蓋骨。在空洞的眼窩中——被刺穿的護目鏡上面插著短錐，但是完全沒有痛苦的模樣。
克萊門汀知道那副外貌代表什麼：
「不死者……死者大魔法師！」
「……？……有很多事想問妳，不過算了。只能說妳的答案很接近。那麼——」
克萊門汀覺得眼前的這個怪物——既然沒有皮膚也沒有肉，應該沒有表情，但卻覺得他似乎帶著滿臉笑容。
「妳的感覺如何？拿劍和魔法吟唱者對戰的感覺是什麼？無法咻咻咻地結束又是什麼感

覺？」

「別、別小看我！」

克萊門汀雖然使盡全力想要掙脫，卻像是被牢固的鎖鍊綁住動彈不得。

死者大魔法師的確是強大的不死者，擅長使用魔力等能力，但是體能並不高，相較之下應該是克萊門汀占上風。不過──

「為、為什麼！」

──掙脫不了。

領悟到剛才的鐵腕──強大的體能並非鎧甲的魔法效果之後，克萊門汀全身僵硬。腦中描繪的景象是蜘蛛網上的蝴蝶，無法可施。

「……這就是讓妳的真相。簡單來說，像妳這種對手，根本不值得我使出全力──也就是使用魔法來對付。」

「該死──！」

「那麼既然真相大白，開始……之前，這個很礙事呢。」

滋滋滋的聲音響起，死者大魔法師將插進眼睛的短錐拔出，扔到一旁。在不死者拔劍的期間，克萊門汀依然死命掙脫，但是即使全力掙扎似乎也比不上他一隻手的力量，只能維持被抱住的狀態，動彈不得。

兩把短錐都拔掉後，空洞的眼窩發出邪惡的紅色光芒，看向用盡力氣而氣息紊亂的克萊門汀。

「那就開始囉？」

提防著不知道對方要搞什麼花樣的克萊門汀，和死者大魔法師的距離比情人還要接近。接著耳裡傳來嘰嘰嘰的詭異聲音。

克萊門汀理解到死者大魔法師想做什麼，背脊傳來彷彿被冰柱刺中的寒意。

「……不會吧……不會吧，你這傢伙——！」

那個刺耳的聲音來自凹陷的鎧甲。

——這傢伙想用自己的胸膛擠扁自己。

死者大魔法師也會受到鎧甲壓迫，但是應該用了什麼方法把身體變得堅硬吧。不動如山的身體彷彿厚重的牆壁。

「妳如果更弱一點……」

死者大魔法師不知從哪裡取出一把短劍。黑色劍身，劍柄鑲著四顆寶石。

「想用這把劍給妳致命一擊……不過不管是被劍刺死、被折斷背脊而死，還是被擠死都大同小異吧？結果都是死。」

克萊門汀全身發抖。

聽到這句輕浮的玩笑時，壓力也不斷增強，胸口的壓迫感變得難以忍受。至今為止殺害冒險者得到的金屬牌受不了不斷增加的壓力，像是遭到埋葬紛紛落地。第一個掉下來的是剛得到的銀牌。

越來越痛苦的呼吸非常可怕。

抱住自己的手臂令人怨恨。

對於為了提升迴避力，為了掛上冒險者的金屬牌穿著輕便裝束的自己感到怨恨。

知道劍對他沒用的克萊門汀，以拳頭發狂地搥打死者大魔法師的臉，但是那種打法應該是克萊門汀比較痛。然而克萊門汀已經無暇感到疼痛，甚至拔起流星槌加以搥打，但是使得不順手，反倒弄傷自己。

可以輕易想見之後的命運，越來越難受的呼吸、不斷遭到壓迫的腹部，還有壓扁的鎧甲，這些都如實告知自己的命運。

「別掙扎了。只要移動手臂壓住的位置，妳可是很快就會一命嗚呼喔？妳在殺他們時也花了不少時間吧，所以我也要慢慢折磨妳。」

克萊門汀拚命攻擊。

伸手想把臉推開，不斷亂抓到指甲快要脫落，連牙齒都用上了——但是所有攻擊都沒有效果，難受的壓迫依然持續。

即使再怎麼掙扎，也無法掙脫手臂的束縛。即使如此，克萊門汀還是不放棄掙扎，在呼吸困難，視野縮小之中，為一線生機賭上一切。

「死亡之舞嗎？」

甚至沒有力氣去聽微弱的低語。

隨著嘔吐聲，嘔吐物噴到安茲身上。安茲空洞眼窩的紅色光芒閃過厭惡之色。

甩動雙手，努力想要逃走的克萊門汀，已經變成不斷痙攣的軀體。

安茲沒有因此放鬆手臂的力道，反而更加用力。不久之後，安茲的手傳來粗大骨頭折斷的感覺。

安茲放開連痙攣也做不到的身體。

隨著砰的聲響，克萊門汀的身體像個垃圾滾落墓地。臉上因為痛苦和恐懼皺成一團，慘不忍睹。甚至像是從深海釣起的魚，可以從口中看見內臟。

拿出無限水壺，利用不斷湧出的清水洗淨黏在身體的嘔吐物，同時對無法回應的克萊門汀輕輕說道：

「忘了告訴妳……我非常任性。」

5

正當因為清洗骯髒的身體而弄濕衣服感到不快時，感覺好像有什麼巨大的物體急馳而來。看往聲音的方向，發現來者果然是倉助。

倉助的戰鬥力和安茲、娜貝拉爾相比天差地遠，如果讓牠參戰而受傷會造成無謂的損失，所以要牠在稍遠的地方待命。應該是察覺沒有打鬥的聲響，才會跑過來吧。

領悟到超巨大倉鼠可愛臉上的細微表情變化——擔心安茲的安危——安茲有些無力。

不知道主人抱持這種心情的巨大倉鼠，以超乎想像的矯健身手跑來之後環顧四周，和安茲四目相交的瞬間——

「哇——！」

翻身露出肚子不斷大叫：

「……這裡有可怕怪物！主公——！主公——！」

感覺全身無力的安茲不禁抱頭。話說還沒讓倉助看過自己的真面目。不過不能放任牠繼續大吵。往遠方的圍牆一看，冒險者們還在與死靈搏鬥，雖然以距離來判斷，他們應該聽不到，但是誰也無法保證。

安茲以嚴厲的語氣斥責：

「……不要再耍寶了。」

「唔？如此雄壯威武的聲音……難道是主公嗎！」

「……沒錯。所以叫你聲音小一點。」

「不會吧！如此超乎想像的模樣……雖然早就主公擁有超強的力量……屬下倉助更加誓死效忠！」

「這樣啊。不過我再說一次，音量壓低。」

「太、太過分了，主公！別那麼輕易忽略鄙人的誓死宣示！」

「……你沒聽到安茲大人的話嗎？蠢蛋。」

倉助的身體一扁，被踢飛到遠方。

娜貝拉爾的腳出現在剛才倉助的所在位置，接著緩緩收回。

「安茲大人，這隻愚蠢的生物應該沒有什麼飼養價值吧。可以讓屬下以雷擊將牠燃燒殆盡嗎？」

「不……使喚森林賢王的評價有很高的價值，光是帶著活生生的牠上路就有好處。言歸正傳，娜貝拉爾，沒什麼時間了，快去回收他們的所有物。可能需要將遺物交給當地的治安機關，有必要事先調查這些東西的價值。」

「遵命。」

「我在祠堂裡，之後就交給妳了。」

「是！請問屍體要怎麼處置？要運回納薩力克嗎？」

「不，可能要把這個事件的主謀者交出去，所以只要搜括他們的裝備即可。」

「遵命。」

「好痛……」

對著跑回來的倉助故意大嘆一口氣，娜貝拉爾送上冰冷的目光：

「比起自己的一切，更要留意安茲大人說的話。這可是身為僕人的本分。像你這樣的生物好歹也是最下等的僕役，一言一行都要小心謹慎，否則立刻宰了你。」

倉助全身發抖。

「下次就不是物理攻擊，而是用魔法施加懲罰。在不違背安茲大人的旨意下，會讓你痛到求生不得求死不能。」

「明白了……請別露出那種恐怖表情……不過主公威風凜凜的新模樣真是令人驚訝，實在英明神武。」

娜貝拉爾的表情稍微變得緩和：

「是啊。安茲大人的模樣真的很英明神武，既然能看出這點，多少還算有點眼光。」

「謝謝稱讚。如果那是主公原本的模樣，莫非娜貝拉爾大人也有別的面貌？」

「……我是二重幻影(Doppelganger)。這張臉只是以本身的能力變出來的。你看。」

拆開護手露出的手指只有三根，比人類的手指長，看起來好像尺蠖蟲。

「原、原來如此。」

「不用那麼驚訝，你也在繁榮的納薩力克地下大墳墓之中名列奴僕末席，別為了這點小事大驚小怪。言歸正傳，我要從屍體身上回收道具，你也來幫忙吧。」

「是的！了解！」

少年恩弗雷亞就在祠堂裡。看見少年的安茲，眼窩中的紅色光輝變得暗沉。

身穿奇怪的透明服裝引人矚目，不過安茲注意到他的臉。

臉上有著直線刀傷劃過眼睛，還可看到有如眼淚的紅黑色凝固血跡，明顯已經失明。

「不過……失明還有救……魔法真是方便。」

問題是恩弗雷亞的現狀。

直直站立的他對安茲的到來沒有反應，即使眼睛看不見，應該還是能夠知道有人來到面前。但是沒有任何反應，那就表示——他的精神遭到控制。問題是遭到什麼控制？

「絕對是這個吧。」

安茲的目光看著戴在恩弗雷亞頭上，類似蜘蛛網的頭冠。應該說除此之外，已經沒有其他可疑的東西。

想要摘下頭冠的安茲隨意伸手時，突然停了下來。既然不知道是什麼原因造成這個狀況，就不應該隨便出手。所以安茲對頭冠發動魔法。

「道具高階鑑定（All Appraisal Magic Item）。」

在YGGDRASIL中，利用這個魔法可以得知道具的製作者和效果。而且在這個世界也能發動這個魔法。不，甚至有過之而無不及，在YGGDRASIL中不可能出現的訊息一一浮現在安茲的腦中。

「……智者頭冠……原來如此。可是……這個道具的性能不可能在YGGDRASIL中出現……是無法在YGGDRASIL重現的道具啊。」

得到知識的安茲發出些許感嘆的聲音，開始思考該怎麼做。

考慮的重點在於將恩弗雷亞帶回地下大墳墓的好處。能夠獲得稀有道具和天生異能的吸引力非常大。

不過也只猶豫了一瞬間。

「既然接下工作的委託，故意失敗可是有損安茲・烏爾・恭的威名——粉碎吧，『高階道具破壞』。」

安茲對頭冠施展魔法。變成無數細小光芒四分五裂的景象實在美麗。

安茲溫柔抱住癱軟的少年，然後小心翼翼讓他躺下，打量他的臉：

「接下來……只剩下治療眼睛……不過還是別在這裡進行……」

安茲摸摸自己的臉，慢慢起身。召喚出來的不死者雖然還沒全滅，但是的確已有幾隻遭到解決。不久之後援軍——礙事者一定會找到這裡。在此之前，必須重施幻術以及製造鎧甲和劍才行。

而且也得趕緊回收道具。

和在YGGDRASIL進行PK時不同，安茲對於可以理所當然地將所有武器、裝備據為己有而竊喜。

回頭觀望是否有必要幫忙娜貝拉爾回收道具時，娜貝拉爾剛好出現在祠堂的入口。

「安茲大人。」

「怎麼了嗎？已經將對方的武裝全部回收了嗎？包括金錢也要喔？」

「是的，關於這件事有點問題。就是這個。」

來到祠堂入口的娜貝拉爾手上，拿著一顆黑色圓珠，形狀不太平整，與河邊隨處可見的石頭相當類似，看起來不像具有價值。

「……那是什麼？」

「是的，好像是和我戰鬥的低等生物非常寶貝的道具。但是不知道有什麼效果……」

「這樣啊。」

NPC的娜貝拉爾學會的魔法數量比安茲少上許多，主要都是戰鬥魔法。所以才會無法判斷它的價值吧。

安茲拿起那顆圓珠，再次發動剛才的魔法。

「道具高階鑑定。」

安茲眼睛的紅色光芒為之一亮：

「這是什麼……？死之寶珠？而且……還是智慧道具？」

死之寶珠這個名字倒是很氣派，但是沒什麼了不起。

具有對不死者的統治力加以輔助，還有能夠在一天之內使用數次不同的死靈系魔法，但是這些對安茲都沒有什麼吸引力。雖然能夠操控害怕死之寶珠的人類，但是無法控制安茲、娜貝拉爾這種施加反精神操控魔法的對象和亞人類、異形類。

「說不上是好是壞的道具……」

只有一點讓安茲很感興趣，那就是「智慧道具」。

安茲輕戳了它一下，差點想要叫它說話時，腦中突然響起一道聲音。

——初次見面，偉大的「死」之王。

可以聽到腦中響起這句話。安茲目不轉睛地望著寶珠，因為這裡是有魔法和魔物的世界，所以這種事也不值得大驚小怪。

「唔，真的是智慧道具。」

安茲靈活地在手上滾動寶珠。然後繼續仔細打量，寶珠沒有說話的跡象。安茲思考了一下這個狀況，將想到的可能性說出口：

「我允許你說話。」

——非常感謝。偉大的死之王。

這個反應讓安茲想起納薩力克那些忠心耿耿的NPC，輕輕笑了出來。

——在下對於您散發的無上「死」之氣息感到尊敬與崇拜。

「說下去。」

應該已經解除所有靈氣系魔法，這個道具到底是根據什麼稱呼我為「死之王」。

——謝謝，無上的死之尊者。能夠和這麼崇高偉大的您相遇，讓在下對存在於這個世界所有的死深表感謝。

雖然有點奉承，不過這句話似乎發自內心的肺腑之言。這讓安茲感到背脊有些發癢，驕傲地挺起胸膛：

「所以呢？除了拍馬屁外，還有什麼話想說嗎？」

——是的，在下深知這個不情之請非常不敬，還請幫忙實現在下這個願望。

「什麼願望？」

——是的。一直以來，在下都以為自己是為了散播死亡才來到這個世界，但是在遇到您這樣偉大的「死之王」之後，在下才恍然大悟，自己是為了什麼而誕生——那就是為了服侍您才誕生到這個世界。

「……喔。」

——偉大的「死之王」啊，請接受在下的忠誠，希望在您的忠心奴僕中，也有在下的一席之地。

聲音聽起來相當真摯，如果它有頭的話，現在應該低下來了吧。安茲左手握拳靠到嘴邊，開始思考。將它收為部下的優缺點，還有是否能夠信賴等等。

安茲仔細打量這個道具。如果以「安全」為考量就是毀了它，不過在ＹＧＧＤＲＡＳＩＬ中沒有這種道具，毀了它實在太過可惜。

對寶珠施加幾個防禦魔法後，安茲呼喚位於祠堂入口的巨大倉鼠：

「倉助。」

「主公有何指示？」

「拿去。」

安茲將手上的寶珠丟過去。倉助身手矯捷地接住。
「請問主公此為何物？」
「是魔法道具。你會用嗎？」
「嗯……應該會用！不過好吵！吵到想要還給主公。」
娜貝拉爾睜大眼睛瞪著倉助：
「您要賜給這樣的新人嗎？」
從稍微失控的聲音，可以知道娜貝拉爾有多麼震驚。
「雖然已經做足反探知的對策，還是不能說絕對安全，所以才把它交給倉助。」
「原來如此！不愧是安茲大人。可以說是無懈可擊的明智判斷。」
眼前是感到理解的娜貝拉爾，還有鼓起比人類拳頭大一點的雙頰，深深點頭的倉助。
正當想要對兩人下令撤退時，安茲看到了自己的鮮紅披風，一時興起玩心，抓住披風的邊緣：
「如果回收工作已經結束，那就帶著恩弗雷亞——」安茲誇張揮動鮮紅披風。「——凱旋而歸吧。」

Epilogue

推開之前投宿的旅館房門。

旅館瞬間一片寂靜，無數的目光全都集中在安茲身上，這次沒人阻擋，順利來到老闆面前。

「你……」

老闆和客人的視線全都被安茲脖子上的金屬牌吸引。

安茲帶著微笑一般的輕鬆語氣，只說了一句話：

「雙人房。」

放下銀幣之後，從不發一語的旅館老闆手中收下鑰匙。

就這樣走進房間的安茲解除自己的魔法，回復原本的真面目。

掛在脖子上的祕銀牌碰到涅墨亞之獅，發出清澈的聲音。不久之前才在工會說明昨晚的墓地事件，便收到這個金屬牌。

旅館會鴉雀無聲的原因，不消說就是這個金屬牌的緣故。幾天前才戴著銅牌的男子，下次現身時等級已經大幅提升，這恐怕顛覆他們過去累積的常識吧。

他們的坦率反應雖然讓安茲充滿優越感，但也覺得不滿。因為心裡打的如意算盤是一口氣升到山銅級，卻只升到前一級。如果真的得到山銅牌，他們又會做出什麼反應呢？

不過這並非不可能的事。

關於這個事件，還只有一小部分人知道。不過在工會說明事件經過時，安茲立下的功績實在令人難以置信，原本甚至可以直接升為精鋼級。結果沒有受到那樣的評價，是因為安茲過去沒有任何功績，而且事件調查還不充分，工會方面為了謹慎起見才會如此認定。

也就是說，在工會內部已經把安茲認定為是王國裡僅有兩支的精鋼級。

不僅如此，隨著時間的經過，墓地的那一戰和安茲——飛飛這個冒險者的威名，一定會傳遍整個城鎮。因為死裡逃生的衛兵們絕對會把安茲的事當成茶餘飯後的話題吧。

計畫進行得太過順利，讓安茲不禁露出笑容。這何止是順利，簡直是完美的第一步。

安茲用手指彈了一下祕銀牌，娜貝拉爾說出心中的疑問：

「請問那兩個人要如何處置？對方表示關於報酬方面會另外聯絡。」

娜貝拉爾說的那兩個人是指恩弗雷亞和莉吉——兩名藥師。安茲的心裡早已決定要如何處置他們。

「莉吉說過她會支付所有一切，所以我會讓她帶著孫子過去卡恩村。我要讓她為我——不，是為納薩力克地下大墳墓製作藥水。」

「……納薩力克也有人會製作藥水，為什麼要特地找那種低等生物（海腸）製作呢？」

「因為我想要新的力量。」

娜貝拉爾只是目瞪口呆，沒有任何反應，所以安茲繼續解釋：

「考慮到藥水材料可能枯竭，必須開發ＹＧＧＤＲＡＳＩＬ以外的藥水製作方法。而且也應該開發融合這個世界和ＹＧＧＤＲＡＳＩＬ技術的新能力。因為我們可能已經落後六百年。當然了，必須嚴重警告他們絕對不能散播製作的藥水……但是以她的模樣來看，應該沒問題。」

安茲想起將恩弗雷亞帶回去時，莉吉的反應。

雖然已經治療恩弗雷亞的眼睛，但是可能太過震驚，直到現在還昏迷不醒。即使如此，得知孫子沒有性命之憂的莉吉依然老淚縱橫，心懷感謝地表示絕對會支付約定的報酬。

「莉吉的事先放在一旁，目前有更要緊的事必須處理。」

安茲發動「訊息」聯絡雅兒貝德。

雖然收到來自安特瑪的「訊息」，不過之前沒什麼空閒才會這麼晚聯絡，安茲只能先請對方不予計較。在那之後實在忙得不可開交。

「訊息」終於聯絡上雅兒貝德後，對方說的第一句話遠遠超乎自己的想像。

『——安茲大人。夏提雅．布拉德弗倫造反了。』

瞬間無法理解這句話的意思，雅兒貝德的話好不容易傳進腦裡的安茲反應十分愚蠢。

「……啥啊？」

OVERLORD
Characters

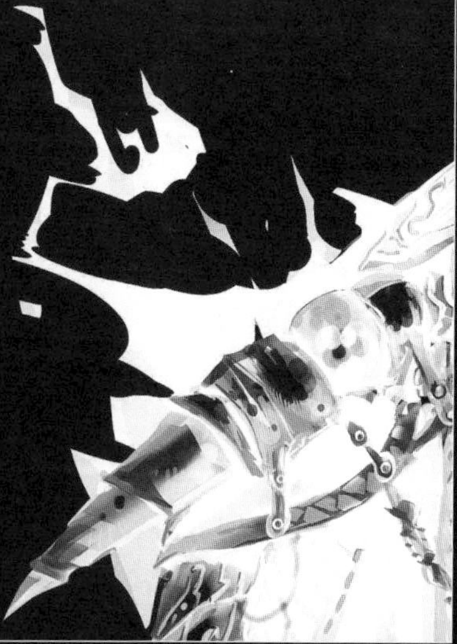

角色介紹

Character 5

科塞特斯

異形類種族

cocytus

冰河統治者

職位——納薩力克地下大墳墓地下第五層守護者。

住處——地下第五層大白球(Snowball Earth)。

屬性——中立——[正義值:50]

種族等級—昆蟲戰士(Insect Fighter)——10 lv

蟲王(Worm Lord)——10 lv

其他

職業等級—劍聖——10 lv

阿修羅——5 lv

尼福爾海姆騎士——5 lv

其他

[種族等級]+[職業等級]——合計100級

●種族等級 職業等級●

總級數30級 總級數70級

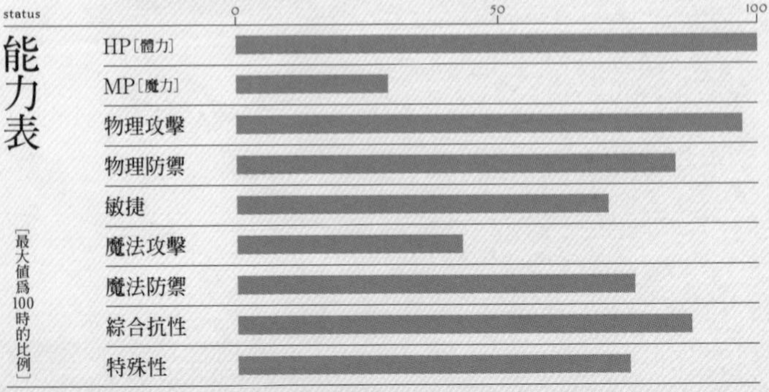

Character 6

迪米烏哥斯

異形類種族

demiurge

炎獄造物主

職位——納薩力克地下大墳墓
地下第七層守護者。

住處——地下第七層赤熱神殿。

屬性——極惡——[正義值:-500]

種族等級 — 小惡魔(Imp)——10lv
最高階惡魔(Archdevil)——5lv
其他

職業等級 — 渾沌——10lv
黑暗王子——10lv
變形魔(Shapeshifter)——10lv
其他

[種族等級]+[職業等級]——合計100級
●種族等級 職業等級●
總級數35級 總級數65級

status

能力表

[最大值爲100時的比例]

0 50 100

HP[體力]
MP[魔力]
物理攻擊
物理防禦
敏捷
魔法攻擊
魔法防禦
綜合抗性
特殊性

Character 7

娜貝拉爾·伽瑪

異形類種族

narberal·Γ

不知變通的戰鬥女僕

職位——納薩力克地下大墳墓戰鬥女僕。

住處——地下第九層的傭人房之一。

屬性——邪惡——[正義值:-400]

種族等級—二重幻影(Doppelgänger)——1lv

職業等級—戰士——1lv

戰法師——10lv

元素法師——10lv

武裝法師——10lv

其他

[種族等級]+[職業等級]——合計63級

●種族等級 職業等級●

總級數1級 總級數62級

status

能力表

[最大値爲100時的比例]

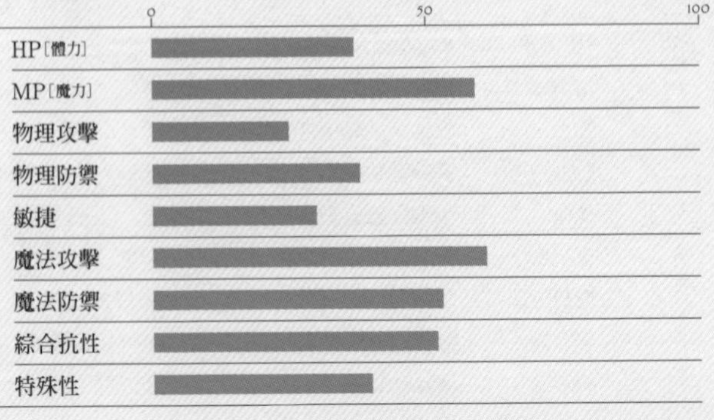

Character 8

倉助

異形類種族

hamusuke

森林賢王（名不副實by安茲）

職位——安茲的寵物？
（我們有意見 by 部分女性 NPC）

住處——安茲的房間？

屬性——中立——[正義值：0]

種族等級 —YGGDRASIL中沒有相同種族所以不明。

職業等級 —YGGDRASIL中沒有相同種族所以不明。

※推測略高於30lv。

status

能力表

[最大值為100時的比例]

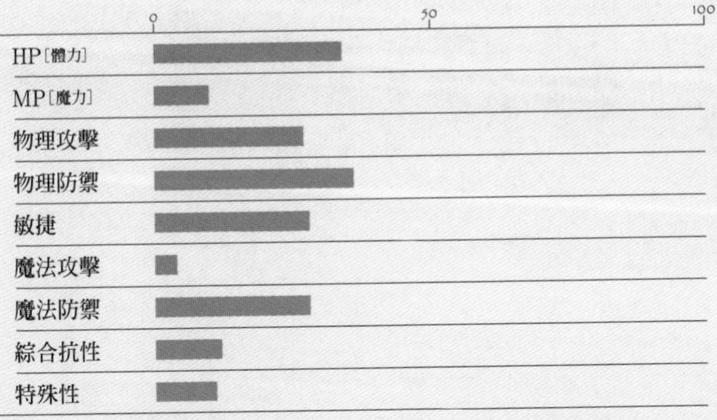

後記

各位讀者，好久不見了。我是丸山くがね。

在修改戰鬥場面的描述時有個小插曲，那就是在實際演練動作時，揮出的左手不小心撞倒裝滿咖啡牛奶的杯子。咖啡色液體灑滿四周著實讓我欲哭無淚，床鋪雖然受害，幸好範圍不大，稿子倖免於難也算是不幸中的大幸……有興趣的讀者可以找一下弄倒咖啡牛奶的是在哪個場景。就是那人覺得有乳臭味的地方。

經過如此波折的《OVERLORD2 黑暗戰士》。如能讓各位讀者樂在其中，那將是我的榮幸。

這次的故事應該可以推薦給那些已經厭倦老是前往解救女性角色的老梗劇情的讀者吧？既然男女平等，那麼前往解救男性的主角也不錯吧？雖然主角凡事都會立刻想到自己的利益，如果各位能夠喜歡這種頗富心機的角色，我將感到非常高興。

那麼接下來請讓我發表心中的感謝。

這次也替本書畫出美麗插畫的so-bin大人。成品比作者腦中想像的畫面更加精彩，受到完成的插畫刺激，讓我認真重寫了戰鬥場景。

再次幫忙完成精美書衣與書腰的Chord Design Studio。幫忙修改、校對難以閱讀的部分的大迫大人，這次也非常感謝。編輯F田大人，很多地方都給您添麻煩了。還有請再多增加一點紅色吧！不，我知道沒有比較好……

還有大學時代的好朋友Honey，這次也多謝你了。

然後最應該感謝的是購買本書的各位讀者，還有在網路連載時，賜予感想的網友們，真的非常感謝。大家的感想總會給我滿滿的動力。

那麼下一集……應該可以比這一集更輕鬆吧……要再重看嗎？其實不太想……不，為了創作有趣的作品就該做到……喔喔，碎碎唸就到此為止，差不多要和大家道別了。

我會繼續努力，希望第三集還能有機會和大家見面。

下次再會。

二〇一二年十一月　**丸山くがね**

Postscript by So-bin

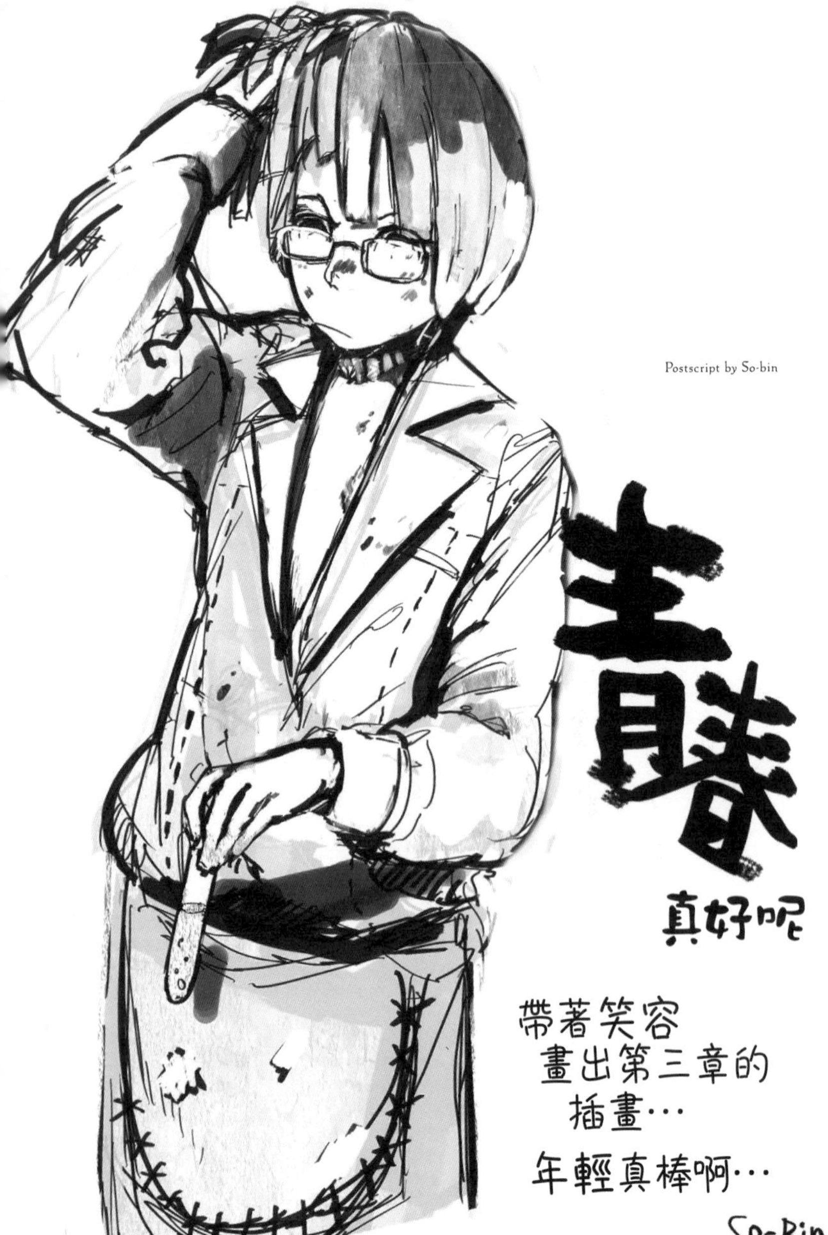
青春
真好呢
帶著笑容
畫出第三章的
插畫…
年輕真棒啊…
So-Bin

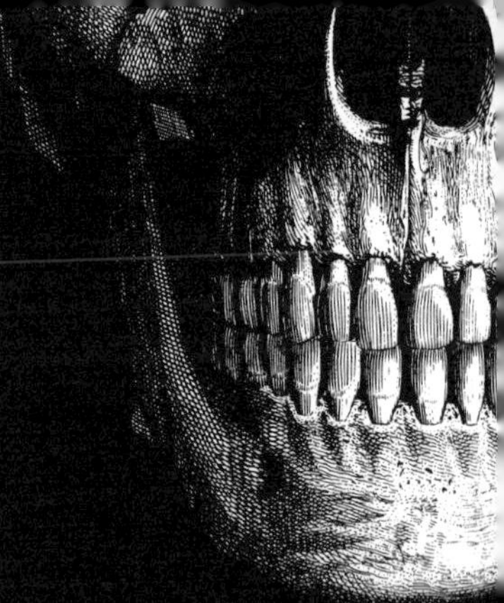

夏提雅的造反

在安茲以冒險者身分潛入城鎮的背後，到底發生了什麼事？面對堪稱

「天敵」的背叛，最強守護者雅兒貝德又會採取什麼行動？納薩力克地下大墳墓爲之震撼的

第3集

Volume Three

OVERLORD 3

鮮血的戰鬥少女

OVERLORD Kugane Maruyama | illustration by so-bin

丸山くがね

illustration●so-bin

敬請期待第3集

Kadokawa Light Novels

©2012 Ninj @ Entertainment

忍者殺手 火燒新埼玉 1 待續

Kadokawa Fantastic Novels

作者：布拉德雷・龐德／菲利浦・N・摩西　插畫：わらいなく

在twitter上掀起狂熱的
翻譯連載小說終於出書！

普通的上班族藤木戶健二，他的妻子在忍者鬥爭中喪命。當他也面臨自身性命存亡的危機時，竟然被謎之忍者靈魂附身了！鬼門關前走一遭的藤木戶，從此成為「忍者殺手」，專門追殺忍者，為了復仇而戰！

台灣角川

NT$260/HK$75

國家圖書館出版品預行編目資料

Overlord. 2, 黑暗戰士 / 丸山くがね作；
曉峰譯. -- 初版. -- 臺北市：
臺灣角川, 2014.03
面； 公分. -- (Kadokawa fantastic novels)

譯自：オーバーロード. 2, 漆黒の戰士
ISBN 978-986-325-852-0（平裝）

861.57 103001854

Kadokawa
Fantastic
Novels

OVERLORD 2
黑暗戰士

（原著名：オーバーロード2 漆黒の戦士）

2014年3月26日 初版第1刷發行
2022年10月25日 初版第16刷發行

作者：丸山くがね
插畫：so-bin
譯者：曉峰

發行人：岩崎剛人
總編輯：蔡佩芬
主編：朱哲成
美術設計：黃永漢
印務：李明修（主任）、張加恩（主任）、張凱棋
發行所：台灣角川股份有限公司
地址：104台北市中山區松江路223號3樓
電話：（02）2515-3000
傳真：（02）2515-0033
網址：www.kadokawa.com.tw
劃撥帳戶：台灣角川股份有限公司
劃撥帳號：19487412
法律顧問：有澤法律事務所
製版：巨茂科技印刷有限公司
ISBN：978-986-325-852-0
